PANTERA NEGRA

QUEM É O PANTERA NEGRA?

PANT
NE

QUEM É O PA

UMA HISTÓRIA DO UNIVERSO MARVEL

JESSE J. HOLLAND

ADAPTADO DA GRAPHIC NOVEL DE REGINALD HUDLIN & JOHN ROMITA JR.

MARVEL

TERA

GRA

TERA NEGRA?

novo século®

São Paulo, 2018

Black Panther: Who is the Black Panther?

Equipe Novo Século

EDITORIAL
Jacob Paes
João Paulo Putini
Nair Ferraz
Rebeca Lacerda
Renata de Mello do Vale
Vitor Donofrio

TRADUÇÃO
Caio Pereira

P. GRÁFICO, CAPA E DIAGRAMAÇÃO
Vitor Donofrio

REVISÃO
Isabela Leite

ILUSTRAÇÃO DE CAPA
Todd Nauck
Rachelle Rosenberg

ILUSTRAÇÕES INTERNAS
John Romita Jr.
Klaus Janson

DESIGN ORIGINAL
Jay Bowen
Salena Johnson

Equipe Marvel Worldwide, Inc.

VP, PRODUÇÃO & PROJETOS ESPECIAIS
Jeff Youngquist

EDITORA-ASSISTENTE
Caitlin O'Connell

GERENTE, PUBLICAÇÕES LICENCIADAS
Jeff Reingold

SVP PRINT, VENDAS & MARKETING
David Gabriel

EDITOR-CHEFE
C.B. Cebulski

PRESIDENTE
Dan Buckley

DIRETOR DE ARTE
Joe Quesada

PRODUTOR EXECUTIVO
Alan Fine

Texto de acordo com as normas do Novo Acordo Ortográfico da Língua Portuguesa (1990), em vigor desde 1º de janeiro de 2009.

Dados Internacionais de Catalogação na Publicação (CIP)

Holland, Jesse J.
Pantera Negra: Quem é o Pantera Negra?
Jesse J. Holland [tradução de Caio Pereira].
Barueri, SP: Novo Século Editora, 2018.

Título original: Black Panther: Who is the Black Panther?

1. Literatura norte-americana 2. Super-heróis – Ficção 3. Super-vilões – Ficção 4. Pantera Negra (personagens fictícios) I. Título II. Hudlin, Reginald III. Romita Jr., John IV. Pereira, Caio

18-0377 CDD-813

Índice para catálogo sistemático:
1. Literatura norte-americana 813

NOVO SÉCULO EDITORA LTDA.
Alameda Araguaia, 2190 – Bloco A – 11º andar – Conjunto 1111
CEP 06455-000 – Alphaville Industrial, Barueri – SP – Brasil
Tel.: (11) 3699-7107 | Fax: (11) 3699-7323
www.gruponovoseculo.com.br | atendimento@novoseculo.com.br

Para Carol, Rita e Jamie.
O melhor ainda está por vir...

1

UM TRIO DE ROBUSTOS VEÍCULOS PRETOS percorria uma estrada de terra. O vento do fim do outono arrancava as folhas das árvores que balançavam, espalhando-as na estrada, fazendo tons de amarelo e laranja contrastarem vivamente com as nuvens acinzentadas que cruzavam o céu numa grande espiral.

Os carros levantavam uma nuvem de poeira atrás de si ao cruzar a solitária estrada do estado da Virgínia. A não ser por um ocasional olhar de curiosidade de uma ou outra vaca, os carros estavam sozinhos, totalmente removidos de seu ambiente nos confins do interior. Depois de escalar uns dois morros e manobrar para desviar dos buracos da pista, os dois utilitários fizeram, cada um por vez, uma curva brusca para uma abertura entre as árvores, onde a via parecia mais duas trincheiras infinitas na grama, e foram açoitados nas laterais pelos galhos das árvores, até que entraram numa clareira onde havia uma casinha em ruínas. Diminuindo bastante a velocidade, seguiram pela trilha de grama, dando a volta na casa, em direção a um imenso celeiro antigo, e lentamente cruzaram as portas abertas da entrada.

Protegido do céu pela copa de imensos carvalhos, o celeiro pintado de marrom e verde camuflava-se perfeitamente a seus arredores... não fosse o satélite escondido debaixo de uma cornija no teto, mais ao fundo, e as câmeras de vigilância disfarçadas nos galhos mais altos e por todo o perímetro.

Dentro do celeiro, os carros foram estacionados. Trios de homens de terno escuro desembarcaram, e logo avistaram os conjuntos de monitores de alta tecnologia pendurados por toda a estrutura, em todos os seus níveis. Ao redor deles, no térreo, no que deviam ter sido baias de cavalo, estavam homens de macacão, uns loiros, outros ruivos, montando e manipulando rifles, Ak-47s e outras armas.

Nos fundos do celeiro ficava um campo de tiro improvisado onde outros homens, de jeans e camiseta, disparavam balas sem parar em manequins de cor escura. Um dos passageiros de terno preto acenou para os colegas e foi lentamente até um dos homens que atiravam. Alto, de barba ruiva e rala, com o corpo tremendo de tantos tiros que dava no manequim, arrancando dele a cabeça e os ombros. Embora usasse roupas de gosto um tanto peculiar – jeans rasgados, camiseta suada declarando "O sul vai se levantar de novo" e uma bandana da Confederação na testa, para o suor não chegar aos olhos espertos que brilhavam com assustadora intensidade.

O homem de terno preto levou isso em conta enquanto ajeitava sua gravata Armani. Felizmente, no ramo das armas, esse tipo de homem não costumava pechinchar. Quando o clipe finalmente esvaziou-se, o traficante cutucou o homem no ombro.

– Carson Willabie III?

Willabie virou-se lentamente e avaliou o outro de cima a baixo antes de falar.

– Pode ser. E você é...?

– Um cara que não tem tempo pra brincadeira, sr. Willabie. Se estiver com o meu dinheiro, estou com o seu pedido.

Willabie abriu um sorriso enigmático, balançando um pedaço de feno na boca.

– A gente sempre tem tempo pra brincadeira, sr. Blackthorne.

Blackthorne resmungou, e tossiu quando o cheiro rançoso de suor e pólvora invadiu seu corpo. Respirando pela boca, ele respondeu:

– Encontre outra pessoa pra brincar, então. Não quero ter que ficar aqui mais do que preciso. Me dá o meu dinheiro, pega a sua mercadoria no meu carro, e me deixa voltar pra cidade.

Willabie riu, e entregou ainda mais o sotaque sulista quando tornou a falar.

– Esses vigaristas metidos da cidade ficam incomodados quando veem um homem de verdade, né? Ficam aí falando de melhorar o país, mas quando chega a hora de fazer o trabalho sujo, fazem tudo que podem pra abrir caminho para os homens de verdade.

Enquanto Willabie dizia isso, a agitada atividade do celeiro foi cessando. Os homens foram se aproximando de seu líder, que ficou mais animado e agressivo durante a fala. Pequenos flocos de baba grudaram em sua barba desalinhada, e os braços, ele os agitava para todo lado.

– *Nós* somos os americanos de verdade! E vamos tomar nosso país de volta desses estrangeiros e imigrantes! Ninguém vai montar um templo pra eles no meu país enquanto a gente puder impedir, não é, pessoal?

Os aplausos e urros esparsos dos homens incentivaram Willabie a erguer os braços como se fosse um lutador comemorando a vitória. Blackthorne parecia apenas muito entediado. Willabie exultou nesse contentamento por uns segundos, depois acenou para uma baia separada que parecia ter sido convertida em escritório improvisado, e saiu andando, seguido por Blackthorne, que continuava calado.

Willabie sentou-se atrás de uma mesa antiga e meteu a bota em cima da superfície imunda.

– Por favor, sr. Blackthorne, feche a porta pra termos um pouco de privacidade pra conduzir nossas questões financeiras.

Blackthorne hesitou perante a porta por um segundo, encucado com a situação. Tirou do bolso um ponto eletrônico, ajustou-o no ouvido e falou no microfone.

– Se eu não sair em quinze minutos, passem para o plano Ômega 5. Varredura total. Mantenham silêncio no rádio até eu voltar.

– Não confia em mim, hein? – riu-se Willabie, propelindo uma bola enorme de cuspe no piso sujo.

– Só mantendo mais opções em aberto – disse Blackthorne.

O homem fechou a porta e tirou o rádio do ouvido. O silêncio reinou na sala por alguns segundos. Willabie levantou-se lentamente, deu a volta na mesa e foi encarar Blackthorne, que firmou os pés no chão e curvou os lábios num sorriso.

Os dois então caíram na risada e se abraçaram.

– Johnnyzinho – disse Willabie, dando leves tapas nas costas do amigo. – Que bom te ver pessoalmente de novo. Como vai o mercado de armas?

Blackthorne riu.

– Tão bem quanto o trabalho do agente secreto, Car. Tem falado com o pai ultimamente?

Willabie bufou.

– Aquele velho pateta? A última vez em que ele se dignou a falar com o filho mais novo ainda dava uma de Tio Patinhas na cena social de Fort Lauderdale. – Erguendo a mão, ele se sentou na cadeira. – E, antes que você pergunte, sim, a gente continua fora do testamento.

– Droga. – Blackthorne puxou uma cadeira magrela do canto e a levou até a mesa. – Estava torcendo pra que ele já estivesse demente agora e tivesse esquecido que nos deserdou.

– Estamos sem sorte. E por nossa própria conta por um pouco mais de tempo. Trouxe as coisas?

– Trouxe. Foi um pouco complicado, mas nosso contato belga rolou. Consegui umas metralhadoras, uns lançadores de granada e umas Brownings do mercado cinza. Tudo barato, mas com boa margem de lucro na hora da revenda. Seu pessoal está pronto?

Willabie recostou-se na cadeira, mordiscando a palha.

– Aqueles idiotas? Estão mais prontos do que nunca. Tudo o que tenho que fazer é comentar que os brancos estão perdendo na América, e eles ficam prontos pra fazer qualquer bobagem que eu puder inventar. E dessa vez vai ser uma beleza...

Blackthorne riu.

– Enfim. Só leve todos pro shopping e cause um fuzuê. Eu cuido de tudo a partir daí. Precisamos deixar as pessoas bravas... E, nossa, se isso não der certo, não sei o que poderia dar.

– Fica tranquilo. Vou agitar o pessoal, deixar todo mundo pronto.

– Lembre-se de não ficar por lá, hein? Caso as coisas saiam do controle. – Willabie riu-se mais uma vez. – Pode acreditar: quando eu terminar, vão implorar que eu fique pra conduzir a luta pela glória. É só misturar um pouco de orgulho racial com muita discórdia e você já tem um exército pronto, velho. – Ele soltou um suspiro e deu uma fungada nas roupas. – Agora tenho que voltar pro personagem. Só queria não ter que ficar tão... perfumado neste trabalho. Coloca de volta a sua cara de agente secreto e vamos em frente.

2

DEVONTE WALLMAN CORRIA O MAIS RÁPIDO QUE PODIA, desviando-se das pessoas na calçada de Washington, D.C., todos parecendo muito mais preocupados com as próprias rotinas do que com a urgente missão dele. Estava atrasado, e daria com as portas trancadas muito em breve caso não se apressasse. E esses turistas – com suas camisetas da proteção à testemunha e *smartphones* e tudo mais – ficavam entrando na frente dele. Mas foi somente uma cotovelada aqui, um empurrão ali (e um par de palavras que fariam a avó dar uma coça nele se pudesse ouvi-lo), e logo viu espaço livre à frente. Seu objetivo surgiu à vista: a entrada do Museu Nacional de Arte Africana do complexo Smithsonian.

Deu para notar que a segurança estava mais rígida que de costume, mesmo para a capital da nação. Homens de ponto eletrônico zanzavam pelo perímetro, e as equipes de notícias disputavam um lugar perto de um púlpito com microfones na calçada, como se esperassem que alguém importante fosse discursar a qualquer momento.

Normalmente, Devonte ficava por perto para conferir se a pessoa que iria falar era famosa (conseguira ver seu lutador favorito, The Rock, desse jeito, antes de o cara começar a fazer filmes da Disney). Mas esse dia era importante demais. Dois degraus depois, Devonte entrou com tudo pela porta, muito ofegante. Uma senhora idosa na recepção sorriu para ele, achando graça no modo como ele se apoiou na mesa, tentando recuperar o fôlego, com o peito arfando e o suor pingando de debaixo do boné encharcado dos New York Yankees que ele usava para conter seus selvagens *dreadlocks*.

– Está tudo bem, anjo? – perguntou ela, vendo por sobre a mesa Devonte se esforçando para ficar de pé.

Incapaz de fazer os pulmões e a boca funcionarem ao mesmo tempo, Devonte agitou freneticamente seu ingresso para um pôster na parede.

– Ah, a exposição de Wakanda. Desça um lance de escadas, anjo, e rápido. Vão começar a qualquer momento.

Após passar pela segurança, Devonte cambaleou até uma escadaria no centro da sala e desceu pulando dois degraus por vez, sob o olhar desconfiado dos seguranças, receosos de que o rapaz pudesse oferecer perigo. Quase escorregou no piso de mármore polido ao se virar, e então avistou uma multidão reunida perante as portas de uma galeria, com um laço vermelho bloqueando a entrada. Atrás das pessoas, checando o relógio ansiosamente, estava a mãe dele, já prestes a tirar o celular da bolsa. Era alta e esguia, e tinha as longas madeixas amarradas como uma auréola em torno da cabeça, presas por uma bandana branca que contrastava com a cor de mogno de sua pele. Devonte achava sua mãe a mulher mais linda do mundo; aos dez anos, os colegas começaram a provocá-lo, dizendo quão bonita ela era. Ele não gostava nada de pensar na mãe desse jeito, e sem dúvida não gostava que os amigos pensassem desse jeito, mesmo que estivessem certos.

Quando ela viu o filho deslizando para a sala, uma expressão de exasperação formou-se no rosto dela, e ela suspirou.

– Por que se atrasou? – ela sussurrou, com carinho, ao tomá-lo nos braços e começar uma tentativa fútil de ajeitar as roupas dele para que ganhassem uma aparência minimamente aceitável.

Devonte deu de ombros e se retraiu, tentando libertar-se dos esforços insistentes dela para arrumá-lo. Pelo canto dos olhos, deu para ver entre as pessoas umas meninas que deviam ter a mesma idade que ele; devia estar perdendo muitos pontos com membros do sexo oposto desse jeito, com a mãe alisando a sua camisa e usando um lenço umedecido para limpar os cantos de seus olhos. Sabia, porém, que ela apenas faria ainda mais estardalhaço se ele enfrentasse o instinto materno, então suportou.

– Isto aqui é importante pra mim, tá bom? – ela sussurrou no ouvido dele, finalmente satisfeita com seus esforços. – Faz anos que não vemos o rei, e depois de todas aquelas histórias do seu avô, bom, é uma coisa muito importante. Quero que se comporte muito bem, ouviu?

Devonte sorriu, conhecendo o temperamento da mãe melhor do que ninguém. Fez para ela aquele olhar de cãozinho abandonado, certo de que assim ela derreteria.

– Prometo me comportar. E vamos ao museu novo depois, certo?

Ela bufou e deu no filho um abraço rápido.

– Eu conheço essa cara, mocinho. Homens melhores que você, incluindo o seu pai, já tentaram usá-lo contra mim.

– E também funcionou, não foi, mãe?

O som de carrilhões de madeira cortou a resposta bondosa que ela ia dar. Um docente de mais idade e barba grisalha apareceu, escoltado por duas das mulheres mais robustas que Devonte já vira na vida. Uma delas era alta e forte, e tinha a pele de um cobre escuro. Tinha o corpo de uma jogadora de basquete profissional, mas caminhava com uma leveza inconcebível. Uma carranca parecia permanentemente gravada no rosto dela, e seus olhos negros miravam cada lado da entrada por trás de óculos escuros, em busca de perigo.

A companheira parecia uma ginasta olímpica, compacta e ágil. Virava a cabeça de um lado a outro, varrendo todo o recinto, e lançava olhares rápidos para um aparelho que lembrava um *smartphone* fino demais preso por uma faixa apertada no braço. A pele desta era tão escura quanto à da parceira, mas parecia brilhar junto com o sorriso, como se a moça tivesse um segredo que a faria cair na gargalhada se tivesse que revelá-lo a alguém.

As duas tinham a cabeça raspada e usavam o mesmo terno azul-noite. Devonte viu que as duas se comunicaram rapidamente; a mais alta concordou com alguma coisa, e ambas desapareceram numa antessala adjacente. O docente pigarreou.

– Senhoras e senhores, o Smithsonian tem o prazer de recebê-los no Museu Nacional de Arte Africana para a inauguração de nossa nova exposição de Wakanda. Esta coleção, cujos itens foram incrementados para fazer jus a desafios físicos, sociais e espirituais, foi comissionada exclusivamente para esta exposição por nosso convidado, que gentilmente arranjou tempo numa agenda lotada para estar conosco hoje. – O homem tossiu e tornou a sorrir amplamente, exibindo dentes brancos muito brilhantes. – Eu poderia continuar falando, mas estou tão empolgado em ouvir nosso palestrante quanto vocês, então vou passar a bola para ele. Senhoras e senhores, é com orgulho que lhes apresento o nosso curador: o Pantera Negra de Wakanda, sua majestade, o rei T'Challa!

Devonte ouviu a mãe respirar fundo. Desesperado, tentou ficar nas pontas dos pés para ver além da multidão, que aplaudia fervorosamente. Espiando por entre braços e por cima de cabeças, mal pôde enxergar o negro esbelto que se aproximou das seguranças amazonas de cabeça raspada. Quando conseguiu olhar melhor, Devonte ficou meio decepcionado. Esperava ver um rei. O homem que viu lembrava mais um modelo de revista.

O caminhar do homem até o pequeno estrado montado logo após o laço foi gracioso, como o de um daqueles dançarinos do Harlem que a mãe o fizera assistir no Kennedy Center. Em vez de uma coroa e um manto, ele usava um terno preto que a Devonte pareceu ser caro e uma faixa de *kente* enrolada nos ombros e peito. Na verdade, tendo os aplausos cessado, Devonte reparou que o rei T'Challa não devia ser muito mais velho que alguns dos professores assistentes recém-graduados da escola. Uma barba curta cobria-lhe o rosto, e o sorriso que ele abriu para a plateia não pareceu alcançar seus penetrantes olhos castanhos, que percorreram toda a sala, encontrando os olhares dos adoradores presentes.

T'Challa ergueu as mãos, pedindo silêncio, e parou ao lado do professor, que estava agora radiante. Uma das seguranças passou-lhe uns cartões e sussurrou algo em seu ouvido, algo que o fez sorrir, fazendo seus dentes muito brancos contrastarem com o tom escuro da pele. Ele mexeu um pouco nos cartões e os depositou dentro do bolso do terno. Quando se inclinou à frente, um forte sotaque africano infundia seu falar suave.

– Obrigado, meus amigos, e obrigado ao Smithsonian por me convidar para estar aqui hoje, na inauguração desta exposição. Como alguns já devem saber, recentemente ascendi ao trono do meu pai em nosso lar, Wakanda. Mas mesmo antes de me tornar rei, era um grande desejo meu que nosso país tivesse uma postura mais participativa no palco do mundo, e não posso pensar num jeito melhor de nos apresentar ao mundo do que por meio da glória que é a arte. – T'Challa virou-se e acenou suavemente para a galeria atrás de si. – Aqui dentro vocês encontrarão a representação de alguns dos maiores artistas e artesãos do nosso país, comissionados por mim para o palácio real em Wakanda quando eu ainda era príncipe. Mas achei que seria um presente muito melhor para o mundo e para os nossos amigos aqui dos Estados Unidos se partilhados, como símbolo de amizade e honra. Por décadas, nós, wakandanos, abraçamos o isolamento, contentes por deixar o resto do mundo viver como estava. Mas temos somente uma Terra, e os filhos dela não podem mais ficar sem partilhar as glórias e as tragédias de nossa existência coletiva. Espero que esses pequenos pedaços da cultura wakandana abram caminho para uma abertura maior e para uma parceria renovada entre nossos países, parceria essa que guiará nosso mundo por um futuro melhor para toda a humanidade. Obrigado.

Aplausos irromperam pelo salão enquanto o jovem rei afastou-se do pódio e aproximou-se do laço vermelho. O professor apareceu com uma grande tesoura prateada, fazendo a mais alta das seguranças colocar-se à frente de seu protegido, enquanto a menor pôs a mão no braço do idoso. O professor escancarou os olhos quando reparou no que tinha feito, mas um sorriso brando de T'Challa o tranquilizou.

– Não precisamos disso.

O rei puxou uma espécie de luva preta de algum lugar dentro do terno. Com um único gesto, o laço flutuou para o piso, e a multidão ovacionou mais uma vez.

O professor acenou para a plateia de novo.

– Quando vocês se registraram para esta inauguração, muitos foram escolhidos para visitar a exposição junto do rei e sua comitiva. Os selecionados foram contatados por telefone mais cedo. Preciso que se apresentem com um documento com foto caso façam parte do grupo de hoje.

Devonte sentiu a mão da mãe no ombro.

– Somos nós, filho. Surpresa!

Ele escancarou os olhos, espantado.

– Vamos conhecer o rei? Que legal, mãe!

– Eu sabia que se te contasse antes, você teria me enchido com isso a semana toda, meu amor. – Rindo, ela e o filho foram para a frente da multidão, para serem encaminhados a uma linha de segurança. – Não sei se vamos conhecê-lo, mas estaremos na mesma sala. Mesmo assim, é legal, não é?

Devonte e sua mãe passaram por mais um grupo de seguranças e entraram na nova galeria. Ainda que a mãe se empenhasse em direcionar a atenção dele para as peças de arte, Devonte passou a maior parte do tempo espiando o rei. T'Challa caminhava junto de suas acompanhantes, do professor e de uma dupla de homens de terno, conversando sobre cada peça pela qual passavam. Ocasionalmente, unia-se ao grupo um africano ou uma africana – o artista ou artesão, que dominava a conversação acerca da obra.

Devonte não ouvia nada do que a mãe palestrava sobre as peças de arte. Em dado momento, enquanto olhava além dela, notou que a mais baixa das duas mulheres olhava bem nos olhos dele. Envergonhado, o rapaz voltou a endireitar-se, apenas para espiar de novo e ver um sorriso amplo aberto no rosto da moça. Ela piscou para ele, voltou-se para o rei e sussurrou algo rapidamente no ouvido dele.

Devonte congelou quando T'Challa virou-se e olhou para ele. A mãe ainda falava sobre a estátua que tinham à frente, sem perceber o movimento que se desenrolava atrás de si, pois o rei e suas companheiras vinham se aproximando. Devonte teve que dar uma leve puxada na jaqueta da mãe para chamar sua atenção, e a mulher congelou igualmente quando viu o rei.

– Lindo, não é? – disse T'Challa num tom confortante e autoritário ao mesmo tempo. Em seguida, estendeu a mão. – Rei T'Challa de Wakanda. E vocês são...?

Devonte nunca tinha ouvido a mãe gaguejar.

– S-Synranda Wallman, vossa alteza.

T'Challa travou os olhos nos de Devonte, com um sorriso no rosto.

– E esse jovem cavalheiro?

A mãe o cutucou para a frente. Devonte engoliu em seco e estendeu a mão.

– Devonte Wallman, senhor. Prazer em conhecê-lo.

A segurança mais alta franziu a testa.

– Refira-se a ele como "vossa alteza real".

T'Challa acenou, dispensando o comentário, e cumprimentou Devonte.

– Não é preciso manter a cerimônia com os jovens, Okoye. Então, sr. Wallman, o que está achando da exposição?

Devonte olhou timidamente para o chão e soltou um fraco "achei legal". A mãe o cutucou, como quem não está para brincadeira.

– Hããã, acho que é uma arte incrível. Minha mãe diz que preciso ter cultura e que preciso saber de onde vim, mas eu queria ir ao novo museu afro e ver a exposição de música, daí a gente combinou de vir aqui primeiro e ver o que tem aqui e depois podemos ir ao museu e...

Devonte viu a expressão no rosto da mãe e foi parando de falar. T'Challa observou a comunicação sem palavras dos dois e caiu no riso.

– É, às vezes as mães são insistentes, não é? Mas acredite em mim: a sabedoria de uma mãe é insubstituível.

T'Challa chegou mais perto e sussurrou no ouvido do garoto:

– Mesmo eu sendo rei, ainda tenho que escutar a minha mãe. Só assim não entro em enrascadas. – T'Challa endireitou-se. – Creio que isto pode ser um pouco entediante para uma criança. Suponho que por "novo museu afro" você se refira ao Museu Nacional de História e Cultura Afro-Americana. Nakia, isto também está no nosso itinerário?

A mais baixa das duas mulheres clicou algo no braço, que Devonte viu agora ostentar um teclado brilhante e uma tela em miniatura. Ela disse algumas palavras para T'Challa num idioma que Devonte não entendia, mas logo o rei a interrompeu.

– Em inglês, por favor. Não sejamos rudes para com nossos anfitriões, Nakia.

Nakia abriu um sorriso amarelo.

– Temos alguns minutos depois deste evento antes do compromisso na Casa Branca, vossa alteza.

T'Challa esfregou as mãos.

– Então está combinado. Devonte Wallman, Synranda Wallman, gostariam de ser meus convidados para ir conhecer o "novo museu afro"? Seria uma honra poder conhecer o museu com vocês.

Devonte escancarou os olhos. E olhou para a mãe, que estava igualmente atônita.

– Por favor, por favor – disse para ela, só movendo os lábios.

– Alteza, não queremos atrapalhar sua agenda... – começou a mãe.

T'Challa fez um gesto gentil.

– Não vão atrapalhar de modo algum. Veja, eu insisto. Nakia cuidará dos detalhes, e nos encontraremos no museu. Agora, se me dão licença, preciso continuar a visita antes que meus compatriotas comecem a fazer desenhos de mim com chifres de demônio por ignorar seu belo trabalho.

T'Challa piscou para Devonte, beijou gentilmente a mão da mãe dele e saiu dali escoltado pelo professor, artistas e agentes do museu. Devonte e a mãe se olharam, ambos estupefatos.

– Você viu o que eu vi? – ela sussurrou.

– Ele faz isso o tempo todo. Apenas aproveitem – disse Nakia, sorrindo para eles. Ela estendeu a mão para Devonte. – Eu sou Nakia, das Dora Milaje. Prazer em conhecê-los. Se puderem me acompanhar...

A moça acompanhou mãe e filho pela porta até o nível da rua. O sol da tarde começava a se pôr sobre o trio, que se dirigia agora para o National Mall. Devonte, grudado no braço da mãe, disparava um monte de perguntas à jovem wakandana, mas sabia que sua metralhadora vocal logo deixaria a mãe muito incomodada. Após alguns passos, no entanto, o olhar cintilante de Nakia percebeu o rapaz se esforçando para se comportar melhor.

– Meus anciãos me dizem que às vezes eu não levo as coisas tão seriamente quanto deveria, mas eu acho que uma mente aberta torna as coisas interessantes, não acha? Então vá em frente e pergunte, rapazinho. Eu não me ofenderei.

Devonte olhou para a mãe, que assentiu.

– Como é o rei?

Nakia riu.

– O rei T'Challa... – Por um segundo ela hesitou, como se testando palavras desconhecidas em seu idioma. – Conheço sua alteza real desde pequena e, mesmo assim, não poderia descrevê-lo adequadamente em poucas frases. Ele é... intenso, mas bondoso. É um dos homens mais inteligentes do mundo, mas tão gentil... – Nakia foi parando de falar, como se perdida por um segundo, antes de voltar num estalo para a formalidade. – O rei T'Challa é o coração e a alma de Wakanda. Servi-lo é uma honra para as Dora Milaje.

Devonte a olhou com cara de dúvida, desenrolando aquelas palavras desconhecidas de sua boca com hesitação.

– Dora Milaje?

Nakia afagou os cabelos do rapaz.

– Como seria o melhor jeito de explicar isso a você? Nós somos como... qual é a palavra em inglês? Seguranças do rei, escolhidas das diversas tribos de Wakanda. Recebemos treinamento especial e moramos no palácio, com o rei, para servi-lo em tudo de que precisa.

Synranda ergueu uma das sobrancelhas.

– Tudo... de que ele precisa?

A pele bronzeada de Nakia ficou enrubescida.

– Não nesse sentido. Ele diz que somos mais como... filhas para ele do que qualquer outra coisa. Okoye e eu ganhamos a honra de representar as Dora Milaje em público ao lado do rei, enquanto o restante da nossa irmandade treina para quando chegar a vez delas.

Devonte torceu o nariz.

– Só meninas?

Nakia riu-se e deu mais um afago na cabeça do garoto.

– Só meninas. Um dia isso vai parecer muito bom pra você.

Enquanto ela dizia isso, Devonte avistou o Museu Nacional de História e Cultura Afro-Americana do complexo Smithsonian adiante, com suas paredes multicamadas amarronzadas refletindo o sol poente. A mãe de Devonte pediu licença para fazer uma ligação, e Nakia e Devonte pararam na calçada para esperar, vendo o pessoal que se reunia ali para conhecer. O museu estava aberto fazia meses, mas ainda havia filas de pessoas querendo entrar. Carros e táxis passavam com os cidadãos que enfrentavam o horário do *rush* para voltar aos subúrbios; os ônibus de turismo passeavam calmamente sob o sol que se punha.

– Não temos nada parecido com isto em casa – Nakia sussurrou. – Acho tudo tão... legal.

O aparelho preso ao braço de Nakia soltou um estalo, e ela falou num idioma estranho em direção ao punho, enquanto estavam a caminho da fila para entrar no museu.

– O rei logo se juntará a nós. Diga, Devonte, tem alguma coisa que precisamos garantir que o rei conheça antes de partir?

Devonte estudara as exposições pela internet por semanas, e tinha todo um itinerário pronto para sua visita. Ele começou a responder, mas parou quando sentiu Nakia apertar-lhe o braço com força, muito de repente.

– Ai! – ele reclamou.

Nakia, contudo, nem pareceu ouvir. Seus olhos estavam grudados num ônibus branco de turismo que estacionou na calçada oposta à entrada do museu.

O sol do crepúsculo, refletido pela janela, impediu Nakia de enxergar além da silhueta do motorista, mas algo lhe parecia fora do lugar. Era uma sexta-feira, mas ela tinha certeza de ter lido no dossiê de segurança que os ônibus não podiam deixar passageiros na porta dos museus.

– Anda! – ela gritou, jogando Devonte no chão e cobrindo o corpo dele com o seu.

As portas do ônibus se abriram, e saíram dois homens de gorro, atirando com rifles na calçada apinhada de gente. Um pandemônio só. Os mascarados atravessaram a rua, tirando pessoas desesperadas do caminho, e cobriram de balas uma guarita próxima, matando o inocente que ali dentro se encontrava.

Do outro lado da rua, dois guardas apareceram de dentro do museu, ambos empunhando submetralhadoras Uzi. Era tudo barulho e confusão conforme as pessoas fugiram para se proteger dentro do museu e se esconderam atrás das paredes. Os guardas tentaram mirar nos atacantes em meio à multidão. Atravessaram o gramado, desviando-se habilmente das pessoas aninhadas no chão, mas não tiveram a menor chance. A cinquenta metros dali, os atiradores do ônibus miraram e dispararam, estilhaçando janelas e derrubando os dois guardas.

Nakia pressionava seu pequeno protegido o mais que podia no chão. Quando olhou para cima, viu mais uma janela do ônibus explodir, e lá dentro um homem que preparava um lançador de granadas.

– Fique aí – ela sussurrou para Devonte, e começou a falar em seu comunicador em *hausa*, a linguagem falada somente pelas Dora Milaje e seu rei. – *Okoye, mantenha o Amado longe daqui! Vários homens de armadura estão atacando o museu a partir do leste.*

Nakia sabia que, se não fizesse nada, o menino seria protegido das balas, porém um edifício destruído poderia facilmente cair em cima deles. Por cima do menino encaracolado no solo, ela ouvia gritos vindos de todos os lados; os turistas se jogavam no chão na esperança de proteger os filhos. Uma mulher agachou desesperada atrás do carrinho do bebê com o pequeno nos braços, como se a pequena estrutura de plástico preto fosse oferecer alguma proteção. Voltando a olhar para Devonte, Nakia julgou que ele já tinha idade suficiente para seguir a instrução de ficar ali deitado, e que alguém tinha de fazer alguma coisa e não havia ninguém ali além dela.

– *Estou prestes a enfrentar a artilharia pesada, localizada no lado leste da 14ª rua, dentro de um ônibus.*

– *Nakia, o menino e a mãe estão bem?*

Nakia correu olhar para o comunicador, surpresa de ouvir a voz do rei.

– *Estou com o menino, mas não vejo a mãe.*

Olhando ao redor, Nakia não viu Wallman em meio às pessoas que cobriam a cabeça, aninhadas no chão. Os guardas estavam, obviamente, mortos, mas, pelo que ela podia ver, houvera poucas fatalidades entre os civis até o momento.

– *Encontre-a. Ela e o menino estão sob minha proteção. Eu cuido do resto.*

A jovem wakandana pôde ouvir o zumbido do maquinário ao redor do rei. E começou a argumentar.

– *Amado, nossa prioridade é a sua segurança...*

O silêncio dominou a conversa.

– *Esta foi uma ordem dada pelo rei, Nakia. O menino e a mãe não podem ser feridos. Use quaisquer forças necessárias. Okoye e eu cuidaremos do resto. No local em cinco.*

Nakia olhou de novo para seu protegido.

– *Sim, Amado.* – Passando para o inglês, aninhou um pouco mais o menino debaixo de si. – Vai ficar tudo bem, Devonte. Como você se sente?

Devonte deu uma breve resmungada, com um ligeiro brilho de lágrima juntando nos olhos.

– Cadê a minha mãe?

– Nós a encontraremos num minuto. Ela vai ficar bem. O rei cuidará de tudo – Nakia respondeu, torcendo para estar falando a verdade.

Pela janela do ônibus, dava para ver os homens manejando o foguete. Muito subitamente, ouviram-se gritos vindo de dentro do veículo, quando uma sombra negra apareceu ali. Corpos foram arremessados para todo lado, e deu para ouvir o esmagar dos ossos seguido pelos apelos de misericórdia ignorados. Um por um, três homens foram lançados pela janela quebrada do ônibus para a rua – com cortes compridos no rosto e no peito, dos quais escorria muito sangue. Ficaram se contorcendo na rua, gemendo, segurando braços e mãos quebradas; suas armas, inclusive as granadas, vieram logo em seguida, igualmente dispensadas do veículo.

Os dois atiradores que mataram os seguranças ficaram imóveis feito estátuas, olhando para seus camaradas, em choque. A porta do ônibus abriu-se lentamente, e um homem de capa que usava um traje todo preto colado no corpo saiu graciosamente. A roupa escura, que mais parecia uma armadura, chegava a ondular por cima dos contornos dos músculos, como se absorvesse a luz fraca do fim do dia. As mãos tinham luvas do mesmo matiz, e ele flexionava garras metálicas nas pontas dos dedos. O rosto escondia-se por trás de um elmo que era como o rosto de um felino, com cintilantes olhos brancos, não entregando indicação alguma de sua identidade ou intenção. Linhas metálicas prateadas cobriam todo o traje, percorrendo a máscara, passando pelo peito, descendo até as botas, que não faziam ruído algum conforme o Pantera Negra atravessava a rua na direção de suas presas mascaradas.

Os atiradores que restavam trocaram olhares, empunharam suas metralhadoras e atiraram no Pantera. O traje preto soltou faíscas quando as balas ali colidiram e foram ao chão, tendo sua propulsão anulada pelo contato com a armadura. Os frios olhos brancos do Pantera miraram os homens, e ele saltou pela rua com graciosa facilidade para cima do primeiro oponente. Após agachar feito um gato, o Pantera avançou para o atirador e meteu os punhos no peito dele, fazendo-o largar a arma. Com um golpe para baixo das garras, rasgou a armadura do atirador e arrancou-lhe sangue, que vazou das rachaduras. Um último ataque com as costas da mão fez jorrar sangue da boca do homem, que foi girado e lançado ao chão.

O Pantera endireitou-se graciosamente e olhou ao redor em busca do segundo atirador. A luz do sol reluziu em sua polida armadura negra quando ele passou por cima do corpo que jazia largado aos seus pés, e foi então que, num olhar rápido de esguelha, ele viu Nakia, ainda deitada no chão, protegendo Devonte, tentando não atrair muita atenção para si. Com um aceno rápido de rosto ela garantiu que estavam os dois bem, então o Pantera pôs-se a procurar os atiradores restantes entre as pessoas, que gritavam e gemiam, espalhadas pelos arredores.

Quando viu um atirador levantar do chão um homem aterrorizado, prensando o cano da arma na nuca dele, o Pantera soltou um rosnado baixo e gutural. Deu dois passos na direção do homem. Este girou o refém e o colocou entre si e o oponente, na tentativa de proteger-se da ira do Pantera.

O refém soltou um gemido, e o atirador o sacudiu com muita grosseria. Chegou a soltar cuspe pela abertura do gorro.

– Mais um passo e ele morre, homem-gato.

O Pantera deu mais dois passos adiante. O atirador prensou a arma com mais força ainda na nuca do refém, empurrando a cabeça dele para o lado.

– Tô falando sério, cacete – insistiu. – Se ele morrer, a culpa é sua!

Mesmo assim, o Pantera não se deteve, e foi cuspindo palavras num tom ligeiramente modulado através do elmo.

– Pode matá-lo, então. Logo em seguida será a sua vez, mas a sua morte não será tão rápida.

– Você não vai me matar, herói. Vocês nunca fazem isso.

– Sua vida não significa nada para mim. Eu sou um rei. Posso matá-lo aqui no meio da rua e estar em casa, em Wakanda, pelo amanhecer.

O atirador sacudiu o refém.

– E a vida dele?

Dando de ombros, o Pantera continuou avançando.

– Ele não é de Wakanda. A vida dele também não me importa.

O atirador começou a tremer vendo o Pantera caminhando em sua direção. Ele resolveu empurrar o refém, largou a arma e ergueu as mãos bem no alto.

– Eu desisto! Eu desisto!

Porém, assim que a arma foi desviada da cabeça do refém, o herói saltou em torno deste e pousou no atirador, a fim de jogá-lo imediatamente no chão. Golpes rápidos na cabeça atordoaram o atirador, e uma rasgada ligeira no rosto fez vazar sangue do gorro. O Pantera pegou a cabeça do homem e bateu no pavimento, até que este ficou obviamente desacordado.

Levantando-se, o Pantera ouviu as sirenes que começaram a soar no bairro. Olhando ao redor, viu Okoye usar tiras de plástico para prender as mãos dos atiradores largados na rua. Nakia levantou-se lentamente, com Devonte agarrado no braço. Ela levou o menino aterrorizado para perto do Pantera. A mãe do menino, desesperada, atravessou correndo a rua, tirou o filho dos braços de Nakia e cobriu-o de beijos.

Desparafusando o capacete, o Pantera revelou o rosto preocupado de T'Challa. O rei foi até o homem, que ainda chorava, ajoelhou perto dele e pôs a mão em seu ombro. Traumatizado pela breve experiência enquanto refém, o homem procurava se recompor, limpando os olhos e o nariz numa camisa havaiana bastante cafona. Quando T'Challa falou com ele numa voz gentil, o homem ergueu o rosto.

– Você está bem, senhor?

O homem fez que sim e respondeu:

– Acho que sim.

T'Challa sorriu.

– Ótimo. Fique aqui, alguém virá cuidar de você daqui a pouco.

O rei começava a se afastar quando o homem falou baixinho, entregando na voz um ligeiro sotaque do sul.

– Aquilo foi um blefe, né? Você não falou sério quando disse que não ligava se eu morresse.

T'Challa encarou o homem com um brilho no olhar.

– O que você acha?

– Achei que fosse morrer – admitiu o homem.

– Foi por isso que consegui salvar a sua vida. O bandido achou a mesma coisa. Agora fique aí. Logo alguém virá ajudá-lo.

O rei observava os americanos quando Nakia parou ao lado dele.

– *O menino e a mãe dele?* – ele perguntou, em *hausa*, para a agente Dora Milaje.

– *Estão bem, Amado.*

Fazendo careta, Okoye apareceu atrás deles.

– *Com todo o respeito, Amado, a polícia americana convergirá para o local muito em breve, e partir será um problema. Deveríamos retornar à embaixada.*

– *Não vamos enquanto não tivermos certeza de que os Wallmans estão bem. Junte-os e traga-os conosco. Serão tratados com toda a devida hospitalidade até que se sintam emocionalmente prontos para retornar ao seu domicílio.*

A mãe ainda chorava quando Okoye os conduziu para uma limusine wakandana que os aguardava. Devonte, contudo, era pura admiração quando Nakia o trouxe até o carro, perto do Pantera. T'Challa parou para sorrir para o garoto antes de entrarem apressadamente no carro, que os dirigiu à embaixada de Wakanda.

3

O SOL ESTÁ BRILHANDO DE UM MODO ESPECIAL ESTA MANHÃ, pensou o general Willie "Buldogue" Matigan quando sua limusine atravessou a ponte da 14ª rua, deixando a capital da nação, em direção a Virgínia. De seu banco, ele avistou o Monumento a Washington, o Memorial de Jefferson – e ali, pouco à frente, ficava seu novo lar: o Pentágono.

Matigan acariciou rapidamente as duas estrelas nas novas faixas dos ombros e sorriu consigo, não sem antes olhar para o motorista, para ter certeza de que o rapaz não o via. O senhor baixinho, de 62 anos de idade, nascido em Oklahoma, sabia que devia agir como se ainda não estivesse empolgado em relação à promoção que recebera. Às vezes, porém, mesmo quando estava em público, simplesmente tinha de tocar as estrelas, para garantir que estavam mesmo ali. Procurara um momento para fazer isso quando estava ainda na Casa Branca, mais cedo, mas havia câmeras demais naquela mansão tão bem vigiada, e ele não desejava o embaraço que seria algum agente do Serviço Secreto observando-o no banheiro, imaginando o que o novo copresidente da Força-Tarefa Conjunta de Assuntos Africanos estaria fazendo.

A limusine deixou a rodovia e passou devagar pela segurança. Uma tenente de cabelos loiros desgrenhados e lisos com a aparência truculenta de quem cresceu cercada de comida farta correu para a porta e a abriu para ele. Matigan saiu da limusine e jamais diminuiu a marcha, forçando a tenente a apressar-se para acompanhá-lo. Matigan estava muito contente. Recebera ordens para sacudir as coisas, e as pessoas teriam de aprender a se mexer no ritmo dele ou então lhe dar passagem.

– General – soltou a tenente numa voz aguda, esforçando-se para acompanhá-lo e equilibrar os cadernos imensos que trazia nos braços. – Sou a tenente Carla Wilson, sua nova assistente.

Recusando-se a parar, Matigan acenou sua identificação para uma dupla de guardas, quase despistando Wilson mais uma vez, que se deteve para dar satisfações e acalmar a já acumulada tensão dos guardas, e correu alcançar seu novo chefe.

Matigan descia com vigor os amplos corredores.

– Estão prontos para me receber? – rosnou ele para trás ao aproximar-se de portas duplas de carvalho.

– Senhor? – Wilson tentou manobrar-se à frente de Matigan para levá-lo um pouco mais adiante no corredor. – A Dra. Reece achou que seria melhor o senhor tirar alguns minutos para ler os dossiês antes de entrar na reunião.

Matigan parou e congelou Wilson com apenas um olhar.

– Está insinuando, *tenente*, que ainda não estou preparado para a tarefa que meu presidente pessoalmente me confiou?

A jovem tenente hesitou perante aquele olhar por um segundo, mas logo se recompôs. Matigan ficou ligeiramente impressionado, sabendo que sua aparência e a presença férrea de seus olhos azuis intimidaram homens muito mais corajosos do que aquela nerd quatro olhos burocrática. Seria preciso encontrar outra maneira de fazê-la largar do pé dele.

– Não, senhor. Mas depois do incidente de ontem, a Dra. Reece achou que...

– Eu não ligo pro que a Dra. Reece acha, tenente. Se a reunião já começou, é lá que eu tenho que estar. Se soubessem o que estão fazendo, o presidente não teria me enviado até aqui.

Com um sorriso afetado, Matigan passou pelas portas duplas, entrando numa imensa sala de conferência ladeada por monitores que mostravam noticiários e informações de satélites de todo o mundo. Sentados em volta da mesa estavam homens e mulheres de todos os diversos braços do exército, alguns por ele logo reconhecidos. Havia um punhado de homens e mulheres de ternos salpicados nas beiradas da sala, que ele supôs serem agentes de inteligência ou *experts* em algum assunto. Matigan sentiu-se livre para ignorá-los, visto que não conheciam o poderio do exército tanto quanto ele.

Na ponta da mesa, uma bela negra o espiou por cima de óculos de leitura, aparentemente incomodada com a interrupção. Cabelos pretos longos com faixas grisalhas caíam como uma cascata sobre os ombros dela, emoldurando seu rosto atraente e contrastando com o terno branco que usava. Matigan ficou ainda mais contente. Comprara para sua mulher, uma dona de casa, o mesmo terno da Donna Karan no ano anterior. A mulher interrompeu sua própria fala e encarou Matigan, que deu a volta na mesa para pegar o assento mais próximo à ponta.

Reclinando no encosto da cadeira, ele fez um aceno quase régio para a mulher.

– Prossiga, por favor.

A mulher pousou calmamente o ponteiro laser no atril à sua frente e o encarou, com as mãos na cintura.

– General Matigan, eu suponho. Eu sou Donde Reece, presidente deste comitê. Esperava que viesse mais tarde, hoje.

Matigan a encarou de volta.

– Imagino que sim. Mas dado o que aconteceu hoje cedo, e o que me foi passado pelo presidente, achei prudente dar ao comitê o benefício da minha experiência nessas questões o quanto antes.

– Ah, é mesmo? – Reece olhou feio para Wilson, que deu de ombros quase sem perceber. – E você acha que está... a par desta área do mundo?

Matigan sorriu, mastigando um charuto apagado enquanto falava. Como todos os edifícios governamentais, era proibido fumar no Pentágono, algo que forçava a contenção de alguns dos generais mais antigos.

– Sra. Reece, algum dia entenderá que não há muitos problemas que não possam ser resolvidos pela aplicação judiciosa do poderio do exército norte-americano. Tudo que preciso saber é quem está causando o problema, quantos agentes tenho sob o meu comando, e se vocês precisam que a situação seja tratada com discrição ou exposta. O nome e a história desse paisinho africano não importa patavinas em qualquer decisão que eu tome aqui.

– Hmmm. – Reece ajeitou os óculos e tornou a olhar para Matigan. – General, acho que o senhor traria uma contribuição mais... válida para esta conversa se tomasse conhecimento das informações que reunimos com muito trabalho sobre Wakanda. Mas se achar que está pronto para acompanhar, não seja por isso, sinta-se à vontade para escutar e partilhar quaisquer ideias que venha a ter.

Matigan torceu o nariz enquanto Reece se voltava para a tela.

– E, General – disse ela, olhando para trás. – É doutora... não "senhorita" ou "senhora". Também mereci a minha posição.

Reece religou seu ponteiro e mirou o mapa da África, na tela principal.

– Como eu dizia, visto que Wakanda está situada bem no centro de uma parte crucial da diáspora africana, seu espaço aéreo seria o local ideal para ataques contra diversos refúgios de terroristas do continente. Idealmente, se obtivéssemos a cooperação do novo governo wakandano ou talvez, quem sabe, se pudéssemos estabelecer uma força-tarefa conjunta, poderíamos aplicar um golpe devastador contra a Hidra, o Boko Haram, o que resta da Al-Qaeda, ou qualquer um dos diversos outros grupos que sabemos que estão tentando refugiar-se na África. O fato de que o rei T'Challa está aqui e disposto a ajudar significa que temos a oportunidade de...

– Com licença, *doutora* Reece – Matigan interrompeu, franzindo o cenho. – Sei que sou novo neste comitê e tal, mas quando foi que os Estados Unidos da América começaram a *pedir* permissão para usar o espaço aéreo de um país africano? Deveríamos dizer-lhes que aeronaves do exército dos Estados Unidos passarão a voar por ali, e que eles deveriam abrir o caminho. Fim de papo.

Reece suspirou.

– General, sei que está tentando impressionar o presidente e os seus superiores. Mas, se tivesse lido os dossiês, saberia que não se pode tratar Wakanda desse jeito. Eles precisam de... um toque especial.

Matigan riu-se e levantou-se da cadeira.

– Um toque especial? A única coisa especial que vão receber é uma equipe de doze homens das Forças Especiais que vamos usar para desestabilizar e derrubar o governo deles se não saírem da frente. Estou certo, pessoal?

Matigan olhou ao redor da sala, esperando ver todo mundo concordando e rindo. No entanto, tudo que obteve foram caras feias e murmúrios de desaprovação – até mesmo de Wilson, que devia saber o lugar dela.

– O que foi? – perguntou ele, tornando a encarar Reece.

Ela sacudia a cabeça pesarosamente para ele, que devolveu o olhar feio e passou-o para o restante dos presentes.

– Nós somos os Estados Unidos da América, minha gente. Nós acabamos com os exibidos e metemos bala. Ninguém, eu disse *ninguém*, fica no nosso caminho por muito tempo. – Com zombaria, ele tornou a fitar

Reece. – Só porque ela quer pegar leve com seus irmãos a-fri-ca-nos – ele cuspiu as sílabas com ênfase –, isso não quer dizer que temos que andar de fininho em torno deles e daquelas cabanas de grama em que moram em prol de política certinha e integração mundial. – Acenando de modo muito escrachado para Reece, ele concluiu: – Sem ofensa, *doutora*.

A sala ficou num silêncio mortal. Finalmente, Reece pigarreou e pousou seus óculos de leitura no atril antes de falar.

– Pessoal, vamos continuar esta sessão mais tarde hoje, às dezesseis. Vou querer planos de seus grupos de trabalho quanto a como convencer o rei T'Challa dos benefícios de trabalhar conosco ou pelo menos a fazer vista grossa para as nossas operações... ou talvez as da S.H.I.E.L.D. Obrigada, obrigada a todos.

Matigan ficou pasmo, vendo a sala esvaziar-se lentamente. Mesmo seus colegas militares recusaram-se a olhá-lo diretamente. Ele começava a dirigir-se para a saída quando Reece tornou a falar num tom muito suave:

– General, se importa de ficar mais um segundo?

Reece olhou para uma estupefata tenente Wilson, que pairava nervosa no canto da sala, ao lado de um loiro de terno escuro.

– Tenente, ele se encontrará com você na sala dele dentro de alguns minutos. Vá tomar um café e esperar. Ross, quero que fique mais um tempinho também.

– Senhora – Everett Ross assentiu, e acompanhou Wilson, que quase tremia, para fora da sala, fechando e trancando as portas rapidamente assim que a moça saiu.

Com um sorriso no rosto, brincando com um anel dourado no dedo, Ross foi até Reece e parou bem ao lado. Ela e Matigan olhavam feio um para o outro.

– Escute aqui... – Matigan começou.

– Não, Willie, *você* vai escutar – Reece interrompeu, metendo um dedo muito bem tratado no peito do general. – Se *algum dia* você questionar de novo a minha lealdade para com o meu país, vai ver sua carreira em Washington terminar de um jeito nem um pouco glorioso. Você não me conhece, não sabe do que está falando, e é do tipo que deixa morrer agentes do exército norte-americano apenas para provar que está certo.

E é isso que você faria se os colocasse em algum tipo de ataque de macho imbecil contra Wakanda.

– Dona, eu comandei tropas no Iraque, no Afeganistão, Niganda, Sokovia, Carpásia, e centenas de operações alternativas a que *você* não tem acesso para saber – bufou Matigan. – Você não faz parte do exército deste homem, então não faz ideia do que somos realmente capazes. Se eu digo que um par de americanos de fibra pode meter bala na cabeça de um ditador africano qualquer e montar um governo fictício em duas semanas, então é isso que vai acontecer; que se exploda a diplomacia. E eu não dou a mínima se você acha que eles são seus primos distantes. Eles não são americanos, e podemos dar um jeito neles sem nem suar.

Ross recostou-se na parede.

– Não, não podem.

Matigan virou-se para o rapaz e rosnou:

– Eu pedi a sua opinião, seu moleque?

Reece olhou feio para Matigan.

– General, ele é Everett K. Ross. É o *expert* em Wakanda do Departamento de Estado, e provavelmente a pessoa mais bem informada do mundo sobre essa área. Não há ninguém com mais conhecimento sobre Wakanda, a não ser as pessoas que lá vivem, como súditos do rei T'Challa. Acho melhor escutar o que ele tem a dizer.

– Besteira. Eu faço duas ligações para Langley, e teremos alguém dentro do castelo de palha deles relatando tudo para nós em duas semanas.

– Não. Tem. Como – Ross disse devagar, como quem fala com uma criança.

Isso só deixou Matigan ainda mais irado.

Não contradiga seus superiores, filho. Você não sabe as forças que eu tenho sob o meu comando.

Ross sorriu.

– Ligue pro Langley e pergunte sobre o pacote que eles receberam de Wakanda dois anos atrás, em quatro de julho. De algum modo, os wakandanos sabiam exatamente o quanto daquele troço usar para derrubar aqueles três agentes da CIA. Eles acordaram e começaram a detonar a caixa assim que estava sendo entregue pelo correio pelas portas das instalações da CIA na Virgínia.

Uma pequena cicatriz avermelhada acima do olho esquerdo de Matigan começou a pulsar enquanto ele procurava visivelmente manter o controle.

– Me dê um par de marinheiros, alguns daqueles meninos malucos do forte Bragg e uma frota de drones, e colocaremos aquele paiseco de nada de joelhos num piscar de olhos.

– Isso já foi tentado pelos melhores, general. Não chegou sequer a dar uma olhada nos dossiês que a Casa Branca lhe mandou? Eu perdi um fim de semana inteiro com uma gatinha treinadora de softball de Georgetown organizando a informação toda.

Matigan pigarreou ruidosamente, arrancando um sorriso irônico de Reece.

– Explique brevemente para o nosso querido general, por favor.

– Claro, senhora. Olha, general, Wakanda é notável pelo simples fato de que nunca foi conquistada em toda a sua existência. Nunca. Quando se avalia a história da região, o fato de que os franceses, os ingleses, os belgas, e vários invasores cristãos e islâmicos nunca conseguiram derrotá-los em combate... Bom, não tem precedente.

Ross olhou para um dos monitores, que piscava, perdendo e recobrando o foco. Palavras rolando no topo da tela diziam "Tempo real: Brinin Zana".

– Eles têm uma superioridade tecnológica que desafia qualquer explicação. Nenhum dos nossos satélites espiões consegue imagens úteis do que se passa dentro daquelas fronteiras. Então, mesmo que a gente resolva entrar com tudo, não temos ideia do terreno, da infraestrutura nem do poderia humano que nos aguarda.

– E de onde conseguiram essa tecnologia toda? Rússia? China? Latvéria? – perguntou Matigan.

– Eu tratei disso de modo bem detalhado no dossiê, general. Não fizeram alianças com nenhum dos lados durante a Guerra Fria, nem alianças contemporâneas com o mundo árabe, incluindo a OPEP. Apesar de estimativas geológicas de que possuem grandes depósitos de petróleo, eles nem extraem.

– Um dos caras da Roxxon comentou isso hoje de manhã – disse Matigan, pensativo.

– Que diabos o pessoal da Roxxon está fazendo com um dossiê da Casa Branca? – Reece perguntou, olhando feio para o general, que se fez de santo.

– Deixa pra lá. Continue, Ross.

– Wakanda não precisa usar petróleo como fonte de energia, nem do que seriam bilhões de receita como base financeira. Eles têm uma variedade de fontes de energia alternativas e ecossustentáveis, como solar e hidrogênio. Recusaram todas as propostas de todas as companhias de petróleo do mundo.

– Não tem nada de americano nisso – murmurou Matigan.

Ross olhou com curiosidade para o general.

– Eles não são americanos. São wakandanos, e é isso que importa. Eles pensam diferente; têm religião e história diferentes das do resto do mundo, e um espírito guerreiro que até mesmo algumas das culturas marciais mais ferozes do mundo temem.

– O que isso tem a ver com o preço do chá na China, Ross? – zombou Matigan. – Eu repito, com o esquadrão ideal de doze homens...

Ross suspirou.

– Não consigo mensurar o quão é idiota essa sua ideia, general. Os EUA já enviaram o melhor que tinham para Wakanda, e nunca foi suficiente.

Matigan apontou o dedo para Ross, ficando todo vermelho.

– Um assistente administrativo nerd igual a você não reconheceria os melhores da América mesmo que te metesse um coco bem na boca.

A raiva ficou evidente na expressão de Ross por um instante, mas ele se afastou para buscar uma maleta de couro que esperava no canto da sala. Apertou o dedo num leitor digital para destravá-la e mexeu em alguns papéis antes de retirar dali um *pen drive* que levou de volta para Reece.

– Doutora, se me permite.

Ela hesitou um pouco antes de abrir um sorriso para o rapaz.

– Acho que vamos ter que ficar mais um tempo aqui com o Willie. Vamos aproveitar e fazê-lo abrir os olhos para a realidade. – Ela se voltou para Matigan. – Você entende que a informação que está prestes a ver é confidencial, ultrassecreta, nível Q?

– Faço parte do Conselho Nacional de Segurança, doutora – Matigan vociferou. – Não existe nada da terra verdejante de Deus que eu não tenha autorização para ver.

– Acha mesmo? – disse ela. Ross segurou o riso. – Eu adoro quando eles mandam novatos, Everett. General, se sequer *pensar* em falar sobre o que vou te mostrar, não somente acabará rebaixado, mas muito provavelmente colocado para manejar uma torre de radar no Alasca até o final da semana. Fui clara?

Matigan ficou olhando para o dedo de Reece, que ela pressionou numa abertura do *pen drive*. O pequeno aparelho zumbiu e, quando emitiu uma luz verde, Reece foi até um computador de mesa e o plugou ali. O cursor que ela controlava movimentou-se num dos maiores monitores da sala; ela clicou num arquivo de vídeo e abriu o que parecia ser uma gravação digital de uma silenciosa clareira na mata. Pelo visto, uma câmera fora acoplada numa árvore para captar, num enquadre bastante amplo, o gramado verde-amarronzado que balançava abaixo.

Ela acenou para Ross, que começou a narrar ao mesmo tempo que um relógio iniciou uma contagem regressiva no canto esquerdo do alto do monitor.

– Os wakandanos partilharam isso conosco durante um dos períodos mais... tensos do nosso relacionamento. Foi filmado durante a Segunda Guerra Mundial.

Matigan bufou.

– Ninguém tinha tecnologia para filmar em cores dessa qualidade naquela época. Até mesmo nossos melhores materiais eram em preto e branco.

Reece sacudiu a cabeça, formando com os cabelos uma aura escura.

– Os wakandanos já tinham tecnologia para filmar em cores e já trabalhavam em meio digital. Mas isso não importa, general. Preste atenção.

A clareira permaneceu em silêncio por mais alguns instantes. Então, na beirada da densa vegetação rasteira, um escudo triangular com um conhecido desenho em vermelho, branco e azul emergiu lentamente. A câmera ampliou o foco devagar, captando os passos do Sentinela da Liberdade, que saía sorrateiro do matagal, aparentemente ignorando o fato de estar sendo filmado. Um Capitão América extremamente jovem, com seu novo uniforme de duralumínio reluzente combinando perfeitamente com o escudo, hesitou por um momento antes de acenar para que alguém o seguisse. Um par de soldados de capacete verde adentrou lentamente a clareira junto do Capitão. Traziam armamento pesado, com M2s e granadas, e carregavam mochilas pesadas. Os três hesitaram, depois se ajoelharam para consultar um mapa.

Ross voltou a narrar, vendo os homens estudando o artefato.

– Numa de suas primeiras missões, o Capitão América foi enviado a Wakanda para rastrear e capturar um agente da ciência nazista. Informações militares cruzadas faziam crer que esse agente estava tentando infiltrar-se no país para explorar um dos mais promissores conjuntos de armamento científico do planeta. Não podíamos deixar os nazistas botarem as mãos naquilo, então mandamos o que tínhamos de melhor para chegar lá primeiro... ou, caso não desse certo, dar cabo dos nazistas discretamente, antes que pudessem causar danos.

Matigan relaxou.

– Adoro assistir a filmes antigos que mostram o Capitão botando pra quebrar. Essa é a cara de um verdadeiro filho da América, minha gente.

Reece olhou com ironia para o general.

– Eu poderia te contar coisas sobre o programa dos supersoldados que produziu Steve Rogers que mudariam o que você pensa sobre essa "americanidade" toda, general. Mas vamos deixar isso pra outro dia e ver o Capitão "botando pra quebrar", como diz você. Sr. Ross?

– Sim, senhora. Veja, o que o Capitão não sabia era que os wakandanos tinham capturado e decepado os invasores nazistas em menos de doze horas depois de cruzarem a fronteira. E a tentativa norte-americana de "ajudar" os wakandanos discretamente também foi considerada uma invasão.

No monitor, a clareira na mata foi subitamente tomada por soldados wakandanos. Eles cercaram o Capitão América usando escudos e lanças que pareciam ter sido feitos de grama e brilhavam com algum tipo de energia desconhecida. O Capitão ficou de pé lentamente e levou as mãos à cabeça, acenando para os outros soldados que fizessem o mesmo. Um deles pareceu não gostar muito da ideia, e começou a levar a mão à arma. Um soldado wakandano fez um gesto, e uma corrente eletrônica saltou da ponta de metal de sua lança e voou para o soldado, fazendo o homem congelar, tremer e desabar no chão.

– Minha nossa, aquilo era um *taser*? Em 1941?

– Algo do gênero, senhor – Ross disse calmamente.

Eles viram o Capitão América ignorar os berros das tropas wakandanas e ajoelhar-se para checar o estado do soldado. Ele foi direto para o pulso; quando o homem se mexeu, o supersoldado americano levantou-se e começou a gritar com os wakandanos ali reunidos.

– A qualidade do som é muito ruim, mas o relatório do Capitão informa que ele tentou explicar-lhes que estavam ali somente para ajudar, e que seu soldado precisava de atenção médica. O comandante wakandano presente no local está dizendo que eles não vão a lugar algum enquanto seu rei não chegar. O Capitão não vai gostar muito disso.

O comandante wakandano e o Capitão continuaram a gritar um com o outro. Então, quase mais rápido do que a câmera podia acompanhar, o Capitão América avançou para o soldado africano, agarrou-o pelas lapelas do uniforme e o girou para a frente do próprio corpo, entre si e os soldados circundantes, numa poderosa chave de braço.

– Como pode ver, general, virando-o lentamente num círculo, o Capitão usou o soldado como escudo na frente, enquanto usava seu escudo *de verdade* nas costas para proteger-se. Entraram num impasse.

– Impasse o meu rabo! – Matigan rosnou para Ross. – Eu já vi o Capitão enfrentar situações de maior desvantagem e sair por cima.

Reece interrompeu o diálogo antes que Ross pudesse responder.

– Seja como for, o importante vem agora. Até onde sabemos, esse é o primeiro registro em câmera que conhecemos do Pantera Negra em ação.

Os soldados wakandanos dividiram-se rapidamente e se ajoelharam. O Pantera caminhou confiante até a clareira, o peito estufado, uma máscara de gato cobrindo o rosto todo, calças pretas e uma capa preta flamulando atrás de si. O Capitão América e o Pantera gesticularam um para o outro, conduzindo uma intensa conversação fora do alcance do microfone da câmera.

Ross tornou a narrar.

– O Capitão está dizendo que seu soldado precisa de atenção médica, e o Pantera está explicando que a penalidade por invadir Wakanda é a morte. Mas eles chegarão a um acordo.

No monitor, o Capitão empurrou o wakandano cativo para o Pantera. O comandante imediatamente baixou-se sobre um dos joelhos perante o Pantera, que pôs a mão na cabeça dele e o dispensou com um sussurro. O Pantera tirou seu ondulante manto negro e começou a espreguiçar-se como um felino num lado da clareira. O Capitão fez o mesmo do lado oposto.

– Mais tarde, o Capitão nos contou o que o Pantera tinha dito. Se o Capitão concordasse em enfrentá-lo num combate mano a mano, ele daria a atenção médica necessária aos compatriotas dele e alguém para acompanhá-los até a fronteira. Se o Capitão vencesse, também estaria livre para ir. Se perdesse, bem, a penalidade para a invasão seria a morte.

Os dois homens fizeram uma reverência. Então, sob algum sinal imperceptível, avançaram um contra o outro. O Capitão América meteu um poderoso soco na diagonal, mas o Pantera esquivou-se suavemente e o chutou na cabeça. Seu calcanhar errou o alvo por menos de um centímetro. O movimento frenético do Capitão para fugir do chute lhe permitiu passar a perna debaixo das do Pantera. Este deu um salto logo em seguida, e o impacto de seus pés no escudo do Capitão América fez este recuar e firmar-se nos calcanhares. Com um salto, o Pantera meteu os punhos na cabeça do Capitão mais uma vez, apenas para ser bloqueado de novo pelo escudo triangular. Faíscas pularam do escudo quando o Pantera o arranhou com suas garras na tentativa de arrancá-lo dali, mas o Capitão não soltava por nada.

Mais um sinal imperceptível e os combatentes se afastaram um do outro e começaram a circular. Os wakandanos, em grande torcida, formaram um ringue humano.

– O Capitão revelou depois que nunca tinha enfrentado alguém tão rápido e perigoso quanto o Pantera – disse Reece, admirada.

Matigan olhou feio para ela, e estava prestes a falar quando os dois homens tornaram a se atracar.

O Capitão fez uma finta para a esquerda e avançou subitamente para o Pantera, claramente esperando poder usar seu vantajoso tamanho e subjugar o mais magro. O Pantera saltou por cima do oponente, usando o impulso para empurrá-lo para os soldados circundantes, que o jogaram de volta para o ringue. O Capitão atacou de novo, agora com o escudo – mas dessa vez o Pantera firmou os pés no chão e esperou. Um instante antes do impacto, ele deslizou e girou entre as pernas do Capitão, derrubando o soldado do uniforme multicor no chão. Quando este caiu na terra, o Pantera saltou e meteu os joelhos na estrela nas costas do Capitão, atacando logo em seguida a nuca, que estava desprotegida.

O Pantera continuou tirando proveito de sua vantagem, atacando sem parar, enquanto o Capitão América lutava para virar-se e ficar de pé, brandindo violentamente o escudo para recobrar o ritmo da luta. Mas uma finta suave para o lado deixou o centro do corpo do Capitão desprotegido, e o Pantera meteu os punhos no esterno dele, fazendo-o tropeçar para trás, deixando-o aberto para um soco no queixo que o derrubou no chão.

Ross, Reece e Matigan viram o Pantera impor-se sobre o Capitão sem dizer nada, parecendo nem respirar com dificuldade. Com um gesto, então, ele mandou médicos correrem para o soldado americano ferido. O outro soldado foi retirado dali às pressas junto do primeiro. O Pantera ergueu o Capitão América, com escudo e tudo, como uma criança, colocou-o sobre o ombro e saiu do escopo da câmera, retornando para a floresta, com seus soldados ovacionando atrás. Mais alguns segundos, e a gravação terminou.

Matigan ficou em silêncio por um minuto, depois pigarreou.

– Obviamente, o Pantera Negra não matou o Capitão. O que houve?

– Alguns dias depois, o Capitão América e os dois soldados apareceram num luxuoso avião particular de Wakanda com a primeira remessa de vibranium para o governo norte-americano. Aparentemente, o Capitão impressionou o Pantera. – Ross deu de ombros. – Embora não tenha conseguido convencê-los a juntar-se aos Aliados, nem a partilhar a maior parte de sua tecnologia, os wakandanos assinaram um tratado de paz com os

Estados Unidos e concordaram em deixar nossos cientistas examinarem o raro metal encontrado em seu país, que é a fonte de boa parte da tecnologia deles. Sabe o escudo circular que o Capitão usa hoje? É uma liga de vibranium feita dessa primeira remessa.

Matigan largou-se numa das cadeiras de couro.

– Isso foi na Segunda Guerra Mundial, Ross. Estamos muito mais fortes do que éramos nessa época.

– Sim, general... e Wakanda também. De acordo com o Capitão, o Pantera que ele enfrentou se chamava Chanda. O Pantera atual é T'Challa, neto dele. E, como pôde ver nas imagens de hoje, ele luta tão bem quanto o avô. Ao contrário deste, contudo, T'Challa passou muito tempo fora de Wakanda, então sabemos um pouco mais sobre ele do que sobre o pai ou o avô.

Ross tirou uma pasta da maleta e a deslizou pela mesa, para Matigan.

– Pedi ao Dr. Richards, no edifício Baxter, que fizesse um perfil de T'Challa para nós, já que pelo visto eles são amigos.

Matigan começou a folhear as páginas, mas fechou com tudo a pasta, frustrado.

– Não tenho tempo para isto, Ross. Fale o principal.

Ross suspirou mais uma vez.

– Ninguém lê mais. General, parece que T'Challa é o que há em inteligência e força bruta. Richards acha que ele é um erudito com memória eidética, o que faz dele um indivíduo raro neste planeta. Richards acredita que T'Challa seja tão, ou até mais inteligente, em certos aspectos, do que Anthony Stark, Victor Von Doom, ou mesmo Bruce Banner. E ele daria cabo de todos esses desarmados, ou quem sabe até armados, em combate. Por dez anos, o então príncipe T'Challa saiu de cena. Ah, ele aparecia em eventos reais e recepções internacionais, mas o que esteve fazendo o restante do tempo? A CIA levou séculos para descobrir por onde ele andava. Durante esse tempo, um tal "Luke Charles" fez mestrado em Ciências, Física e Política Internacional em diversas universidades ao redor do mundo, inclusive aqui, nos Estados Unidos. Achamos até que ele tirou umas férias pra dar aula no Ensino Médio, no Harlem. A última coisa que conseguimos aferir foi o pós-doutorado em Física na

Universidade de Oxford, que ele obteve antes de retornar a Wakanda e assumir o trono.

– Então o cara é um crânio, também – zombou Matigan. – Então ele devia fazer algo melhor do que ficar zanzando por aí de calça colada.

– Você não está entendendo. – Ross passou a falar num tom de voz sem a menor sombra de zombaria, firme, sem mostrar emoção. – O que você viu não são calças, nem um traje de super-herói. Como chefe do Clã da Pantera de Wakanda, o traje de pantera de T'Challa é uma regalia cerimonial que o designa como líder do país e chefe religioso. Na verdade, o melhor jeito de pensar nele é como algo similar a uma mistura de presidente, papa e chefe do Estado-Maior Conjunto.

– Então – Matigan interrompeu –, se pudermos tirar esse traje dele e colocar em outra pessoa, ela será líder dos wakandanos?

– O título de Pantera Negra é hereditário, mas mesmo assim tem de ser conquistado. Há uma série de provas tão árduas que somente candidatos que tiveram treinamento especial desde crianças passam por ela com vida. Mas, apenas para que todos tenham uma chance, ouvimos dizer que uma vez ao ano o Pantera permite que os wakandanos o desafiem em combate pelo direito ao trono.

Ross sorriu ao ver as engrenagens trabalhando na mente do general.

– Já tentaram, general. T'Challa e os ancestrais dele venceram todo ano, e isso ocorre há séculos. A não ser jogando uma bomba neles, e eu não acho difícil T'Challa ter defesas preparadas para isso, nossa melhor opção é conversar. Negociar com eles de igual para igual.

Matigan franziu a testa e se levantou de novo para zanzar pela sala.

– Então o que temos aqui é um país militar pagão com capacidade tecnológica desconhecida. Basicamente, uma nação rebelde.

Ross trocou olhares com Reece antes de continuar.

– Bom, general, antes que o senhor os declare um membro do Eixo do Mal, lembre-se de que eles nunca invadiram outro país. Somente tomam atitudes hostis quando precisam defender suas fronteiras.

– Você acabou de afirmar que um membro da família real deles foi um imigrante ilegal neste país, não foi? E não posso acreditar que ele veio sozinho, então existem membros de um governo estrangeiro disfarçados no território americano. Isso me soa como uma possível ameaça terrorista.

Reece olhou para Ross antes de retomar o comando da conversa.

– Acho que estamos nos antecipando um pouco aqui. O rei T'Challa é agora um convidado dos Estados Unidos, e temos uma oportunidade sem precedentes de melhorar as relações entre os dois países por meio da negociação. Precisamos do espaço aéreo deles. Só temos que descobrir o que eles precisam de nós.

Matigan começou a meter papéis em sua maleta.

– Uma mudança de regime eliminaria qualquer necessidade de negociação. Acho que sei o que o presidente diria se levássemos nossas opções a ele. Mas enfim, doutora, não é procedimento-padrão ter uma opção militar disponível contra qualquer ameaça em potencial contra os Estados Unidos?

Reece hesitou, fazendo Matigan abrir um sorriso.

– E vocês têm uma opção militar preparada? – ele continuou. – Se não me engano, não é nossa prerrogativa estarmos preparados para qualquer situação, improvável ou não?

Reece fez que não.

– Wakanda não é uma ameaça iminente contra os Estados Unidos, general. Receio que qualquer atitude impositiva seria tomada como um ato hostil por um país que deveria ser um aliado dos nossos interesses.

Matigan sorriu, ironizando.

– Lembre-se, doutora, de que eu sou o representante do exército nesta força-tarefa, não você. Você opina nas táticas políticas, eu opino nas táticas militares, e a Casa Branca escolhe aquela que preferir. Visto que você falhou em ter uma opção militar preparada, é isso que quero que me apresente na reunião das dezesseis. Coloque alguns daqueles nerds pra trabalhar nisso. E sinta-se livre para trazer pessoal das operações científicas do exército. Não importa o quanto custe: nós temos que ser capazes de derrubar Wakanda se for preciso.

Matigan saiu em direção à porta olhando para Ross.

– Você me convenceu, sr. Ross. Este conflito não é algo apropriado para tropas convencionais. É um trabalho para forças especiais. Forças muito especiais...

Dito isso, o general saiu e bateu a porta.

Reece suspirou.

– Ele vai dar trabalho, não vai?

4

AO ENTARDECER, uma multidão começou a reunir-se nos arredores do palácio real de Wakanda. Ninguém anunciara que o Quinjet real de T'Challa estava para pousar, mas, de algum modo, os rumores se espalharam pela capital do país.

Da janela de sua aeronave, T'Challa achou engraçado ver os milhares de cidadãos que o ovacionavam, esperando que ele pousasse. O Quinjet pousou suavemente perto do palácio real e foi recebido com o bramido dos wakandanos reunidos, que esperavam para ver seu jovem rei desembarcar de sua primeira viagem de sucesso para o exterior como governante do reino.

– *Como eles sabiam?* – perguntou ele em *hausa*, o idioma nativo das Dora Milaje, fingindo que estava bravo.

Do outro lado da cabine, Nakia forçou uma expressão de inocência.

– *Eles sentem a sua falta, Amado.*

Nakia não pôde esconder o brilho no olhar quando baixou a escotilha do Quinjet e espiou lá fora. Ela e Okoye tinham vestido a tradicional armadura leve das Dora Milaje, e portavam espadas curtas e rifles de cano longo pendurados nas costas. Okoye ainda usava os óculos de sol vermelhos pelos quais se apaixonara – ela os vira no rosto de um membro da equipe da embaixada.

Continuaram falando em *hausa*, sabendo que o piloto podia ouvir cada palavra que diziam.

– *Faz muito tempo que o Pantera Negra não se aventura além das fronteiras do reino, e... tão publicamente. Imagino que ficaram preocupados com você* – prosseguiu Nakia.

– *Assim como nós, Amado* – disse Okoye, rompendo seu silêncio. – *Entrar num tiroteio em solo estrangeiro pode não ter sido uma boa ideia para o rei de Wakanda, ainda mais depois de ter ordenado a suas guarda-costas que protegessem alguém além de vossa alteza real.*

– *Acha que em algum momento corri perigo?* – disse T'Challa, recostado em sua cadeira, olhando de cenho franzido para a Dora Milaje. – *Acha que por um segundo que fosse eu precisei de ajuda naquela situação?*

As duas mulheres entreolharam-se por um instante.

– *Não, Amado* – Okoye disse baixinho.

– Não, eu não precisei. Eu as coloquei para o uso mais importante que havia no momento, garantindo que os Wallmans, que tinham sido honrados pelo representante da Deusa Pantera, não fossem feridos. Estão questionando a minha decisão?

Nakia estava prestes a falar, mas um olhar sério de Okoye a silenciou.

– Claro que não, Amado.

T'Challa ajeitou o terno e desembarcou, gerando comoção na plateia.

– Da próxima vez, Nakia, talvez seja melhor você considerar as repercussões de segurança de vazar o paradeiro do rei, principalmente levando em conta a reação dos norte-americanos à ajuda dele – Okoye ralhou com a mais nova, bem baixinho, conforme as duas desembarcavam logo atrás do monarca, que acenava para a multidão.

– Nosso rei é adorado por todo o seu povo – Nakia sussurrou de volta. As duas escanearam a multidão, à procura de ameaças. – *Principalmente depois de ter passado tempo num país dividido como os Estados Unidos, achei que seria apropriado lembrá-lo disso. E não é por isso que você está brava.*

– Falamos sobre isso depois – Okoye sibilou.

Levas de wakandanos ovacionaram o rei, que foi passando por entre as pessoas. Ele sussurrava bênçãos para as crianças, pousava a mão sobre a cabeça daqueles que se ajoelhavam e cumprimentava os que avançavam na tentativa de tocar suas roupas.

– Deus Pantera! Deus Pantera! – entoava a multidão, em wakandano.

T'Challa seguia em direção aos jardins do palácio quando uma garotinha veio correndo até ele trazendo flores. As Dora Milaje olharam com preocupação, mas bastou o rei acenar para que elas se acalmassem.

– Foi você quem escolheu, docinho? – perguntou T'Challa, virando nas mãos o buquê de flores africanas. – São lindas.

– Obrigada, Deus Pantera – sussurrou a criança, os olhos fixos no chão, de medo.

T'Challa abaixou-se e pôs a mão debaixo do queixo da menina, levantando-o suavemente até que seus olhos se encontrassem.

– Eu não sou um deus, filha. Sou só um homem como qualquer outro, que fala em nome da Deusa Pantera. Eu respiro, eu choro, eu durmo... assim como você.

O medo nos olhos da menina não diminuiu conforme ela se esforçava para encontrar as palavras. Finalmente, disse baixinho:

– Sim, Deus Pantera.

T'Challa suspirou e acenou à menina que voltasse aos pais.

– *Ela vai falar sobre o dia em que foi abençoada pelo Deus Pantera para o resto da vida* – Nakia sussurrou para o rei, sendo por ela e Okoye escoltado para os pátios interiores do palácio, deixando para trás a multidão.

Paradas em frente ao quarto principal, junto de um imenso totem em forma de pantera que indicava ser ali a entrada tradicional da suíte presidencial do Pantera, estavam duas mulheres em esvoaçantes vestidos de *kente*. A mais velha foi ter com T'Challa de modo comedido, mas com uma graça cheia de confiança. Seus longos cabelos grisalhos ondulavam com uma brisa suave. Os da mais nova, cortados bem rentes à cabeça, eram contidos por uma pequena tiara prateada. Ela caminhava com a mesma confiança de T'Challa, mas munida da beleza no lugar da armadura e da bravata da juventude inexperiente.

– Mãe! Shuri! Não esperava que viessem me ver tão cedo.

T'Challa tomou a mãe nos braços e deu um abraço apertado. Em seguida tentou dar um empurrão na irmã, de brincadeira, mas a menina, rindo, esquivou-se e deu-lhe um leve soco no braço.

– O que você esperava, depois que vimos você aprontando por aí, desviando de balas nos Estados Unidos? – disse Shuri, aos risos. – Eu quase comecei a medir a sala do trono pra mandar fazer cortinas novas.

Ramonda, a Rainha Mãe olhou feio para a filha.

– Shuri! Não tem graça nenhuma. T'Challa podia ter se machucado seriamente. – Ela olhou para além do rei, para Nakia e Okoye, que estavam logo atrás. – E onde exatamente estavam as Dora Milaje quando seu novo rei enfrentava uma tempestade de balas?

Nakia fixou os olhos no chão; já Okoye permaneceu impassível. T'Challa olhou para as duas guarda-costas por um segundo, para então voltar-se à mãe.

– Elas faziam o que eu tinha ordenado, mas podemos falar disso mais tarde, mãe. Preciso me trocar e me preparar para o encontro com o conselho de segurança. Você pode jantar comigo depois da reunião do conselho?

– Claro. – Ramonda olhou para Shuri. – E você, minha filha? Está livre hoje?

– Bom, acho que posso arranjar um tempo – Shuri brincou. – Até porque eu não estou ocupada com meus afazeres de membro do conselho de governo.

Ramonda resmungou, e T'Challa sorriu para essa discussão tão batida.

– De novo, não. Seu lugar vai estar esperando por você quando chegar a hora. Você só tem dezenove anos.

– T'Challa assumiu o lugar dele antes disso, mesmo antes de todo mundo ter certeza de que ele iria receber a bênção da Deusa Pantera – Shuri apontou, fazendo o máximo para evitar olhar para o irmão.

– Eu era o filho mais velho de um rei falecido – disse ele. – Wakanda precisava de continuidade depois da morte do pai. Você sabe disso.

– O que eu sei é que... – Shuri começou, mas a mãe a interrompeu.

– Já chega, Shuri! Deixe o seu irmão tomar banho e se arrumar, e podemos retomar toda essa discussão mais tarde. Nakia, Okoye, vamos acompanhar vocês até suas irmãs.

Após garantir que haveria alguém fazendo a segurança na porta de T'Challa, as quatro mulheres pegaram o corredor para a ala das Dora Milaje do palácio real, pelo qual seguiram em silêncio. Nakia olhava para Okoye enquanto andavam, na esperança de chamar a atenção dela e ver em seu olhar algum sinal do que estava para acontecer, mas a parceira mantinha uma expressão estoica durante o trajeto por entre paredes muito ornamentadas, seguindo as duas realezas. Essa expressão era a mesma do rosto de Ramonda, que não esboçava emoção alguma. Shuri não dava conta de nenhuma delas, mexendo furiosamente na tela de seu cartão Kimoyo, fino feito biscoito, ignorando as ondas de raiva não expressada que vinham da mãe.

Finalmente, Ramonda parou e virou-se furiosa para encarar as guarda-costas de seu filho.

– Como é que as Dora Milaje permitiram que o rei, meu único filho, corresse perigo numa briga de rua na América? – sibilou ela para as duas mulheres, dando um susto na filha.

– Vossa majestade... – começou Nakia, mas parou quando Okoye ergueu a mão.

– O rei nos ordenou que esperássemos – Okoye respondeu calmamente. – Mesmo com essa ordem, ele não correu perigo algum.

– Por causa das habilidades dele ou das suas? – Ramonda ralhou. – Dora Milaje foi fundada...

– Não precisamos que nos conte sobre a nossa própria história – disse Okoye entredentes, interrompendo a rainha.

– Nem sobre as suas falhas?

Ramonda olhava Okoye bem nos olhos, desafiando a guarda-costas a prosseguir. Boquiaberta, Shuri observava as duas mulheres que se encaravam. Okoye, então, baixou o rosto e recuou um passo. Nakia assumiu a dianteira e se intrometeu no confronto.

– Não, não precisa, vossa majestade.

Ramonda respirou fundo e se recompôs.

– Eu queria ter essa conversa longe da audição extraordinária de T'Challa. O conselho está muito decepcionado com as atitudes das Dora Milaje. Eles, e eu, receamos que o rei continue se colocando nessas situações, e as Dora Milaje não sejam capazes de se impor entre ele e aqueles que o poderiam ferir.

Olhando para a filha, ainda espantada, a rainha prosseguiu:

– Eu entendo a importância das Dora Milaje, e a posição perigosa em que uma possível dispensa deixaria o país. Sei que não sou uma de vocês, mas queria garantir que as Dora Milaje mantivessem alguma conexão com a família real. Portanto, quero que Shuri comece a treinar com vocês para me certificar de que ela mantenha a prática do combate, e para cimentar a relação entre as Dora Milaje e a família real.

Okoye estava quase tremendo de raiva, e teve de lutar para recuperar o controle antes de falar.

– Essa decisão já foi tomada? O que o rei tem a dizer?

Ramonda estudou a alta guarda-costas.

– Ele... ainda não sancionou. E eu ainda tenho que falar com seus anciãos sobre o treinamento de Shuri.

Nakia levou a mão ao ombro de Okoye para acalmá-la.

– Obrigada, vossa majestade, por trazer essa questão à nossa atenção – disse, baixinho. – Nós a discutiremos com as nossas irmãs e traremos de volta um plano de ação para que a senhora e Shuri aprovem.

– Obrigada, Nakia. Falaremos sobre isso de novo. Venha, Shuri.

Ramonda saiu andando pelo corredor. Atônita, a filha foi logo atrás. Okoye ficou só de olho. Nakia respirou fundo.

– *Venha, irmã, temos planos a fazer.*

Nakia pegou Okoye pela mão e a levou até as portas duplas que davam para seus aposentos no palácio.

– *Os anciãos têm que ser informados, e temos que fazer o relatório.*

– *Vão colocar a culpa em nós* – Okoye avisou.

Nakia deu de ombros.

– *Então entraremos juntas na fogueira e morreremos lutando como verdadeiras Dora Milaje. Nada de medo, irmã.*

Okoye abriu um sorriso angustiado no rosto.

– *Às vezes eu me esqueço de por que te aturo, irmã. E às vezes me lembro.*

Nakia sorriu.

– *Nós nunca nos rendemos, irmã. Não é agora que vamos nos render.*

o———o

Recostado em sua cadeira, T'Challa observava os rostos de seus conselheiros mais íntimos, em sua sala de reuniões, vendo neles uma férrea determinação. Sentado na ponta de uma mesa triangular, com duas Dora Milaje armadas logo atrás, o rei comandava facilmente a atenção dos presentes. As duas últimas palavras que dissera, no entanto, tinham deixado todos na sala desconfortáveis – até mesmo a Rainha Mãe, Ramonda, sentada a seu lado direito.

– O presidente estava... indisposto para o nosso encontro marcado na Casa Branca, e ofereceu uma reunião com seu vice-presidente – T'Challa disse calmamente. – Nós recusamos e retornamos à embaixada. Contatos futuros serão feitos pelo embaixador.

Os homens e mulheres ao redor da mesa começaram a trocar cochichos.

– Meu rei, me perdoe – disse uma das conselheiras, esfregando as mãos –, mas o embaixador Abayomi passou anos trabalhando com políticos conservadores para arranjar esse encontro dentro da Casa Branca para Wakanda.

Um senhor que mais parecia um urso cinza, todo adornado de ouro e apoiado num cajado, olhou para a mulher de onde estava sentado, do lado oposto da mesa, e bufou.

– O rei tem razão. O Pantera Negra não aceita encontrar-se com subalternos.

– No entanto, alteza, um contato maior com o mundo exterior foi uma ideia que você promoveu por anos enquanto príncipe. Essa seria uma ótima chance de definir para o mundo o lugar de Wakanda na hierarquia das nações.

O velho sacudiu a cabeça.

– O mundo só precisa saber que Wakanda não será insultada, desrespeitada ou intimidada por ninguém. Uma reunião com um vice-presidente não garante nada disso.

T'Challa permaneceu em silêncio enquanto seus ministros discutiam em torno da mesa. Ramonda também nada dizia, sem tirar os olhos do filho. Bastou que ele se mexesse um pouco na cadeira, no entanto, e toda a sala logo se aquietou.

– Estarei disponível para o presidente se ele quiser me encontrar – disse em voz baixa o rei. – Do contrário, nossos habilidosos diplomatas podem lidar com as negociações entre Wakanda e os Estados Unidos.

Ramonda olhava para T'Challa com uma impaciência muito mal dissimulada.

– Saberia dizer se o cancelamento teve a intenção de nos insultar? Ou foi algo realmente inevitável?

Um dos homens sentados perto do outro canto da mesa inclinou-se à frente.

– Talvez a sua interferência nos procedimentos domésticos de segurança tenha algo a ver com isso.

A sala ficou em silêncio.

– O que quer dizer, general H'llah? – perguntou T'Challa, imóvel, com um olhar gélido.

H'llah agitou-se na cadeira.

– Peço que me perdoe, meu rei. Mas tratamos de tudo que cerca os fatos durante toda esta reunião, e já é hora de irmos ao cerne das questões. O Pantera Negra é o coração e a alma de Wakanda. *Wakanda*, meu rei, não dos Estados Unidos. Você arriscou tudo o que somos numa batalha que não teve significado algum para o nosso povo.

H'llah recostou-se no assento, evitando propositalmente o olhar de T'Challa. Olhando ao redor da sala, o rei viu a mesma dúvida replicada nos rostos dos demais.

T'Challa inclinou-se para a frente e pôs-se a tamborilar os dedos na mesa cor de ônix.

– Quando rezo para a Deusa Pantera, peço a sabedoria para liderar o nosso povo. Peço a coragem de fazer o que precisa ser feito. Peço que o meu povo seja próspero e feliz. – O rei levantou-se, e um brilho diferente faiscou em seu olhar. – Não peço por covardia ou autopreservação. Não peço que a Deusa Pantera sacrifique os inocentes por minha causa, ou mesmo por causa de Wakanda. Não peço que nossa nação perca sua honra de novo, pois ficamos aqui e nos protegemos enquanto nossos irmãos e irmãs são vendidos, mantidos em cativeiro, estuprados, espancados ou reprimidos. Não mais nos acovardaremos atrás de nossos muros. Não nos curvaremos. Andaremos com orgulho pelo mundo, declarando que somos wakandanos. Se alguém discordar, eu o agradeço pelos seus serviços e aguardo sua carta de demissão na minha mesa.

T'Challa rodeou a sala, encarando cada um de seus ministros. Quando alcançou os olhos da mãe, pôde enxergar ali o orgulho, escondido atrás da expressão de seriedade.

Tendo retornado a seu lugar, o rei olhou para o homem alto e grisalho sentado quieto no canto da sala.

– W'Kabi. Você serviu ao meu pai como conselheiro de guerra. Você será meu regente quando eu deixar a Cidade Dourada, o que será o menos frequente possível.

T'Challa apontou para a mãe.

– Minha mãe falará por mim até que minha irmã chegue à idade de assumir seu lugar no conselho regente. Isso garantirá a continuidade de Wakanda caso algo aconteça comigo. Mas eu não ficarei sentado, à toa, desonrando aquela a que servimos, preservando a minha vida em vez de trabalhar para servir a toda a humanidade. Ficou claro?

Os ministros murmuraram, concordando.

T'Challa sorriu.

– Ótimo. Próximo assunto.

– Wakanda é um perigo óbvio e atual para os interesses americanos – dizia um exasperado ruivo, metendo os punhos no tampo de uma cara mesa de cerejeira.

Matigan suspirou e olhou para os presentes na sala de reuniões. De onde estava, podia ver claramente a Casa Branca através das janelas muito altas, do outro lado da sala. Quase caiu na gargalhada. Aquele museu gelado era um mero símbolo da força dos Estados Unidos, pois, na verdade, o verdadeiro poder do país estava sentado ao redor da mesa, junto dele.

Boa parte dos rostos que o observavam pertencia a conhecidos; gente com quem servira no exército e outros que conhecera durante a campanha do presidente. Honestamente, detestava a maioria, mas eram amigos do presidente, então ele tolerava a presença deles. Alguns eram capitães da indústria; outros eram espiões de terno.

Matigan não se importara de guardar seus nomes na memória, assim como eles não tinham se importado com o dele. Mas todos sabiam por que estavam ali. Matigan voltou a olhar para o ruivo, que continuava seu espumado discurso contra tudo que se referia a Wakanda.

– Aqueles, aqueles africanos... eles não vão nos ensinar como enfrentar o terrorismo – rosnava ele.

– E não vamos deixar – disse Matigan, com toda a paciência. – Nossas forças são mais do que capazes de guerrear com ou sem a ajuda dos wakandanos. Mas, sinceramente, protegeremos mais vidas dos nossos garotos se trabalharmos pelo espaço aéreo de Wakanda.

– Então vamos anunciar que descobrimos um acampamento terrorista no local, detoná-los com uma bomba de gravidade e construir a base de operações ali mesmo – disse o ruivo, sorrindo. – É o que fazemos melhor.

– Calma lá – disse muito pausadamente um homem grisalho. – Não nos animemos tanto assim. Tem algumas... algumas coisas que queríamos adquirir antes de derrubar todas as paredes.

– A intenção aqui não é botar essas mãos melecadas no vibranium deles – disse Matigan, inclinado para a frente, o cenho franzido. – Nosso objetivo é a segurança do país.

– E o nosso objetivo é a segurança dos nossos traseiros. – O sotaque texano do homem fez o riso parecer arrastado e pétreo quando ele riu. – Mas parece que as nossas intenções são similares. Você vai conseguir o que quer, nós vamos conseguir o que queremos. Só temos que... pensar direito nisso tudo.

– O que quer dizer?

Matigan odiava contadores de histórias afetados como Saunderson, que retinham cada fragmento de informação que podiam para benefício próprio.

– Não temos necessidade imediata de agir, temos? Podemos prolongar isto aqui. – Saunderson olhou para os demais, finalmente focando o olhar num homem calado, sentado na ponta da mesa, com uma postura que gritava indiferença ao mastigar um palito de dente. – Desestabilização, destruição. É o que *você* faz melhor, certo?

O palito de dente dançou pela boca do sujeito por um minuto.

– Não pode ser um trabalho aqui de dentro. Tecnicamente, eles ainda são um aliado, e qualquer erro causaria meses de congressistas intrometidos fuçando em coisas que não lhes dizem respeito. Estou achando que talvez precisemos de talento estrangeiro neste caso.

O ruivo ajeitou os óculos.

– Até o momento, suas opções não me impressionaram. Ou não levei em conta o fato de que agora somos os encarregados da Latvéria?

O palito de dente dançou mais rápido ainda.

– Algumas nozes são mais difíceis de quebrar do que outras, devo admitir. Mas o homem que tenho em mente é um profissional, e tem experiência em lidar com a realeza de Wakanda. Contanto, claro, que possamos pagar.

Saunderson bufou.

– Seja lá qual for o custo, vamos ganhar cem vezes isso se pusermos as mãos na tecnologia wakandana. Pode ligar pra ele.

5

T'CHALLA SORRIA PARA SI, ouvindo as exclamações de surpresa ao dar cambalhotas sobre o cavalo do ginásio real com uma das mãos, sem perder o ritmo. Disseram às crianças trazidas para visitar o palácio real que a cabine de observação tinha isolamento acústico, então elas não perturbariam o rei durante seu período de exercício, que ele realizava duas vezes ao dia. Disseram-lhes que ficassem à vontade para ovacionar ou aplaudir os movimentos impressionantes que estavam para ver. O que ninguém sabia, no entanto, é que os ouvidos afiados de T'Challa podiam escutar através do isolamento acústico comum – então, por anos, ele apreciara, sem que ninguém soubesse, a adulação dos espectadores. Era um dos poucos momentos em que ele se permitia aproveitar sem hesitação a admiração de seus súditos, sem o embaraço que sempre o atrapalhava em público. E ele bem que podia se permitir se exibir um pouquinho, só para as crianças.

A cavernosa academia tinha todos os equipamentos regulares de exercício – bolas de velocidade, esteiras e halteres –, bem como aparelhos de ginástica, como a trave, o estrado, barras paralelas e anéis suspensos. Mas as pessoas quase sempre ficavam mais impressionadas quando ele subia para o que chamava particularmente de Floresta de Ferro: um conjunto de anéis, mastros e plataformas montado no teto. Lá ele podia realmente alongar os músculos e testar seu treino especializado de Pantera. Tio S'Yan andara correndo atrás dele para colocar redes de segurança debaixo do constructo, apenas por precaução, mas T'Challa acreditava que uma fagulha de medo manteria seus instintos afiados. *Além do mais*, pensava ele – saltando de plataforma em plataforma, para atravessar facilmente uma rede de mastros pontudos –, *tem que ser legal pra quem estiver assistindo*.

Alguns minutos mais tarde, depois de acenar brevemente para seus admirados súditos, T'Challa baixou suavemente para o tablado e começou uma intricada série de alongamentos para relaxar. Ao mesmo tempo, foi estudando assuntos do palácio num monitor holográfico. Tinha acabado de concordar com a proposta de construção de uma nova barragem perto do Vale da Serpente quando Shuri entrou na academia, clicando em sua tela e bebericando água de uma garrafinha. Usando roupas de treino similares às do irmão, a menina o ignorou e começou sua própria série de alongamento.

– Bom dia, ursinha Shuri – ele provocou.

– O que tem de bom, gatinho? – ela resmungou, e dobrou-se para trás, num grande arco, até pousar delicadamente as mãos no chão.

Os dois ficaram se esticando em silêncio por um minuto, até que Shuri largou-se no chão com uma baforada de angústia. Sempre bom em julgar o humor da irmã, T'Challa sentou-se ao lado dela e deixou que ela baixasse o rosto no ombro dele. Após alguns segundos, ela riu.

– Está fedido – brincou.

T'Challa riu também.

– É porque um de nós já fez seus exercícios, enquanto o outro está uma verdadeira lesma hoje. – Com o quadril ele deu uma cutucada de leve nela. – Agora me conte qual é o problema.

Shuri suspirou.

– A mãe não confia em mim. Quer que eu treine com as mães dos seus futuros filhos. Acha que vai me dar estrutura.

– Tome cuidado pra que elas *nunca* te ouçam chamando-as assim, ou a estrutura que elas vão te dar vai incluir uma cama sete palmos abaixo da terra. – T'Challa começou a massagear os ombros da irmã, solvendo as tensões que pareciam irradiar dela como calor. – Nossa mãe quer o melhor pra você, e devíamos respeitar a sabedoria dela.

– Ela quer o melhor pra *você*, T'Challa – Shuri resmungou. – E ela nem é sua mãe de sangue. *Eu* devia ser a favorita, não o enteado.

T'Challa levantou-se graciosamente e jogou uma toalha em cima do ombro.

– Ela ama a nós dois, ursinha Shuri. Mas eu sou o rei. E, se você preferir, posso fazer do seu treinamento uma ordem real, em vez de um pedido de mãe.

Shuri olhou desconfiada para ele.

– Isso tudo... foi ideia sua, não foi?

T'Challa olhou para a plataforma de observação, agora vazia.

– Andei pensando numa mudança para as Dora Milaje, um novo papel no qual elas serviriam. E se acostumarem com sua presença é o primeiro passo.

Shuri ergueu as sobrancelhas.

– Sério? Está pensando em tirar delas o papel de guardiãs? Ou dispensar todas de uma vez?

– As Dora Milaje mantiveram a paz em Wakanda por anos. Eu jamais interferiria em tão nobre tradição. – T'Challa flexionou os braços e olhou para Shuri com uma expressão séria no rosto. – Mas, uma vez que conto com as bênçãos da Deusa Pantera, preciso mesmo da proteção de mulheres mortais, ainda que extensivamente treinadas como elas? Talvez elas sejam empregadas melhor em outro lugar.

– Está pensando em mandá-las de volta pra casa? – Shuri estava pasma.

– Dora Milaje foi formado a partir das dezoito tribos de Wakanda, para garantir que cada tribo tivesse chance igual de oferecer uma noiva adequada para o rei. Esse lado mais marcial veio com o tempo. Mas somente uma Dora Milaje tornou-se noiva de um Pantera em décadas.

– Sua mãe – Shuri sussurrou.

– Talvez seja a hora de enfrentar os fatos. O tempo das Dora Milaje a serviço do rei já passou. Talvez elas encontrem um novo lugar ao sol, e talvez sua princesa as ajude a achar o caminho – disse ele, sorrindo para a irmã, e saiu andando.

– Sabe, eu podia ter sido Pantera. Se as coisas tivessem sido um pouco diferentes. – Shuri levantou-se e ficou acompanhando o irmão, que seguia para os chuveiros. – E talvez eu desafie você no campeonato ano que vem.

T'Challa parou na saída.

– Só não se esqueça de que eu tenho confiança total em você, irmã. E sua mãe também. Não se esqueça.

Dito isso, o rei desapareceu pela porta.

Um alto-falante acoplado numa porta das mais comuns crepitou baixo.

– Posso ajudar, senhor? – anunciou uma voz de mulher.

Um homem alto de sobretudo marrom e chapéu, sem parar de sorrir, falou macio no microfone do aparelho.

– Diga ao Friedman que é o Ulysses Klaw, como combinado.

A câmera focalizou o rosto dele por um momento, e as portas deslizaram lentamente, revelando uma antessala. Klaw entrou e desceu por um corredor até a sala na qual o homem do palito de dente descansava atrás de uma grande mesa de carvalho. Ele observava o estacionamento, com suas botas de cowboy apoiadas no batente da janela.

– Klaw – disse o homem, sem se mexer.

– Friedman – disse Klaw, puxando uma cadeira para a mesa. – Você tem algo pra me dar?

Friedman girou na cadeira e avaliou Klaw de cima a baixo.

– E o bate-papo? Nem um "como vai você"? Direto pros negócios, então.

– Cruzar fronteiras internacionais não é a coisa mais fácil para mim ultimamente, como você bem sabe – Klaw lamentou-se. – Vamos resolver tudo logo para eu poder voltar pra casa.

O homem abriu a primeira gaveta da mesa, tirou dali uma pasta de fibra e deslizou-a sobre o móvel. Klaw a pegou, tirou dela um punhado de fotos e as espalhou. Escolheu uma das fotos, um clique em preto e branco de T'Challa em sua armadura de Pantera Negra pelas ruas da capital, e a ergueu contra a luz.

– Imaginei que você iria com tudo pra cima de uma chance de matar dois coelhos com uma cajadada só – brincou Friedman.

Klaw estudou a foto por mais um instante antes de olhar para Friedman, que sorria.

– Por que se preocupam com Wakanda? Não digo que não adoraria a chance de dar um tiro nele, mas por que os Estados Unidos se importam?

– Não, não. – Friedman apontou um dedo para Klaw. – Você sabe que isso é contra as regras. Eu te dou o alvo, você pega o dinheiro, e depois vai cada um pro seu canto.

Klaw recostou-se na cadeira.

– Não estou dizendo que não dá pra fazer, mas não seria trabalho pra uma pessoa só, sabe? Preciso de apoio.

– O grande Klaw não dá conta do recado sozinho? – Friedman provocou, rindo. – Vai ver eu procurei o cara errado para esse trampo.

Klaw inclinou-se para a frente, agarrado com as duas mãos na beirada do tampo da mesa.

– Eu sou a única pessoa que pode dar conta do recado, como você sabe muito bem, já que estou sentado aqui. Mas não sou tão idiota a ponto de enfrentar sozinho o Pantera Negra e aquela mulherada maldita. Vamos precisar de uns mercenários especializados, do tipo que é mais fácil pra você recrutar do que pra mim. Concorda com isso?

Friedman deu de ombros.

– Sinta-se à vontade para gastar sua grana do jeito que preferir. Só preciso do trabalho feito. Porém, tem umas pessoas com quem posso te colocar em contato. Me dá uns dias.

Klaw fez que sim, e enfiou a foto de T'Challa no bolso da jaqueta.

– As contas de sempre?

– Claro. Metade agora, o resto depois de concluído. – Pela primeira vez, Friedman ficou sério. – Tem um pessoal forte no setor privado que adoraria te contratar caso você se dê bem nessa. Sendo realista, quais são as suas chances de sucesso?

– Grandes chances. Eu tenho... experiência em lidar com os Panteras.

Klaw ergueu a mão direita e flexionou os dedos, fazendo um zumbido mecânico emanar deles.

– Não se esqueça de não detonar tudo – disse Friedman. – Tem tecnologia de valor por lá que os meus clientes gostariam de extrair durante a confusão.

– Não prometo nada – disse Klaw, sorrindo, para então desaparecer pela porta.

T'Challa odiava o trono.

Não – pensou ele, sentado perante o terceiro visitante do dia –, ódio é uma palavra forte demais. *Apreensão* é um termo mais adequado. Ele estava intensamente desconfortável na cadeira cor de ônix de encosto alto. Lembrava-se de ter sido ninado no colo do pai nesse mesmo trono; da sensação intensa de vergonha que sentira quando tivera que admitir na frente dele que quebrara a Lança do Vento Sagrado; e da expressão de orgulho no rosto de T'Chaka quando contara ao pai que tinha passado do primeiro nível no treinamento.

Havia um monte de emoções envolvidas nesse trono. Quando era pequeno, T'Challa sentava-se numa pequena cadeira, sem ser visto, de trás de umas cortinas, para ficar ouvindo o pai sancionar decisões. Adorava escutar o timbre régio da voz do pai, e T'Chaka sempre o convidava para se sentar no colo dele quando havia um julgamento. O príncipe ficava balançando as perninhas, aguardando para ser grande o bastante para que lhe confiassem os segredos do reino.

Aquele era o lugar de seu pai; não parecia correto *ele mesmo* estar sentado ali. T'Challa combinou consigo de que se lembraria mais tarde de perguntar como fazer para pedir um trono novo, mas logo recuperou o foco nas pessoas ao redor.

Atrás dele, observando tudo com muita atenção, estavam Nakia e Okoye, que tinham voltado ao expediente, após o turno de além-mar. Os guardas regulares do palácio vigiavam as portas, responsáveis por acompanhar os súditos ao entrar e sair da sala do trono. O tempo todo, o rei ia dispensando toda a sabedoria que podia.

Por sorte, essa rodada tinha sido fácil demais: uma discussão de casal quanto ao filho ser encorajado para entrar no exército de Wakanda ou no corpo científico. (Ele sugeriu que as duas carreiras seriam honradas, mas que talvez fosse melhor esperar que o bebê largasse as fraldas antes de encaminhá-lo para uma delas. E, ah, terapia de casal talvez fizesse bem.) O pedido de um fazendeiro, que liberassem mais água da represa de Hesuti, por causa de uma pequena seca nas terras ao leste. (Ele prometeu levar o assunto à atenção do ministro da agricultura o quanto antes.) E, finalmente, o pedido de um promissor prodígio da ciência para estudar além-mar, numa escola da Ivy League.

T'Challa sorriu consigo, lembrando-se do furdunço que causara quando informara à mãe e ao conselho de governo que completaria seus estudos em Oxford, Harvard e no Instituto Federal Suíço de Tecnologia, e só então voltaria para casa. A mãe quase perdeu as estribeiras, e o tio S'Yan ameaçou, brincando, armar um golpe caso o sobrinho insistisse em ficar longe de Wakanda por esse tempo todo.

Essa fora uma das primeiras vezes em que ele usou o peso de seu futuro no trono para conseguir o que queria. Dissera que poderiam fazer quaisquer arranjos de segurança que achassem necessários, mas que ele iria e ponto final. Alguns meses depois, "Luke Charles" entrou na faculdade para uma formação tripla em Física, Economia Moderna e Astrobiologia.

T'Challa adorava essa sua identidade secreta. Pela primeira vez não era especial. Ninguém o tratava diferente de qualquer outro aluno no *campus*. Podia comer porcaria (ficou enjoado até descobrir que o negócio era comer com moderação), beber umas biritas da pesada (na primeira vez em que tomou cerveja americana, a reação de nojo não teve preço), e sair com quem quisesse, sem se importar com a cor da pele ou a classe social.

Claro, uma ou outra moça com quem saíra mais vezes acabou reparando que em todo encontro havia pelo menos uma ou duas belas africanas nos cantos da multidão ou sentadas numa cabine a poucos metros de distância. Pelo visto, deixar em Wakanda as Dora Milaje fora um passo muito maior do que a perna, por isso as guarda-costas também entraram na faculdade. Por sorte, todas foram muito bem e, quando todos retornaram a Wakanda, ele garantiu a diversas guerreiras uma dispensa especial para que renunciassem e usassem sua formação em cargos no governo ou na indústria privada, em todo o país.

T'Challa deu sua bênção para a criança e seus estudos além-mar, e recebeu a promessa de que a menina lhe relataria pessoalmente sobre o andamento dos estudos. Tendo a menina saído da sala do trono, ele bocejou e deu uma olhada no itinerário.

– Acabou por hoje, tio?

– Creio que sim, meu rei – disse S'Yan, vendo o sobrinho se ajeitando, desconfortável, no trono. – Não está muito acostumado a essa cadeira ainda, né?

T'Challa sorriu.

– É tão óbvio assim?

– Só para quem te conhece, filho. – S'Yan fuçou em alguns dos papéis que vivia carregando consigo, em vez da tela que o rei e outros preferiam.

– Não deu certo para mim, em todos aqueles anos em que fui regente, mas imaginei que você fosse querer quando se tornasse rei.

– E quis. Agora, estou pensando em mudar. Mas vamos falar disso outro dia. Estamos muito atrasados com o cronograma?

S'Yan coçou a cabeça; faixas de cabelos grisalhos entregavam sua idade.

– Eu acho que estamos adiantados, vossa majestade. Na verdade, você tem dez minutos inteiros para fazer o que quiser antes de se preparar para a reunião com o conselho de defesa.

– Dez minutos inteiros. – T'Challa suspirou. – O que fazer com todo esse tempo?

Okoye se mexeu quase imperceptivelmente, mas bastou para que o rei notasse essa raridade de movimento.

– Tem alguma sugestão, Okoye?

A mulher olhou para a companheira, Nakia, que sacudia a cabeça – aparentemente tentando dizer sem palavras, à irmã de luta, que ficasse quieta. Mas, quando Okoye deu a volta no trono e ajoelhou perante T'Challa, ela fez o mesmo.

– Temos um pedido, Amado – sussurrou Okoye, olhando para baixo.

S'Yan soltou uma exclamação das mais sonoras.

– O único idioma permitido para petições na sala do rei é o wakandano, Okoye, até mesmo para as Dora Milaje – avisou ele.

– Amado?

T'Challa pensou por um instante.

– Meu tio tem razão – disse ele em wakandano. – Se tem algo a pedir, só posso ouvir em wakandano.

– Sim, meu rei – Nakia interrompeu. Ela olhou em seguida para Okoye e deu de ombros. – *Agora que você começou...*

Okoye pigarreou e olhou para T'Challa.

– As Dora Milaje defenderam o trono e o Pantera Negra por gerações, mas agora parece que o rei não quer mais a nossa proteção. O que será de nós?

T'Challa contemplou as duas mulheres por um tempo, pensativo.

– Gosto bastante de conversar com você, Okoye. Com você, não há fingimento; você não perde tempo com jogos verbais. Sabe ir direto ao assunto.

Ele se levantou e começou a zanzar pela plataforma.

– Nem vou tentar negar. Seria uma desonra à sua habilidade de captar informações e ao relacionamento próximo que o trono tem com as Dora Milaje. É verdade, eu tenho considerado outras responsabilidades para as Dora Milaje.

T'Challa ergueu a mão para conter os protestos que estavam para se iniciar.

– Não é culpa sua... Na verdade, incluí recomendações para as duas nos registros dos seus ancestrais. Mas há coisas que não farei como meu pai fazia, e esta é uma delas. Agora que vamos abrir as nossas fronteiras para o mundo, devemos também deixar de lado alguns dos costumes tão queridos por nossos antepassados. – T'Challa respirou fundo. – Não enxerguei até agora a necessidade de haver um quadro protetor dedicado exclusivamente ao trono. Portanto, andei pensando em acionar as Dora Milaje para responsabilidades diferentes: captação de informações para o exército, talvez, ou na base de um novo serviço clandestino para o conselho. Sua atuação junto ao trono seria encerrada, e então vocês passariam a se dedicar ao nosso país.

– Não pode fazer isso – Nakia reclamou.

Okoye agarrou as mãos da irmã de luta e as espremeu. T'Challa ficou olhando para as duas, impassível, esperando que se recompusessem.

Constrangida, Nakia olhava para baixo.

– Vai nos colocar para espionar? Para nos esgueirar nos esconderijos dos nossos inimigos, escutar por buracos de fechadura?

– Vocês atuariam numa área que tem grande necessidade – disse T'Challa. – É um desperdício tantas agentes se dedicarem à proteção de apenas um, mesmo que este seja o rei de Wakanda. Sua ordem terá mais responsabilidade e prestígio, Nakia.

As duas mulheres ficaram caladas, contemplando as palavras de seu rei.

– Esta decisão é final? – perguntou Okoye.

– Existe algum motivo para que não seja? – retrucou o rei.

– Meu rei, eu imploro, nos dê a chance de provar nosso valor – disse Okoye. – O Pantera Negra foi o ponto focal da vida das Dora Milaje por gerações, e eu me recuso ser a última da minha linhagem.

– Eu tenho certeza – Nakia acrescentou – que somos indispensáveis para o trono, e estamos dispostas a prová-lo ao senhor, vossa majestade.

– Como?

Nakia olhou para Okoye.

– Quando surgir a ocasião, meu rei – ela disse, finalmente.

– Tio, o que o senhor acha?

S'Yan parecia pensativo.

– Eu considero as Dora Milaje um elemento de valor inestimável ao trono, vossa majestade. A ordem traz estabilidade para um território que já foi fraturado, e no que tange à capacidade de luta, existem poucos que estejam a par com o treinamento delas. A lealdade que têm é irrepreensível, e seus nomes são sussurrados com medo pelos nossos inimigos em todo o mundo. Não se pode abrir mão disso assim tão facilmente.

T'Challa sentou-se no trono, observando as mulheres ajoelhadas à sua frente. As duas eram belíssimas. Esse pensamento lhe ocorreu espontaneamente, e foi logo rechaçado. Havia, de fato, apenas uma solução.

– Meu julgamento é o seguinte: as Dora Milaje serviram ao trono por anos e merecem uma ajuda para moldar seu futuro. Antes de atribuir-lhes novas atividades, eu observarei, gravarei e julgarei suas habilidades em suas funções atuais de proteção, e tomarei uma decisão quando tiver a cabeça feita. Entrementes, sugiro que a princesa Shuri receba toda a cortesia de ser treinada, enquanto se prepara para seus deveres régios. Está bom para vocês, Adoradas?

– Muito bom, vossa majestade – disse Okoye.

Ela e Nakia retornaram a seus lugares, atrás do rei, devolvendo ao rosto a máscara de imparcialidade.

S'Yan acompanhou com os olhos as duas mulheres que retomavam seus postos, depois consultou a agenda à frente.

– Bom, isso foi interessante – disse, suspirando. – E agora você tem que ir direto ao conselho de segurança, vossa majestade. Quer que eu traga algo para comer ou beber antes que vá?

T'Challa desceu os degraus, com as guarda-costas logo atrás.

– Não, acho que vou esperar pelo almoço. – Ao passar pelo tio, deu-lhe um tapa de leve no ombro. – Depois comemos alguma coisa.

S'Yan esperou até que T'Challa e as mulheres estivessem quase fora de seu campo de visão para sussurrar algo apenas para si:

– Não desistam dele ainda, meninas. Ele é teimoso, mas é justo. Façam o seu trabalho, e ele enxergará o seu valor.

Como regente durante o tempo entre a morte do irmão e a coroação do sobrinho, S'Yan desfrutara da lealdade das Dora Milaje. Juntos, trouxeram o corpo do irmão para casa e impediram que Wakanda caísse em desarranjo após o assassinato.

Somente um tolo abriria mão de tal lealdade, pensou ele ao sair. *Mas todos sabem que alguns jovens são mesmo tolos.* Pensar nisso o deixou animado. *É por isso que têm os mais velhos por perto para aconselhá-los.* Cantarolando baixinho, fechou as portas da sala do trono, agora vazio.

T'Challa era um gênio, e junto com isso vinham impetuosidade e confiança de sobra – e às vezes arrogância e orgulho –, tudo isso sinais de alguém feito para ser rei. Mas T'Challa não era tolo.

Ele não vai jogar fora um recurso como as Dora Milaje por um capricho, pensou S'Yan pegando o corredor que o levaria ao Salão dos Reis. Nesse corredor havia quadros de todos os governantes de Wakanda, incluindo seu irmão e seu pai. Ele olhou para o rosto do irmão. *Para alguém tão estudado*, refletiu, *T'Challa já tomou atitudes bem precipitadas. O campeonato foi um exemplo...*

6

RAMONDA MAL SE LEMBRAVA de correr para a varanda real que dava para a arena do campeonato. Toda a sua concentração, ela a focava no interior, tentando controlar o pânico que ameaçava dominá-la. Quando viu as milhares de pessoas reunidas debaixo da imensa estátua da pantera, metade de sua alma irradiou um orgulho avassalador, enquanto a outra sentiu o frio de um medo de anestesiar.

Duas Dora Milaje juntaram-se a ela na varanda, ambas quase sem fôlego.

– Vossa majestade, não há sinal dele – relatou uma delas. – Estamos varrendo a multidão com exploradores, e ativamos os rastreadores pessoais dele. Estamos mobilizando a guarda do palácio também, e espero ter a localização dele muito em breve.

Ramonda dispensou-as com um aceno, e continuou a explorar, desesperada, cada rosto lá de baixo, em busca do filho. Ela sabia, no entanto, que se tratava de um esforço inútil, considerando a quantidade, os milhares de cidadãos amontoados no ringue. *Não vão encontrá-lo a tempo*, desesperou-se a rainha, em silêncio. *Ele não está pronto. Eu não estou pronta. Eu sabia... eu sabia que devia ter prorrogado o campeonato este ano. T'Challa andava quieto demais, mais do que o normal.*

Como Rainha Mãe, Ramonda partilhara o poder com S'Yan por anos. Embora não ungida pela Deusa Pantera, a regente mantivera a paz em Wakanda, enquanto aguardavam que o príncipe amadurecesse. Ramonda passara a apreciar as longas conversas que tinha com o filho à noite, enquanto ele fuçava nos pequenos aparelhos e falava sobre princípios científicos que ela mal entendia. Mas estava seguro – depois do que acontecera a T'Chaka, isso era o mais importante para ela.

Conforme a voz dele foi engrossando e os músculos endurecendo, no entanto, as discussões sofreram uma alteração perturbadora. T'Challa começou a discutir questões de estado entre os experimentos, sondando o que a mãe achava sobre o modo com que S'Yan lidava com elas. Por anos, ela se esquivara, torcendo para que o amor puro do filho pela ciência amortecesse as ideias dele de governar, por mais algumas décadas. Mas foi inútil. Quando ele fez doze anos, ela enxergou nos olhos dele a impaciência, estando ambos na varanda, assistindo ao campeonato.

– Ano que vem vai ser minha vez de entrar no ringue – T'Challa declarara nesse dia.

Ramonda olhou para ele, mascarando o medo com o que esperava ter sido um sorriso bem maternal.

– Vamos ver – disse, acariciando gentilmente a bochecha dele.

– Eu *estou* pronto, mãe. – O fogo brilhando nos olhos dele a deixou meio com medo. – Eu passei nos testes. Do que mais eu preciso?

– Você já recebeu o sonho?

T'Challa desinflou como uma flor secando ao sol. O queridinho dela.

– Não, mãe.

– Então ainda não está pronto. Quando a Deusa Pantera quiser que você se apresente, ela lhe dirá. Até lá, você tem que esperar.

Ela viu o filho cerrar os punhos, viu as veias pulsando na testa dele.

– Até quando, mãe? Até quando?

Ela o puxou para um abraço bem apertado, enfrentando a tendência natural do adolescente de se afastar.

– Logo, filho... logo. A Deusa Pantera sabe que você está aqui. Ela vai falar quando você estiver pronto. Até lá, viva a vida que puder, T'Challa.

Os dois ficaram abraçados por mais um instante, e então ela o largou. Como ele parecia o pai! O jeito com que firmava os pés no chão; o agitar das narinas.

– Toda noite eu desejo ter conhecido o seu pai quando ele era jovem e despreocupado, antes de ter o peso da coroa. Eu vejo muito dele em você, T'Challa. Vejo sim. Não se apresse ainda em completar o círculo.

T'Challa sorriu brevemente para a mãe e voltou à varanda, para ver melhor.

– O tio S'Yan vai vencer de novo este ano – declarou, como se a mãe não tivesse dito nada. – É ele que eu terei que enfrentar, e derrotar, pra ganhar a coroa.

– Este ano, não. – Ramonda juntou-se ao filho e viu a multidão lá embaixo. – Este ano, não.

Mãe e filho tiveram essa mesma conversa quase todo ano antes de ele partir para estudar. Depois que retornara, nunca falara nada de lutar no campeonato; pelo contrário, torcia por S'Yan, com a coroa na mão, garantindo sua permanência no governo por mais um ano. Em vez de ficar assistindo da varanda, como fazia quando era menino, T'Challa ria e brincava com Shuri, que ia narrando e comentando sobre todos os oponentes derrotados que caíam aos pés de S'Yan.

Tinha até começado a treinar com Shuri, que declarara ainda muito criança que lutaria no campeonato algum dia. T'Challa entrara na brincadeira por anos, e os dois se enfrentavam com frequência para praticar. Até que chegou o dia em que Shuri passou pelas defesas dele e, com um grito daqueles, derrubou-o no chão com um chute giratório. Sem dizer nada, T'Challa levantou-se do chão e a levou para o treinador da família real, Zuri, que começou a realmente treiná-la, sempre junto do irmão.

Passos suaves e uma mão que a tocou no ombro tiraram Ramonda de seus devaneios. Era Shuri – em vez de estar usando seus trajes reais de sempre, a menina vestia roupa preta colada de treino e tinha na mão um gorro preto. Ficou evidente a determinação em seus olhos quando ela se ajoelhou perante a mãe.

– Rainha Ramonda, vou entrar no campeonato deste ano como representante da família real, visto que não tivemos um em vários anos. Tenha a sua bênção?

Ramonda estava chocada com a filha.

– Não tem, não. Você mal tem idade pra isso, menina. E não quero ver meus dois filhos correndo perigo mortal ao mesmo tempo.

– Seus dois filhos? – Shuri olhou ao redor da varanda, horrorizada. – Cadê o T'Challa?

– Lá embaixo, suponho – Ramonda disse, apontando para a multidão, e largou-se em sua cadeira.

Shuri urrou de desespero e saiu correndo da varanda.

– Ele não entrou no campeonato... então não queria ser rei. Ele não pode fazer isso agora! Era pra ser a *minha* vez!

Ramonda escondeu o rosto nas mãos quando ouviu a boca da pantera gigante ranger, abrindo. S'Yan, vestido com o manto negro da pantera, apareceu na abertura. Com a maior facilidade, ele saltou da boca e caiu no ringue. Uma barulheira de ensurdecer ergueu-se da multidão; Ramonda quase não conteve o lamento que lhe escapou pela boca. Independente do que acontecesse, ela sabia que seus filhos nunca mais seriam os mesmos depois desse dia.

T'Chaka, dê-me forças, rezou ela.

Shuri passou correndo pela entrada do palácio e enfiou-se na massa que cobria a área dos espectadores da arena a céu aberto. A seu redor, os corpos se espremiam num único tropel da alegria, gritando e ovacionando para o Pantera Negra que saltou da imensa pantera para o centro do ringue.

– PANTERA! PANTERA! PANTERA!

O canto das arquibancadas ficou ainda mais alto quando S'Yan ergueu seus braços fortes no ar, reconhecendo a reverência da plateia. Shuri achou que ia ficar surda. Com mãos e cotovelos a menina foi abrindo caminho em direção ao ringue, mas fizera pouco progresso quando o primeiro desafiador apareceu numa enorme tela que pairava acima. O homem usava o mesmo traje que o dela, uma peça única preta com máscara que obscurecia seu semblante, escondendo sua identidade da plateia e das câmeras que filmavam tudo.

Shuri perguntara a T'Challa anos antes sobre a razão de os desafiadores terem de usar roupas idênticas e esconder o rosto. Ele riu e disse que ela teria que descobrir sozinha. Então ela descobriu. Com o disfarce, qualquer pessoa podia tentar a sorte rumo ao trono e não enfrentar o deboche dos outros caso falhasse. E visto que o Pantera não teria a menor ideia de quem estava enfrentando, não poderia tentar aliviar a luta para uma pessoa específica – fosse um filho ou filha, plebeu ou realeza.

Shuri abriu caminho para o redil no qual ficavam os possíveis competidores. De onde estava, mal podia enxergar o interior do ringue. *Todo mundo de Wakanda deve ter resolvido aparecer este ano*, pensou.

Na verdade, muita gente viajava todo ano para a Cidade Dourada, vinda de todo canto do país, tanto para competir quanto para assistir. Com o passar das décadas, a evento se tornara um dos maiores festivais a céu aberto do calendário wakandano. Quando havia um rei, era quase um rito de passagem para os jovens arriscar-se em disputas amistosas contra ele. Porém, com o governo vago e um regente no lugar, as partidas ganhavam tom mais sério. Havia agora, de fato, um trono a ser conquistado.

Shuri não estava preocupada, no entanto. Treinara desde a infância para esse momento.

Zuri fora um treinador ferrenho desde o primeiro dia, quando T'Challa pusera a irmã nas mãos dele. Uma montanha de homem que resmungava o tempo todo, ele forçava a menina além do limite no treinamento com armas e no combate corpo a corpo, jamais permitindo que ela afrouxasse. Apesar do peso todo, ele era surpreendentemente rápido. Se ela se esquivasse de um primeiro golpe de lança, lá vinha ele com um contra-ataque que arrancava sangue da boca ou deixava uma cicatriz na panturrilha – isso até que a menina aprendeu a bloquear toda santa vez.

Não havia armas de treino no arsenal de Zuri. Tudo era de verdade para ele – da ponta de ferro da lança rasgando a pele dela às flechas que disparavam um contra o outro para aprender sobre mira e trajetória, passando pelas balas que ele atirava nela para ensinar técnicas de esquiva. E ele não gostava de falatório. Transpirava junto com ela, pingando suor dos *dreadlocks* grisalhos. Uma vez ela reclamou que estava cansada – ele a fez correr o dia inteiro na encosta de uma montanha por três meses. Quando ela pedia para se sentar, ele montava uma cama de cinzas ainda em chamas e a convidava para se sentar ali sempre que quisesse. Se ela não respirava baixo o suficiente para ele, ou não ficava imóvel o bastante, ele a colocava para meditar num fosso cheio de escorpiões enquanto não aprendesse a ter ciência dos arredores sem perturbar quem estava perto.

Depois de um dia mais brutal que o de sempre na academia, a menina perguntou a Zuri se ele pegava pesado também com T'Challa, ou se reservava o ódio especificamente para ela. Pela primeira vez em anos, o homem caiu no riso. O riso foi crescendo tanto que logo havia lágrimas escorrendo pelo rosto cheio de cicatrizes dele. Finalmente, Zuri respirou fundo e limpou seus olhos rugosos.

– Qual é a dessa família? – disse ele. – Vai ficar feliz de saber que você aguentou mais do que T'Challa e T'Chaka, que fizeram uma pergunta parecida enquanto treinavam. Mas perguntaram mais cedo que você, princesa.

Shuri não gostou nada da risada dele. Era... errada, ou algo assim.

– Você treinou o meu pai?

– E o seu tio. – Zuri apoiou-se em sua sempre presente lança e recobrou a seriedade. – Todos nós temos um destino, mocinha. O destino da minha família é ficar entre os candidatos ao trono e o verdadeiro Pantera Negra. É por *isso* que pego tão pesado com você. Pra ver se você merece.

Shuri o olhava bem nos olhos, imaginando o que o homem enxergava quando olhava para ela.

– E aí?

Sem aviso, Zuri meteu a lança no rosto dela. Shuri esquivou-se para a direita e baixou-se imediatamente, ouvindo a madeira da lança passar assoviando poucos milímetros acima de sua cabeça. Ela saltou para Zuri, na intenção de golpeá-lo enquanto ele se estendia, mas foi surpreendida por um chute na lateral da cabeça. Rolando com o impacto, a menina se esquivou de mais alguns ataques, até que conseguiu recuar e fugir do alcance dele.

Zuri continuou avançando, usando a lança para se defender dos chutes dela e para encurralar a menina. Finalmente, ela ficou sem ter para onde ir. Zuri avançou lentamente até mirar a ponta da lança diretamente num dos olhos dela.

– Você vai merecer... algum dia.

Dito isso, ele sorriu, girou a lança para trás e saiu pela porta, deixando-a ofegante ali no canto.

Shuri redobrou o treinamento depois desse dia. Até mesmo Zuri chegou a admitir que ela evoluíra bastante. Nunca lhe foi permitido treinar com T'Challa, no entanto, para que ela não pudesse se comparar a ele. Mas Shuri se sentia pronta.

Mesmo a mãe se recusando a dar sua bênção, Shuri estava determinada a competir no campeonato. Não contara a ninguém, nem mesmo a Zuri, a quem se afeiçoara depois de tantos anos de treinamento. Ele devia ter sacado tudo, de qualquer modo, mas ela tinha certeza de que ele não a entregaria para a mãe ou para T'Challa. Pelo menos era o que ela pensava. Até descobrir que T'Challa não estava onde devia estar.

Droga, preciso passar por essa galera. E se alguém derrotar o tio antes de eu chegar lá?

Isso pareceu improvável quando o primeiro candidato caiu de cara no chão, nocauteado por um ataque ligeiro de calcanhar do Pantera. Shuri ouviu a multidão grunhir. Médicos puxavam o homem pelos tornozelos quando um segundo mascarado subiu para o ringue – e foi despachado quase tão rapidamente por dois socos no rosto à velocidade da luz.

A multidão rugia para o Pantera, que gingava feito um boxeador, esperando pelo candidato seguinte. Shuri entrou na área de espera e olhou ao redor. Havia apenas três aspirantes: um homem esguio e belo, outro, gigantesco, e ela. Os três se olharam com prudência, até que o mais esguio curvou-se e indicou, sem dizer nada, que o grandalhão devia ser o próximo.

O gigante subiu confiante as escadas que levavam ao ringue. Quando chegou ao topo, em vez de atravessar por entre as cordas, passou uma das pernas imensas por cima, entrando facilmente no ringue. A plateia foi silenciando. O Pantera avaliou seu oponente. O único ruído vinha de uma dupla de locutores que narravam os confrontos para a multidão circundante, como se fosse uma luta de boxe profissional.

– Esse filho de uma puríssima wakandana deve ser minerador, com braços desse tamanho, K'Tyah – disse o empolgado locutor.

– Sim, M'Shula, o cara é grandalhão mesmo – concordou o analista. – Mas já vi maiores, e o Pantera deu conta de todos.

O gigante foi alongando os músculos ao se aproximar do Pantera, fazendo reverberar por toda a arena o estalar dos nós dos dedos.

– Não sei, não... esse aí é dos maiores que eu já vi. Olha aqueles troncos de árvore que ele chama de braços! O Pantera ficou muito pequeno ali dentro com ele. – M'Shula parecia preocupado. – Não temos um Pantera desse tamanho desde que o Muralha morreu.

– E talvez continuemos sem ter, meu amigo. Fique de olho. Aposto que a velocidade superior do Pantera vai acabar com essa vantagem.

O gigante corpulento meteu um golpe no Pantera, que se esquivou numa dança ligeira. Mais um golpe, mais um erro, e o Pantera deslizou por debaixo das defesas do minerador e deu um soco nas costelas dele, mirando no fígado, para uma derrota rápida.

O minerador riu e flexionou os peitorais para o Pantera.

– Só isso?

Um gancho veloz jogou a cabeça do grandalhão para trás, mas apenas por um segundo. Com velocidade que contrariava todo o seu corpanzil, o minerador agarrou o Pantera e o ergueu no ar. Uma mão carnuda juntou a cabeça do regente e o sacudiu como uma boneca de pano.

– Um nocaute talvez não baste para tomar a coroa. – O minerador falava com uma voz de cascalho, grave e profunda. – Talvez eu tenha que te matar pra reivindicar meu direito.

Com isso, o minerador pegou o Pantera e o meteu de cabeça no tablado. A plateia, atônita e calada inicialmente, enlouqueceu ao sentir que havia oportunidade real de verem um novo rei ser coroado pela primeira vez em décadas.

– Não, não... não pode ser – Shuri gemeu por detrás da máscara. – Logo agora que cheguei tão perto.

Mais uma vez, o minerador pegou S'Yan pela cabeça e o jogou ao chão, fazendo o regente grunhir.

– Não acredito que meu pai perdeu pro seu irmão – disse o minerador. – Talvez ele aguentasse lutar um pouco mais que você.

– Vou mostrar como se luta – S'Yan retrucou, mirando um poderoso chute na virilha do oponente.

Soltando uma exclamação surda, o gigante largou a cabeça de S'Yan, que usou as pernas para empurrar seu oponente para cima e para trás. O homem fechou os olhos e grunhiu um gorgolejo, agitando os braços desesperadamente ao cair de costas. Com um baque tremendo o gigante foi ao chão.

O Pantera levantou-se resmungando baixo e começou a trabalhar em cima do grandalhão, metendo socos rápidos na cabeça e chutes ligeiros, porém muito fortes, no queixo. O grandão, obviamente confuso, balançava para a frente e para trás; chegou a cuspir sangue quando o Pantera o sacudiu com um golpe com os dois punhos bem na cara. Uma mulher passou correndo pelo ringue, agitando um pequeno lenço branco freneticamente para o regente.

– Misericórdia, meu senhor... misericórdia para o meu menino! – implorou, aos soluços, a senhora.

O Pantera viu a mulher e acenou discretamente. Dando um passo adiante, agarrou o grandalhão e, com força surpreendente, içou-o do chão e o ergueu acima da cabeça, triunfante. Finalmente, com uma mira certeira, o Pantera arremessou o oponente de volta à área de espera. O gigante passou de raspão pelo candidato esguio, mas pousou diretamente em cima de Shuri, prendendo a menina no chão.

– Sai de cima! – ela berrou, lutando para mover aquele homem imenso, tendo pouco sucesso.

Enquanto empurrava, ela viu o candidato mais magro saltar facilmente para dentro do ringue. De onde estava, no entanto, não conseguiu ver o que acontecia no ringue.

– Ele está... fazendo uma reverência? Hmmm, esse candidato é convencido, M'Shula – entoou o locutor. – Uma estratégia melhor seria ir pra cima do regente agora, sabendo que ele foi um pouco sacudido pelo candidato anterior.

– Acho que ele não quer ninguém questionando a vitória dele, K'Tyah.

– Até parece – retrucou o locutor. – Se o grandão não deu conta do recado, que chance tem esse frangote? Enfim, todo mundo tem uma chance, e aposto que só de estar no ringue esse rapaz está vivendo um momento do qual vai poder falar pro resto da vida.

Sai, sai, sai, pensava Shuri. Ela empurrava o mais forte que podia, desesperada para se ver livre do minerador ainda abobalhado, antes que perdesse sua vez. A mãe do rapaz, aos prantos, tentava ajudar, mas ninguém mais na arena prestava atenção nelas. Todo mundo não tirava os olhos do que acontecia dentro do ringue.

– Não acredito nisso, M'Shula – disse o locutor. – Esse jovem está detendo o Pantera a cada movimento. Nunca vi ninguém bloquear aquele golpe do alto em anos!

– Isso sim que é briga, K'Tyah – entoou o outro. – Foi pra isso que viemos aqui, pra ver um desafio de verdade... quem sabe, eu digo quem sabe, ver um novo rei.

Shuri puxava a perna, tentando libertar o tornozelo de debaixo daquela lesma de homem, quando sentiu o peso subitamente desaparecer. Uma mão áspera a pôs em pé, e ela sentiu um hálito quente na nuca.

– Não chegou a sua hora, princesa – disse Zuri, olhando dentro dos olhos dela.

Shuri livrou-se das mãos de seu mentor.

– Quem é você pra me dizer isso? Eu mereço tanto quanto qualquer um aqui.

– Olhe, menina... olhe. – Zuri a forçou a olhar para onde os dois homens se confrontavam, no ringue. Os saltos e golpes lembravam um tipo grotesco de balé. – Está vendo o que eu vejo, princesa?

Shuri observou os combatentes com atenção. Seus movimentos alcançavam agora uma velocidade quase inacreditável. Foi com choque evidente no olhar que a menina reparou que os movimentos, os corpos e até os estilos de luta eram quase idênticos. Cada passada de perna era contraposta com o salto exato. Se um socava com a esquerda, o outro se esquivava para a direita. Os dois lutavam como se tivessem recebido exatamente o mesmo treino.

O mascarado fintou para a esquerda. Quando o Pantera foi bloquear, o outro avançou e meteu-lhe um soco inesperado bem no plexo solar, atordoando-o.

– Não é assim que se faz – disse Shuri, cada vez mais desapontada por ter perdido a oportunidade.

– Sim... eu sei disso, e você sabe disso. S'Yan também sabe, e foi por isso que ele permitiu – disse Zuri, todo estufado de orgulho.

O mascarado choveu socos na cabeça do regente, sem parar nem por um segundo, fazendo o mais velho recuar para um dos cantos. Finalmente, deu um gancho que rendeu o Pantera de joelhos. S'Yan tentou levantar-se, mas tinha erguido apenas um dos joelhos quando desabou no chão.

– A luta acabou! A luta acabou! – berrou M'Shula. Ele e K'Tyah correram para o ringue, para o rapaz que erguia os braços, celebrando a vitória. – Nós temos um novo rei!

A multidão berrava, avançando para o ringue em júbilo, para erguer o mascarado nos ombros.

– PANTERA! PANTERA!

O povo, extasiado, reuniu-se em torno do rapaz, até que quatro surpresas guardas Dora Milaje apareceram do nada e formaram um círculo de proteção ao redor de seu novo soberano, mirando olhares ameaçadores para qualquer um que tentava se aproximar demais.

Num dos cantos do ringue, quase esquecido, S'Yan ergueu-se com dificuldade, apoiado nas cordas. Lentamente, o regente removeu a máscara do Pantera, revelando olhos murchos e um queixo inchado. Ele viu Shuri, que deu um passo na direção dele – mas se segurou ao ver no tio a expressão de vergonha ao largar a máscara de pantera no chão. Não havia nada a dizer para nenhum deles. Sua família jamais perdera um campeonato; eram uma linha de sucessão nunca rompida, que se esticava por anos. Agora o nome de S'Yan correria pela história como o do regente que não conseguira preservar o trono para seu sucessor por direito.

Foi então que Shuri prestou mais atenção no mascarado. Suas formas eram estranhamente familiares, e alguns dos movimentos saíram direto do treinamento que ela e T'Challa receberam de W'Kabi.

S'Yan caminhou lentamente até o mascarado. As Dora Milaje abriram passagem para o então regente se aproximar, e ficaram caladas ao vê-lo largar-se no chão e apoiar-se em apenas um dos joelhos. M'Shula, tomando cuidado com as lanças das guerreiras, chegou ali com o microfone e o passou por cima da cabeça curvada de S'Yan.

– Parabéns pelo grande confronto, vossa majestade. – Retraído sob os olhares ferozes das Dora Milaje, o locutor prosseguiu: – Se puder, por favor, retirar sua máscara...

O novo rei tirou a máscara e olhou para Shuri, limpando suor da testa.

– Senhoras e senhores, o novo Pantera Negra é T'Challa, filho de T'Chaka!

– T'Challa?

S'Yan correu olhar para cima. Shuri já estava entrando no ringue, com Zuri logo atrás. T'Challa, com as mãos ainda melecadas de suor, ajudou o tio a se levantar.

– Você está bem, tio?

– Bem, agora que sei que era você! – disse S'Yan, agradecido.

Ele ergueu o sobrinho num amistoso abraço de urso, mas logo se tocou. As Dora Milaje resmungaram, avisando o tio do excesso de intimidade para com o novo rei.

– Me perdoe, alteza. Que a Deusa Pantera abençoe o seu reinado.

S'Yan fez uma longa reverência, endireitou-se e ergueu o braço de T'Challa no ar, declarando seu triunfo. A multidão desatou em grande cantoria.

Os dois homens deram uma volta pelo ringue, cumprimentando a plateia em todos os lados. Quando pararam em frente à varanda real, T'Challa encontrou os olhos da mãe e acenou bem discretamente. Às lágrimas, Ramonda cobriu a boca com a mão e sumiu da varanda.

T'Challa pareceu intrigado, mas sua atenção logo foi tirada da varanda, pois Shuri vinha vindo e não parecia nada amigável.

– Eu fui trapaceada! Pelo meu próprio irmão!

As Dora Milaje resmungaram de novo, agora para a menina. S'Yan tocou a sobrinha num dos ombros.

– T'Challa não teve nada a ver com isto, princesa. A Deusa Pantera desejou que os eventos ocorressem como ocorreram, e todos nós devemos aceitar os motivos dela. T'Challa é o novo rei.

Shuri bufou, ganhando com isso uma olhada feia de Zuri.

– Curve-se, princesa – grunhiu ele. – Mostre ao seu rei o respeito que você demandaria no lugar dele *se* tivesse sido agraciada pela nossa deusa.

Shuri olhou feio para o mentor, depois para T'Challa, que a encarava com serenidade, o rosto um mar de calmaria.

– Por favor, princesa – sussurrou Zuri, e abaixou-se num dos joelhos. – Não contradiga o seu treinamento; não me envergonhe.

Por um momento, a menina se recusou, pois o orgulho estava em plena guerra com o amor que tinha pelo irmão. No fim das contas, não teve escolha. Shuri foi até o irmão, pegou a mão dele e a beijou. Então, sorrindo, ajoelhou-se à frente dele. Vendo a princesa curvar-se, o restante da multidão ficou em silêncio. Seguindo o gesto dela, todos reverenciaram o novo Pantera Negra.

Shuri se lembraria do momento seguinte para o resto da vida. Mais tarde, juraria que não passou de um truque de iluminação. O fato é que ela deu uma espiada no irmão, e pôde então jurar que o rosto dele se transformara, ficando mais angular, os olhos ligeiramente mais estreitos. Quando olhou naqueles olhos, Shuri viu algo se mover por detrás das pupilas – um lampejo, como se algo partilhasse o mesmo espaço que o irmão ocupava.

Exasperada, a menina correu olhar para o chão. Havia somente uma coisa a fazer, ela pensou. Mesmo assim, foi com surpresa que se flagrou entoando o nome dele.

– T'Challa! – E mais uma vez. – T'Challa! T'Challa!

Mesmo sem olhar, ela pôde sentir que Zuri sorria ao acompanhá-la na entoação. S'Yan e as Dora Milaje foram os seguintes, e logo toda a multidão celebrava ruidosamente o surgimento de um novo Pantera Negra.

– T'CHALLA! T'CHALLA! T'CHALLA!

O novo rei sorriu.

Ramonda correu para seus aposentos, abrindo caminho por entre as pessoas que seguiam para a arena, tendo ouvido falar que havia um novo rei, e bateu a porta assim que as lágrimas começaram a escorrer pelas bochechas. Encaracolada na cama, a rainha chorou de soluçar, amaldiçoando os meandros do destino que levaram seu filho ao trono.

O acesso durou apenas um minuto, pois ela sabia que tinha deveres régios a realizar. Fungando baixinho, a rainha levantou e se vestiu, e sentada em frente a um espelho, pôs-se a reparar a maquiagem manchada pelo choro.

Uma das atendentes dela abriu a porta; tinha os braços cobertos de linho. *K'Tiya*, pensou a rainha. O nome dessa era K'Tiya. Era uma menina das Planícies que adorava romances e sonhava com uma vida de aventuras, inclusive tinha uma fascinação nada saudável por paraquedismo.

A indumentária de cabeça esverdeada que usava nesse dia era linda. A mente de Ramonda retornou, então, espontaneamente, à época em que ela era jovem e provava roupas para o primeiro encontro com um belo rapaz que somente mais tarde ela descobriria que se tornaria um rei.

– Minha rainha? – A menina ficou assustada ao ver Ramonda no quarto. – Por que está aqui? Você não ficou sabendo? Seu filho...

Ramonda, tendo recobrado sua máscara real, lançou um olhar altivo para a menina, que tremeu na base.

– Venceu. Sim, eu sei. Era inevitável que ele tomasse o trono do pai algum dia.

K'Tiya deitou o tecido na cama e correu ajudar sua suserana, arrumando com os dedos os cabelos grisalhos para que parecessem em ordem. Vendo o reflexo de Ramonda no espelho, a menina não pôde deixar de reparar nos olhos avermelhados e inchados.

– Por que está triste, minha rainha? Seu filho ascendeu ao posto de Pantera Negra. Agora, ele é o rei...

Ramonda sorriu. A juventude possui o luxo da esperança. Ela tinha o da experiência.

– E isso faz dele um alvo mais fácil – disse a rainha, concluindo assim o que dizia a menina.

7

ALGUNS DIZIAM QUE OS JARDINS SECRETOS do palácio real de Niganda representavam o pináculo da arquitetura africana, uma beleza que rivalizava os jardins bíblicos da Babilônia de Nabucodonosor. De onde se sentava, num bazar próximo, Georges Batroc via macacos brincando nas luxuriosas árvores que ladeavam escadarias de mármore, e pequenas frutas suculentas balançando nas vinhas que escalavam ornadas colunas brancas. Águas agitadas borbulhavam e escorriam por riachos e cascatas criadas pela mão do homem. Se estreitasse os olhos, ele enxergava coelhos e outras criaturas inofensivas zanzando por entre arbustos floridos e correndo em disparada sobre um gramado de corte impecável.

Para ele, a visão toda era odiosa.

O mercenário viajava com documentos que o declaravam como sendo Stephen Rodgers, dono de uma loja de *lingerie* do Brooklyn – piada interna da qual ele esperava que seu alvo viesse a ouvir falar algum dia. Observando o palácio, o homem bebericava de uma xícara de café nigandano absurdamente forte. Uma bela barista com cabelos arranjados numa imaculada trança sugerira a mistura, avisando com um sorriso nos lábios que nem todos os homens brancos a toleravam. Batroc nunca amarelava quando desafiado, então deu uma piscadinha para a moça e pediu que fizesse a mistura mais forte que pudesse, valendo-se de um sotaque francês dos mais sedutores.

Sorrindo com sensualidade, a barista desfilou até a mesa dele, na área descoberta, e presenciou com interesse quando ele deu o primeiro gole. Vendo que o cliente saboreava a bebida, ficou surpresa. Ele sugeriu que uma segunda xícara seria muito apreciada, mas apenas se ela o acompanhasse. A barista, brincando com uma mecha de cabelo entre os dedos, recusou a proposta, mas indicou que estaria livre após o final do expediente.

Batroc a saudou com a xícara e uma entortada do bigode, e ficou admirando a moça em seu trajeto de volta ao balcão. Devolveu, então, sua atenção ao palácio. Detrás de óculos de marca, observava a entrada, esperando pelo momento adequado para encontrar-se com Klaw.

A alguns blocos do palácio, crianças metidas em farrapos saíram em disparada das sombras de um beco, desviaram de patrulhas armadas e foram pedir moedas e nacos de pão para os turistas. O fedor do desespero contaminava o ar, mesmo com todo o esforço dos nigandanos para manter a qualidade sanitária do distrito do palácio. O cheiro do lixo preenchia as alamedas, misturando-se ao suor desesperado das mulheres que ofereciam seus corpos para ganhar a vida. Homens esfarrapados arrastavam-se para casa, após mais um dia de trabalho, com um olhar morto, desprovido de esperança.

Batroc – um mercenário durão reconhecido mundialmente, mestre do savate, a arte marcial francesa – não se incomodava com a opulência pura do palácio. Na verdade, quando suas contas escondidas na Suíça alcançassem os duzentos milhões e pudessem ser investidas com uma taxa razoável de lucro, uma versão menor desses jardins ficaria *magnifique* em sua mansão no Caribe, que já estava em construção. Batroc não sentia remorso algum de mentir, trapacear, roubar ou matar para alcançar esse objetivo – e, se alguém lhe pedia para fazer algo de que nem se podia falar, sua única dúvida era qual seria o montante dos seus honorários.

Mas mesmo com tudo isso, Batroc sentia que ainda tinha honra. E era uma desonra deixar os súditos viverem desse jeito, principalmente às sombras de tão extravagante beleza.

Um homem muito magro arrastou-se até a mesa dele, com feridas abertas vazando nos braços e no tronco, e pediu uma moeda, os olhos avermelhados de desespero e fome. Batroc empurrou gentilmente o homem com um chute, fazendo que não. Tinha visto homens e mulheres como esses antes, em locais similares, ao redor do mundo. Supunha ele que seria uma questão de uma década para que essas pessoas invadissem o castelo, destruíssem os jardins e matassem tudo que vivia ali dentro por forçá-los a viver em tamanha miséria. Mas a faísca de *La Révolution* ainda não estava pronta. Ele colocou um lembrete codificado no *smartphone* para começar a fazer contatos sob disfarce com dissidentes nigandanos para os anos seguintes. Sempre havia trabalho para homens como ele.

Por ora, no entanto, M'Butu – o augusto imperador e presidente de Niganda – ainda mantinha seu povo sob punhos de ferro. E visto que Klaw indicara que os cofres reais estariam abertos para essa desventura, Batroc engoliria sua repugnância e coletaria seu cheque.

Uma pena para os jardins, no entanto.

Um bipe do *smartphone* o tirou com um susto de seus pensamentos. Ele digitou rapidamente uma resposta e guardou o celular no bolso, protegendo-o para garantir que nenhuma das crianças batedoras de carteiras pudesse tirar vantagem. Voltou ao balcão, deu uma piscadinha para a barista e jogou umas moedas e um cartão de visita na jarra de gorjetas. O número de telefone escrito no cartão dava para uma secretária eletrônica em Algiers, mas ele checaria as mensagens mais tarde, apenas para o caso de a moça querer fazer algo mais à noite. Batroc saiu para a multidão, assoviando, e misturou-se ao pessoal que zanzava pelo grande bazar.

Para um olhar destreinado, Batroc sabia que projetava ares de diletante despreocupado e mimado – quem sabe um jovem e forte lorde francês passando o tempo, esperando que o pai morresse para poder torrar a herança. Vai ver era a pele perfeitamente bronzeada, o bigode finíssimo e bem cuidado, quem sabe o pesado sotaque francês.

Um colega mercenário um dia o chamara de cômico, um estereótipo étnico que confirmava tudo que os norte-americanos pensavam sobre os "sapos" que erguiam as saias para os nazistas na época da grande guerra. Menos de um minuto depois, Batroc arrancava da sola da bota um dos dentes do homem. Fora obrigado a pedir emprestado um alicate para puxá-lo da borracha, e no que viu como um ato de generosidade sem limites, jogou-o ao lado do norte-americano, caído no piso do bar. Pelo menos o homem poderia arranjar um dentista para pôr o dente de volta. Os outros dentes – os que Batroc tinha chutado para dentro da goela do cara – teriam que esperar até que tivessem passado por todo o sistema digestivo.

Mas essa gente, os nigandanos – eles reconheciam um predador quando viam um. Então lhe abriram espaço de sobra ao vê-lo caminhar tranquilamente em direção à avenida principal e à limusine branca que o aguardava. Batroc entrou, e o carro aderiu calmamente ao tráfego no entorno do palácio.

– Estão todos em seus lugares? – perguntou Klaw, tirando os olhos de um *tablet* para ajustar a gravata e afofar o colarinho, sempre de olho em seu reflexo na janela do automóvel.

Batroc deu de ombros.

– Vi carros entrando e saindo do palácio, então suponho que está tudo pronto. Reparei bem na entrada do nosso amigo brilhoso. Pelo menos ele está no lugar certo.

Klaw mergulhou um pente num copo d'água e passou pelo cabelo, alisando-o para trás. Batroc achou graça na preparação do assassino, que a concluiu com uma rosa na lapela. Em seguida, Klaw pegou uma maleta de couro do chão.

– M'Butu repara muito na aparência – rosnou ele.

– Eu não disse nada.

O carro passou por um extenso posto de segurança para entrar no palácio. Um suado M'Butu esperava por eles num pátio imenso, cercado por lacaios de metralhadora nas mãos e aduladores disfarçados de guardas do palácio. O flatulento rei nigandano abandonara recentemente seu uniforme militar nada merecido e passara a vestir o que Batroc supôs ser um manto tradicional do país. Para ele, o longo e fluido traje parecia mais um vestido feminino multicolorido, pensado para esconder a corpulenta pança que M'Butu cultivara jantando iguarias enquanto seus súditos passavam fome. Limpando pequenos pontos de suor da testa, o rei acenou para que Klaw e Batroc se achegassem a um pórtico coberto, dentro do palácio, onde havia a bênção do frescor e do conforto.

Aguardando-os estava também uma criada equilibrando uma bandeja com água artesiana, uvas e passas. M'Butu deu-lhe um ligeiro tapa no bumbum, urgindo-a a correr para os visitantes.

– Meus amigos, bem-vindos, bem-vindos – exclamou M'Butu, mirando os olhos lustrosos de um para outro. – Permitam-me oferecer um pouco de água e iguarias dos nossos jardins antes de conduzirmos os negócios.

O grandalhão soltou um traque e avançou para a menina, deu-lhe uma beliscada no traseiro e pegou umas uvas da bandeja. A menina retraiu-se discretamente. M'Butu franziu o cenho, e estava prestes a falar quando Batroc, vendo a expressão de horror no rosto da menina, chamou-a para pedir um pouco de água, que bebericaria mais tarde. A criada olhou-o com evidente gratidão, fez uma reverência ao imperador e escapou pela saída mais próxima.

– Mjaki! – Um garçom de *smoking* apareceu do lado do rei como num truque de mágica. – Lembre-me de punir essa criada mais tarde pela insolência dela.

O garçom fez que sim e desapareceu num corredor.

– Por aqui, meus amigos – disse M'Butu, indicando o interior de seu palácio, e foi cuspindo sementes de uva no piso ao caminhar. – Tenho um bocado de assuntos governamentais a resolver antes de conversarmos.

O rei os levou até sua sala, local decorado como uma cabana de caçador. Cabeças de animais adornavam as paredes – ao lado de chicotes ensanguentados, lanças com gancho e demais armas muito provavelmente usadas para matar muitas das criaturas. No centro do cômodo, ajoelhado com uma arma na testa perante dois guardas com cara de poucos amigos, um rapaz de jeans e camiseta viu M'Butu aproximar-se com uma mistura de horror e nojo.

O imperador foi até a parede, tirou dali um cajado sujo de sangue e brandiu-o no ar.

– Esse é o das três da tarde?

Os guardas fizeram que sim. Sem dizer palavra, M'Butu pôs-se a açoitar o rapaz nas costas, arrancando gritos banhados a sangue a cada golpe.

– Fiquei sabendo que você sentiu necessidade de tuitar sobre a vida aqui na *gloriosa Niganda*.

M'Butu golpeava a cada palavra que dizia. O rapaz tentou esquivar-se de alguns dos golpes, mas um dos guardas bateu na nuca dele com o cano do rifle. O golpe forçou o rapaz a juntar as mãos para proteger-se, deixando as costas expostas.

O imperador era implacável, e açoitou o rapaz até este ficar largado no chão, com sangue vazando das costas destruídas. Ofegante, M'Butu acenou para os guardas, que ergueram o rapaz do chão e o seguraram em pé. O imperador segurou o queixo do menino e deu tapas até a cabeça dele pender mole para o lado.

– Se tiver mais críticas a fazer, pode vir falar comigo no horário em que estou na minha sala, que é... – começou M'Butu.

Os guardas sacudiram o rapaz até ele abrir os olhos inchados.

– D-d-das nove às cinco, senhor.

M'Butu ficou olhando feio para o rapaz por um instante, depois acenou para os guardas, que deixaram o rapaz desabar no chão. Depois de limpar o sangue do cajado com um lenço, o imperador o devolveu à parede e foi sentar-se à mesa.

– Então, senhores, vamos falar de negócios?

Klaw e Batroc trocaram olhares. Tomando cuidado, circularam o rapaz, que ainda chorava, e se sentaram em cadeiras de frente para a mesa toda ornada de M'Butu. Batroc respirava pela boca para evitar o fedor que vinha do rapaz ensanguentado, que pelo visto perdera o controle da evacuação.

– Só por curiosidade, o que houve com ele? – perguntou Batroc, indicando o rapaz.

– Andou falando de política com um jornalista local – M'Butu respondeu de modo muito jovial. – Não se preocupem, podemos falar na frente dele. Agora ele sabe que tem que guardar segredo, certo, garoto?

O choro aumentou. Batroc soube, mesmo sem olhar, que o rapaz tentava fazer que sim.

– Ao trabalho, então – disse Klaw. – Suponho que esteja tudo pronto.

M'Butu levou as mãos para debaixo da mesa e sacou uma pasta de fibra cheia de fotos em preto e branco, que jogou para Batroc. Este começou a folhear as fotografias.

– Todos que você pediu já chegaram, e as acomodações especiais para seu amigo russo estão quase prontas. – M'Butu recostou-se. – A propósito, a "ajuda estrangeira" que seus amigos americanos me prometeram chegou hoje. Acho que vou querer mais uma estátua minha no Capitólio.

Batroc bufou.

– Aposto que seus cidadãos vão adorar. Quem precisa de comida quando tem arte?

M'Butu estreitou os olhos.

– Faça seu mercenário ficar quieto, Klaw, antes que eu me esqueça de que são meus convidados.

– Senhores, vamos nos manter no assunto – disse Klaw, inserindo-se na conversa antes que ficasse tensa demais. – Se estão todos aqui, então estamos prontos para começar. Batroc, você pode, por favor...

Sem dizer nada, o mercenário francês levantou-se. Evitando com cuidado o rapaz ainda largado no chão, foi até a porta. Com um breve aceno, M'Butu mandou que um dos guardas levasse Batroc aos níveis inferiores. Assim que a sala esvaziou, Klaw inclinou-se para olhar o rei nigandano bem nos olhos.

– Preciso ter certeza de que o seu pessoal está pronto.

M'Butu bateu a mão na mesa.

– O exército nigandano está mais do que preparado para derrubar os wakandanos! Nossa fúria é justa e não pode ser negada. Os wakandanos insultaram os nossos pais, e os pais de nossos pais, e os pais deles. Isso não pode continuar!

Os olhos de Klaw brilharam ao ver o homem exultar-se até o frenesi. O discurso perdeu a graça por volta da terceira ou quarta declaração de que Wakanda roubara o direito de nascença de Niganda.

– Aquele monte de vibranium é meu – M'Butu rosnou. – Os wakandanos roubaram a terra do meu povo tempos atrás num ataque sorrateiro e covarde. Agora forçam meus bravos nigandanos a viver com as migalhas, como se fossem seus cães.

M'Butu foi até um mapa da África preso à parede, onde a fronteira de Wakanda com o seu país fora apagada, mesclando os dois numa única e enorme nação, e passou a mão em torno da demarcação.

– Meus homens vingarão esse insulto de uma vez por todas, liderando seu glorioso ataque à vitória!

– Hmmm, sim, com certeza eles têm a melhor das intenções – disse Klaw, de modo neutro. – Espero que seu general não se incomode de receber ordens do meu comandante em campo.

M'Butu riu-se.

– Daquele francês bocudo? Claro que não. Mas ele não vai querer acabar aqui, certo? – respondeu o rei, mostrando o rapaz que chorava ainda encaracolado no chão.

Klaw sorriu.

– Assim está bom.

– Mas fiquei curioso com uma coisa. – M'Butu relaxou na cadeira e olhou intensamente para Klaw. – Eu fico com Wakanda… para o meu povo, claro. Seus mercenários recebem seu generoso salário. Nossos amigos de fora ficam com o fluxo de comércio e novos convertidos. Mas e você? O que ganha com tudo isto?

Klaw sorriu.

– Pra mim... é uma satisfação.

o———o

Batroc estava recostado numa parede sombreada do empoeirado pátio quando viu, para seu grande desgosto, um jipe militar todo detonado aparecer numa das compridas estradas que davam para o palácio. A traseira do veículo arrastava-se a poucos palmos do solo graças ao peso do passageiro de trás. Batroc baixou o rosto para esconder o riso ao ver toda a dificuldade do imenso Rino para sair do veículo.

O jipe rangeu de alívio quando o homem da armadura cinza firmou os dois pés no chão e seguiu em direção a Batroc. Uma das pessoas mais fortes do mundo, Rino ganhou sua alcunha por causa da armadura, que lembrava o animal, com um baita de um chifre brotando da cabeça.

Batroc conhecera o proprietário anterior da armadura, um rufião cabeça-dura do leste que era tão burro quanto forte. Era confiável, no entanto – bastava conquistar sua atenção. O homem de agora, um dos muitos de uma nova geração que experimentava as identidades de seus antecessores como quem prova a gravata do pai – esse ele não conhecia.

Todavia, se fosse um pouco parecido com os outros membros dessa "nova geração", Batroc suspeitava que esse novo Rino seria desnecessariamente perverso, dado a desobedecer a ordens, imaturo e arrogante. Além disso, ao contrário de Batroc, seria um burro com relação ao dinheiro – e, portanto, forçado a trabalhar até que alguém desse um jeito de tirá-lo daquela armadura e botá-lo numa prisão de segurança máxima.

Até esse ponto, porém, uma pessoa que podia atravessar uma leva de mísseis sem nem piscar seria uma mão na roda.

– Rino – disse ele, cumprimentando.

– Batroc – disse Rino, indiferente, vendo tudo por detrás do visor da armadura com cruéis olhos acinzentados.

Batroc captou um vago sotaque russo na fala do homem, embora ele tivesse obviamente trabalhado bastante para ocultá-lo com aulas de inglês.

Batroc nunca se importara. Seu sotaque era lindo. Não tinha por que mudar.

Quando olhou para o chifre, viu alguma coisa. Levando ali a mão, arrancou um tufo de pelos de uma das rachaduras do traje e o mostrou, querendo saber do que se tratava.

– Parte do meu pagamento – zombou Rino. – M'Butu tem um rebanho de rinocerontes negros numa reserva particular. Eu... enfrentei um. Venci.

– Ótimo. Um rinoceronte negro a menos no mundo. Essa espécie está em extinção, sabia?

A burrice desse é quase tão grande quanto a do anterior, pensou Batroc.

– Não sabia que você era assim tão fã dos animais, francesinho – Rino brincou.

– Somos convidados neste país. É só uma questão de bons modos – Batroc explicou.

Rino bufou e saiu andando. Batroc abriu um sorriso e foi para perto de Klaw, que assistira à conversação escondido nas sombras.

– Por que a força bruta dessas operações tem sempre que ser um imbecil? – Batroc reclamou.

– Foi boa ideia trazê-lo também – disse Klaw, dando um tapinha nas costas do outro. – Aquela armadura aguentou alguns dos mais fortes do mundo. Que Deus nos ajude se o dono algum dia desenvolver um cérebro.

– E o mais novo? – Batroc protegeu os olhos do sol crepuscular da África ao escanear os céus. – Ele saiu com Valinor, mas já devia ter voltado.

– Com certeza está acostumando a si e o cavalo a este clima – Klaw garantiu. – Vai estar pronto quando chegar a hora.

Batroc olhou para Klaw com certo ar de preocupação.

– Não sei onde o encontrou, mas me incomoda um pouco incluir o clérigo nesta operação – admitiu ele. – Acho que os religiosos são sempre suscetíveis à tentação.

– Não precisa se preocupar com esse. Ele tem... digamos assim, ordens superiores que está seguindo. – Klaw ouviu asas enormes batendo no ar. – E lá está ele.

Os dois olharam para o alto e viram uma criatura negra passar pelo ar, voando por trás do sol, por cima do palácio. Batroc não conseguiu entender o que via até que a criatura pousou no chão e veio trotando para eles.

Um imenso cavalo negro relinchou e ficou de pé nas patas traseiras, soprando poeira na direção dos homens. Duas enormes asas negras nasciam do corpo. O agressivo garanhão as bateu furiosamente antes de voltar a firmar-se no chão. Sentado na sela estava um homem de elmo ornamentado em preto e amarelo e de capa vermelha, com uma grande espada preta presa à cintura.

– Ele tem essa coisa com o Rei Artur – Klaw sussurrou baixinho para Batroc. – Diz que é descendente de Lancelot.

– Cavalheiros.

O Cavaleiro Negro os cumprimentou meio jocosamente e saltou de cima do cavalo. Tendo juntado as rédeas, trouxe o animal para perto de Klaw e Batroc. O cavalo dobrou as asas ao lado do corpo e sacudiu a cabeça.

– Senhor Cavaleiro – cumprimentou-o Klaw.

– É um dia glorioso da criação de Nosso Senhor, não acham? – disse o cavaleiro, tirando o elmo e passando as mãos pelos cabelos pretos suados.

Sem o capacete, Batroc pôde ver quão jovem era o belo cruzado, mas ficou maravilhado mesmo com o fervor transmitido por seus olhos azuis. Ocorreu-lhe casualmente que aqueles olhos fariam até mesmo uma francesa tremer na base, mas esse era do tipo que provavelmente açoitaria as próprias costas se uma mulher chegasse perto demais.

– Sim, está fazendo um dia glorioso – Batroc respondeu com cautela. – Senhor Cavaleiro, eu e Klaw estávamos discutindo as implicações religiosas da nossa missão aqui. Você tem alguma opinião com relação a isso?

– Deus abençoa a nossa missão, Batroc – disse calmamente o cavaleiro. – Assim como nos dias de outrora, cabe a nós trazer civilização e conhecimento de Deus para essas terras sem cultura. Os wakandanos são pagãos adoradores de animais. Toda aquela tecnologia e o avanço, e ainda rezam para uma deusa pantera como ignorantes da floresta, apesar de todo o trabalho duro dos missionários que tentaram salvar-lhes as almas. Esse povo deve estar desesperado para ouvir a verdadeira palavra de um homem do Senhor.

– E suponho que esses missionários foram cozidos em tinas e sacrificados a esses deuses pagãos – disse Batroc, sarcástico. – Ou apenas não converteram os pobres selvagens da floresta a tempo.

O cavaleiro o encarou com uma expressão vaga.

– O último missionário enviado a Wakanda não retornou – disse ele.

– Há rumores de que ele se casou com uma local e agora toca uma barraca de legumes na capital – Klaw sussurrou.

– Tentamos com o livro. Agora tentaremos com a espada – disse o cavaleiro, e sacou a espada da bainha. A lâmina emitiu um brilho estranho sob a luz do entardecer quando ele a brandiu pelo ar. – Com esta lâmina de ébano inquebrável, não há nada que possa impedir os caminhos do Senhor. "Você é o meu martelo, a minha arma de guerra: com você eu despedaço nações; com você eu destruo reinos."

Klaw estalou os dedos.

– Jeremias 51,20. Um favorito entre os guerreiros.

O Cavaleiro Negro fez que sim.

– Muito bem, sr. Klaw. Por acaso é um fiel?

– Minha mãe me levava ao catecismo sem falta – Klaw respondeu, sorrindo.

– Que Deus a abençoe. Cavalheiros, preciso cuidar do meu cavalo e fazer as orações noturnas para o rei M'Butu. Ele parece receptivo ao meu pedido para trabalhar com seus funcionários.

O rapaz curvou-se e saiu andando, levando seu cavalo para o castelo.

– Eu adoraria, adoraria poder vê-lo tentando converter M'Butu – disse Batroc, rindo, quando o rapaz já estava longe o bastante.

– Não é tão difícil quando você deve achar – disse Klaw, pensativo. – Prometa à pessoa um país, mais uns milhões de dólares numa conta na Suíça, que vai fazer o povo fingir que aderiu a uma religião, e milagres podem acontecer.

Dito isso, Klaw acenou para um abrigo feito de pedra, num canto mais distante do complexo.

– Enfim, qual é o *status* do resto da equipe?

– Vá ver você mesmo – Batroc deu de ombros. – Ele quer bater papo.

O abrigo amarronzado era forte e prático, nada mais do que uma sólida caixa quadrada com uma fenda estreita fazendo as vezes de janela. Tinha apenas duas manchas de cor: primeiro, o universalmente reconhecido símbolo amarelo e preto para indicar radiação, pintado em diversos cantos ao redor; o segundo era um fulgor esverdeado e muito esquisito que emanava da janela, entregando a imparidade do homem que estava dentro.

Até mesmo homens durões como Klaw e Batroc tomavam cuidado ao lidar com Igor Stancheck, o Homem Radioativo, cujos poderes podiam tostar um homem ou condenar um azarado a uma morte lenta num corpo tomado por cânceres.

– Como está aí dentro, Igor? – disse Klaw, mantendo distância respeitável da janela. – Precisa de alguma coisa?

O brilho esverdeado intensificou-se, alterando as sombras dentro do abrigo, quando Stancheck aproximou-se da fenda e olhou para fora. Batroc cobriu a braguilha com a mão e deu uns passos para trás, apenas por precaução.

– A privada aqui dentro entupiu de novo. – Os olhos verdes brilhantes de Stancheck espiavam pela janela, mirando todo canto do exterior. – Está fedendo pra cacete, camarada. Preciso de um encanador pra ontem.

Klaw foi até uma caixa ali perto e pegou um contador Geiger, que começou a bipar feito louco quando aproximado da janela.

– Não podemos mandar alguém entrar agora... os níveis de radiação estão altos demais. Você vai ter que aguentar por mais uns dias, amigo.

– Ah, velho – Stancheck reclamou. – O imperador tem que ter um técnico pra emprestar. Eu tô ficando maluco aqui dentro, Klaw.

– Vou ver o que posso arranjar – Klaw prometeu, afastando-se da porta. – Até lá, continue trabalhando na assinatura de radiação daquela pedra que eu te dei. Nosso plano não vai funcionar sem isso.

– Tá, tá.

Klaw quase não ouviu essa resposta resmungada, pois ele e Batroc já se punham a caminho dos jardins do castelo. Assim que estavam longe o bastante, o mercenário puxou Klaw de lado.

– Você sabe que os nigandanos que M'Butu está nos "emprestando" não vão servir pra nada se a merda acertar o ventilador, certo? – disse Batroc. – Por isso só nos resta o brutamontes e o vaga-lume.

Klaw ficou encarando Batroc em silêncio por um instante.

– E daí?

– Eu pesquiso as coisas. Esse Pantera, ele e as guarda-costas dele não são nada fáceis. Na verdade, supõe-se que são dos melhores guerreiros do mundo. E isso sem contar as defesas do país e a tal polícia secreta, os cães de guerra ou algo assim.

– Eu tenho fé total nas suas habilidades, Klaw – continuou Batroc, com o cenho meio franzido. – As minhas também são prodigiosas. Mas estaremos em número muito menor, e não tem como gastar dinheiro numa prisão de Wakanda. Que chance nós temos de fato contra o Pantera?

Klaw hesitou, e Batroc entendeu o conflito interior do homem. Embora trabalhassem juntos havia anos, os dois não eram exatamente amigos. E, nessa linha de trabalho, a informação significava poder – e era partilhada apenas se muito necessário.

Mas havia algo de pessoal nessa missão para Klaw, e de algum modo isso fazia pender o equilíbrio de poder entre os dois. Klaw queria desesperadamente ver T'Challa morto. E, para fazer isso, teria que fazer algumas exceções.

– Nossas chances? – O assassino belga olhou ao redor para ter certeza de que ninguém mais escutava, inclinou-se para a frente e sussurrou: – Eu diria que são muito grandes, considerando que eu já matei um Pantera Negra.

Batroc deu um passo para trás, de tão pasmo. Todo mundo na comunidade dos mercenários e assassinos sabia do trabalho de Bilderberg, principalmente porque os wakandanos vinham assolando o mundo todo em busca dos perpetradores por mais de uma década. A morte de um rei sob a bala de um assassino era algo especial. Mas ninguém jamais identificara o assassino que realizara o feito.

– Foi *você* quem fez aquilo? – perguntou Batroc, sem poder esconder o espanto ao falar.

– Quase matei o filho também. Ele me machucou, mas cometeu o erro de não me matar. – Após uma pausa, Klaw continuou: – Todos se arrependerão desse ato de misericórdia.

Klaw agarrou Batroc pelo braço e o arrastou palácio adentro, em busca de uma sala vazia. Quando encontraram um escritório abandonado, ele sacou uma pequena caixa eletrônica e a plugou numa entrada de sua mão metálica. Batroc ouviu um zumbido suave e um estalo, e tirou o celular do bolso apenas para descobrir que tinha apagado.

– Pulso eletromagnético em miniatura. Ele frita eletrônicos desprotegidos e impede a invasão de equipamento de espionagem – explicou Klaw.

– Vou incluir meu celular na minha lista de gastos – disse Batroc. – Mas prossiga.

Klaw respirou fundo e soltou o ar lentamente. Mesmo não gostando muito disto, admirava o mercenário francês mais do que deveria. Assassinos não têm amigos – certamente não mercenários, que são famosos por trocar de lado bem no meio de uma briga pelo contracheque mais adequado. E Batroc era totalmente imoral e não merecia a menor confiança. Só dava para contar com a lealdade dele enquanto durava o dinheiro.

Mas Klaw suportara esse fardo familiar sozinho por décadas. Estava cansado. E, embora partilhar informações desnecessárias fosse perigoso para gente como ele, alguém devia saber o que Wakanda fizera aos ancestrais dele.

– Isto não é um golpe – disse ele. – É uma questão de sangue. Minha família tem... uma história com o Clã da Pantera de Wakanda.

Batroc recuou um passo, aproximando-se discretamente da porta.

– Isto é pessoal? *Mon ami*, é quando fica pessoal que a coisa fica sangrenta. E derramar sangue desnecessário não é nada bom pros negócios.

Klaw agarrou o outro pelos braços com cara de desespero.

– Eu preciso da sua ajuda – disse. – Como você mesmo falou, o resto da equipe é maluca ou basicamente incompetente.

Batroc não parecia muito seguro.

– Eu cobro mais quando a questão é pessoal. E vou precisar saber de tudo – ele disse, e meteu o dedo no peito de Klaw. – Tudo. Se vou morrer pela honra de outra pessoa, que saber pelo que estou lutando.

Klaw soltou Batroc e sentou-se em cima de uma mesa. Seus olhos vagaram para o teto conforme ele imergia nas lembranças.

– Eu vou te contar tudo, prometo. Mas pra você entender, tenho que contar uma pequena história antes.

Klaw foi até a parede, onde um imenso quadro retratava M'Butu em cima de um tanque, liderando tropas sobre uma planície coberta de sangue. Ele estudou a pintura por um instante, depois se voltou para Batroc.

– Ao contrário da mentira que o líder deste país vende, Wakanda jamais invadiu outro país. Certamente não roubaram deles seu maior recurso, algo que chamam de Grande Monte. Na verdade, Niganda foi repetidamente rechaçada em suas tentativas de invadir Wakanda e tomar posse do vibranium que existe debaixo do Grande Monte. – Klaw hesitou. – Você sabe o que é vibranium, certo?

Batroc fez que sim.

– Metal raro, absorve e dissipa qualquer força bruta ou impacto de energia. O recurso natural mais valioso do planeta.

– E Wakanda está sentada em cima de *tudo* isso – continuou Klaw. – O que os tem colocado na mira por toda a existência do país. Os nigandanos tentaram conquistar Wakanda várias vezes, e várias vezes foram jogados de volta sobre a fronteira com nada para mostrar. Nada além de guerreiros mortos... e histórias sobre um temeroso homem gato com poderes mágicos. Pelo menos foi isso que meu tataravô ouviu de seus escravos nigandanos quando sua força "exploratória" – Klaw fez sinal de aspas ao dizer – se aproximou da fronteira de Wakanda. O primeiro Ulysses Klaue, o homem do qual herdei o nome, foi um dos fundadores da África do Sul. Ele ouvira histórias sobre a terra fabulosa de Wakanda e seu temível rei. Mais importante, ouvira falar da imensa riqueza que a terra supostamente continha, e queria adquirir sua parte antes que outra pessoa chegasse lá.

– Então ele simplesmente resolveu pegar? – Batroc parecia confuso.

– Sim – disse Klaw, com um olhar vago. – Lembre-se de que era o século XIX, quando os homens eram homens de verdade e tomavam as rédeas do próprio destino. Então meu ancestral comprou uns escravos a mais e os levou para Wakanda com as melhores armas que o governo belga podia prover. Encontrei cartas de alguns dos homens que foram com ele. Dizem que os negros ficaram nervosos quando chegaram perto de Wakanda, mesmo tendo demonstrado ser guerreiros capazes na África do Sul e em outras campanhas por todo o continente. Finalmente, os homens do meu ancestral tiveram que atirar em metade deles porque simplesmente se recusavam a seguir adiante.

Klaw procurou no rosto de Batroc algum sinal de emoção ou julgamento. Não encontrando nada, prosseguiu.

– Bom, de acordo com as histórias que ouvi, os brancos e os poucos escravos que restaram conseguiram chegar à periferia de Wakanda. Às vezes fico pensando no que eles viram. Uma terra virgem, onde europeu nenhum pusera os pés até esse dia. Vibranium e ouro pra todo lado, e nada além de um bando de africanos sem camisa, de lança na mão, entre eles e o prêmio.

Klaw suspirou.

– Certeza que eles acharam que um voleio do canhão que tinham arrastado por meio continente daria uma acalmada nos wakandanos. Do contrário, eles tinham *gatlings*, granadas e outras armas que o povo africano nunca nem tinha visto. Isso era o que eles pensavam. Os sobreviventes disseram que o Pantera Negra apareceu do nada na frente deles, e ficou encarando de longe na planície. Já nessa época ele usava aquela máscara idiota de gato, mas esse tinha também uma capa, algo assim, balançando no vento, uma tanga e uma lança, como um homem das cavernas. Ulysses Klaue tinha mais que cinquenta homens armados, então tenho certeza de que um único maluco de capa na floresta não o preocupou nem um pouco. Ele mandou os homens apontarem. Depois gritou pro Pantera que se rendesse e mandasse mulheres e crianças para serem feitas reféns. Os sobreviventes disseram que o Pantera nem se mexeu, mas atrás dele algum tipo de... totem mecânico surgiu do chão. Até hoje, não temos ideia do que era aquela coisa, mas o Pantera confiava totalmente na segurança que a coisa dava a ele e ao povo. Disseram que ele falou, e que, mesmo estando do outro lado de um gramado, todo mundo ouviu o que ele disse claramente: “Saiam agora, e eu os deixo viver. Ataquem, e restará só mais um para contar a história”. Já naquela época, ninguém, ninguém mesmo, ameaçava um Klaue e se safava. Aposto que os homens caíram no riso, e Klaue ordenou que acabassem com o Pantera. O que aconteceu em seguida nós nunca conseguimos explicar.

Klaw começou a esfregar as têmporas, exasperado.

– Todas as armas explodiram, como se alguém tivesse colocado explosivos lá dentro. Os homens gritaram e largaram as armas, em chamas, arrancando pedaços de pele queimada que grudara no metal quente dos rifles. Um pobre coitado teve as roupas incendiadas e morreu queimado antes que pudessem apagar o fogo. Outro teve as granadas acionadas e perdeu as mãos antes de poder jogá-las longe. O tempo todo, o Pantera nem se mexeu. Só ficou observando o desespero dos oponentes. Meu tataravô gritou para os homens formarem fileiras de novo, mas não adiantou. O tempo todo que estiveram na África, ninguém lhes oferecera resistência, e pelo visto o pessoal afrouxou. Pelo menos foi o que se relatou que o Ulysses gritou para eles, e ordenou aos sobreviventes que usassem uma das metralhadoras *gatling* pra atirar nos malditos. Mas ninguém escutou, por medo de mais sabotagens. Mesmo com os gemidos dos aleijados, deu para ouvir o que o Pantera sussurrou. “Última chance de partirem com os feridos.” Klaue recusou-se a admitir a derrota e foi ele mesmo usar a arma. A ultima coisa que o ouviram dizer foi um desafio: “Seu vodu aguenta setecentas balas por minuto?”. O Pantera, dizem, continuou imóvel. “Morra, seu preto...” A explosão arremessou pedaços do meu tataravô por toda a planície. O Pantera, pelo visto, foi misericordioso com os demais e permitiu que procurassem os restos do meu tataravô no chão, depois de forçá-los a cavar sepulturas para os escravos que tinham matado. Sem as armas, o Pantera os acompanhou até a costa e disse-lhes que nunca mais retornassem, sob pena de morte. Quando voltaram à África do Sul, entregaram à minha tataravô grávida o pedaço maior que encontraram do marido, que foi a bota. Junto do corpo dele, Adalheida Klaue jurou que seus descendentes jamais esqueceriam nem perdoariam.

Klaw olhou para Batroc, os olhos brilhando de ódio.

– E não esquecemos. O Pantera matou meu tataravô num confronto injusto. Seria apenas apropriado que os descendentes dele morressem de modo igualmente ignóbil, e isso ser feito pelas minhas mãos seria a perfeição concretizada.

Embasbacado, Batroc reparou que prendia a respiração.

– Mas você ainda não explicou como fez aquilo – apontou. – Acredita-se que a segurança e a tecnologia de Wakanda é igualada somente por Latvéria e Symkaria. Não deveria haver um jeito de penetrar no perímetro de defesa deles, nem mesmo em Bilderberg.

Klaw apenas sorriu.

8

SHURI CAMINHAVA SILENCIOSAMENTE pelo Salão dos Reis, com suor pingando da roupa de ginástica com tema de leopardo e das encharcadas tranças pendentes nas costas. Os criados do palácio já tinham escapado das vozes exaltadas que ecoavam pelos tetos arqueados, deixando-a sozinha ao passar pela sala de T'Challa e o imenso quadro de T'Chaka. As vozes ficaram ainda mais audíveis conforme ela foi se aproximando da suíte da mãe, com os olhos de seus ancestrais parecendo não aprovar a presença dela ao deslizar sem fazer ruído por corredores pouco familiares. Qualquer discussão que ela pudesse ouvir lá de baixo, da academia, era algo que valia a pena investigar, principalmente se o assunto a envolvia.

Passar ali de fininho não era realmente necessário, disso ela sabia. Como princesa, Shuri tinha uma sala no mesmo setor do palácio, mas raramente usava. Preferia trabalhar em sua suíte, com seus cálidos painéis amarronzados e as estantes que cobriam do chão ao teto. Adorava os leitores eletrônicos, mas preferia a densidade, o peso e o cheiro de um livro de verdade para relaxar sozinha. E, claro, as enormes janelas que davam para o topiário pelo qual ela implorara quando criança. A mãe recusara por anos, sem entender o fascínio da jovem por arbustos podados nas formas de grifos, dragões e unicórnios. A menina negociara, fizera birra, gritara e finalmente implorara por meses sem sucesso – a mãe insistia que era desnecessário, extravagante e inadequado. Por que, dizia ela pacientemente, alguém instalaria plantas em formas de feras imaginárias num palácio quando as crianças podiam ver animais de verdade, como elefantes e girafas, toda vez que quisessem?

Somente quando T'Challa acrescentara sua voz ao pedido a Rainha Mãe cedera, e com desgosto. Ramonda ordenou que os arbustos fossem plantados e decorados, de modo que se visse facilmente boa parte deles do quarto de Shuri. Ainda hoje era uma alegria para Shuri lembrar-se do sorriso de T'Challa ao vê-la saltitando de empolgação, comemorando a vitória contra a mãe. Passaram-se anos até que ela compreendeu que a mãe não plantara o topiário porque a filha queria, mas porque o enteado o queria para a irmã. Às vezes, quando olhava para sua peça favorita – um dragão verde espinhento de rabo largo e chifres enrolados para o alto ameaçando um pequeno unicórnio alado –, pensar nisso a deixava triste.

Os olhos e os ouvidos de Shuri eram muito mais aguçados do que o sabia a maioria das pessoas. Poucos de fora do castelo sabiam que ela passava pelo mesmo treinamento que T'Challa enfrentara, e mesmo os que sabiam subestimavam quanto os sentidos dela tinham evoluído. Consequentemente, a menina ouvia muito do que os criados do palácio sussurravam, apesar das tentativas destes de abafar as conversas quando ela entrava em corredores e salas. Ouvia o sarcasmo que pensavam conseguir mascarar, o questionamento de seu valor para a família real. Sabia que, como muitos cidadãos, eles a consideravam apenas uma "reserva" – e das inferiores.

Nos últimos dias, embora a mãe ainda estivesse para abordar o tópico com ela, a questão se resumia a qual príncipe ou milionário africano ela seria unida em matrimônio para gerar mais reservas para a linha de sucessão. Para a sorte dela, T'Challa ainda tinha de escolher uma rainha, então a maioria dos fofoqueiros devotava sua atenção para especular sobre cada mulher em que o irmão dela punha os olhos quando participavam das centenas de bailes, eventos de caridade e conferências que a agenda real determinava. Os dois costumavam rir – em particular, claro – de quão rapidamente as mimadas e pomposas princesas e herdeiras se retraíam sob os olhares das esculturais e bem armadas Dora Milaje ao lado dele. T'Challa lhe contara, numa de suas sessões de treino matinais, que pegara Nakia ajustando sutilmente os sapatos, mostrando "acidentalmente" uma enorme espada presa na coxa, debaixo do vestido longo, para um paquerador espaçoso que não entendera o recado.

Não, T'Challa não estava para casar tão cedo. Shuri sabia que toda a atenção logo se voltaria para ela, agora que alcançava a idade "legal" que a tornava elegível para o noivado. Contudo, a menina ansiava por aquilo que o irmão tivera: anos de liberdade em terras além-mar, onde ninguém a conhecia nem ligava para quais roupas ela usava, que baladas frequentava ou quem ela beijava. Embora não possuísse o intelecto incrível do irmão – incomodava-a ver quão duro tinha de se esforçar para assimilar os desafiadores conceitos científicos que T'Challa parecia absorver facilmente –, Shuri sabia que arrasaria nos exames de admissão das melhores instituições do mundo sem ter tanta dificuldade. O problema era: será que a mãe lhe daria essa chance?

Shuri combinou consigo que ia lembrar-se de falar com T'Challa sobre essa ideia quando ele voltasse, mais tarde nesse dia, da visita de inspeção ao Grande Monte. Colocar o irmão na jogada facilitaria muito a tarefa de convencer a mãe. T'Challa passara a agir de um modo estranhamente mais protetor com ela desde que ascendera ao trono, mas Shuri estava confiante de poder convencê-lo de quão importante seria para ela adquirir mais experiência no mundo lá de fora – principalmente já que ela imaginava que lhe dariam mais atividades para cumprir como princesa, e muito em breve.

Porém, o primeiro obstáculo era descobrir o que deixara a mãe tão irritada, e foi pensando nisso que Shuri caminhou de fininho até a porta de madeira. Ramonda, uma mulher de temperamento geralmente tranquilo, erguia a voz tão alto que se fazia ouvir fora da sala. Ninguém ousara inspirar tão nível de fúria na Rainha Mãe, nem mesmo Shuri – pelo menos desde a morte do rei.

– Foi culpa sua eles estarem lá, Ramonda! – gritou uma voz feminina. – Você queria liberdade. Eu avisei várias vezes sobre os perigos do mundo exterior, mas você forçou a mão do Amado, e todos nós pagamos o preço.

– Acho bom você baixar esse tom comigo, general – Shuri ouviu a mãe sibilar. – Está indo longe demais. Eu ainda sou a Rainha Mãe, e você ainda me deve lealdade. Fui clara?

– Minha aliança é para com o rei, que é filho da minha melhor amiga, a rainha – retrucou a voz, de modo altivo. – Não puna as minhas irmãs pelas minhas falhas... se não pelo seu filho, então pelo pai dele, que apenas queria o melhor para quem *ele* amava.

– Como você ousa...

Ramonda não terminou a frase. Shuri ouviu passos se aproximando da porta. Na esperança de poder dar uma olhada na pessoa que ousara falar com a mãe dela de modo tão desrespeitoso, mesmo em particular, a menina deslizou da porta bem quieta.

Ficara tudo quieto dentro da sala. Hesitante, Shuri aproximou-se e inclinou-se nas ornadas portas duplas para espiar pelas frestas.

Subitamente as portas se abriram, quase derrubando a menina para dentro da sala.

Ali parada, olhando feio com o único olho que ainda tinha, estava Amare.

Não fosse o nebuloso olho de vidro e a cicatriz muito distinta que cruzava aquele rosto, Shuri pensou que jamais teria reconhecido a general das Dora Milaje. Em vez da armadura leve tradicional, Amare usava um vestido preto sem mangas que se pendurava sobre seus poderosos ombros e acentuava o xale multicolorido arrumado bem apertado em torno da cabeça. Uma capa muito branca envolvia o pescoço dela, presa apenas por um amuleto de jade em forma de pantera com brilhantes olhos de diamante. Shuri admirou a tranquilidade da mulher em usar roupas tão reveladoras apesar das cicatrizes enrugadas, de uma coloração branca leitosa, e da pele que nessas linhas lhe faltava, tudo isso espalhado por braços e pernas. Amare poderia ser facilmente confundida com um dignitário visitante.

Quando a general deu um passo à frente, Shuri pôde ouviu o zumbido baixo dos mecanismos eletrônicos na prótese da perna, que terminava onde começava uma estilosa bota preta de salto alto. Impressionada, a menina pensou por um segundo no trabalho todo que a mulher tivera em reaprender não somente a andar, mas também a lutar de salto.

– Princesa. – Amare juntou a capa em torno do corpo, protegendo as cicatrizes dos olhos curiosos de Shuri, e falou num tom grosseiro e entrecortado, como se contivesse emoções fortes. – Okoye e Nakia a encontrarão mais tarde na academia para mapear um programa de treinamento para você que satisfará às necessidades de todos. Elas são minhas melhores alunas, e a servirão muito bem.

Shuri fez que sim, um tanto hesitante, e olhou para a mãe. Ramonda estava sentada atrás de sua mesa com uma expressão férrea no rosto.

– Isso será… satisfatório, general.

Amare virou-se para a mesa e assentiu, o tempo todo evitando contato visual com a rainha.

– Com sua licença, minha rainha.

– Dispensada – disse Ramonda, e acenou para a mulher, que saiu pelo corredor.

Quando o clicar dos saltos de Amare não soava muito alto para seus ouvidos, Shuri fechou as portas e foi até a mãe, que se recostara em sua cadeira e cobrira os olhos com as mãos.

Shuri aproximou-se e abraçou a mãe, obviamente estressada, e a ficou ninando bem devagar. Por um momento, Shuri sentiu que a mãe relaxava em seus braços – mas logo a rainha tornou a ficar tensa. Decepcionada, Shuri a soltou e sentou-se na mesa.

– Mãe, tem alguma coisa errada?

Ramonda limpou gentilmente os olhos, depois pigarreou.

– Primeiro, mocinha, tire esse seu traseiro suado da minha mesa.

Shuri pulou da mesa e puxou uma cadeira para ficar bem perto da mãe. *A esperança é a última que morre*, pensou Ramonda.

– Segundo, é simplesmente rude espionar uma conversa particular, mesmo para uma princesa com audição elevada. Meu passado com a general Amare não tem nada a ver com você, e espero que guarde qualquer coisa que tenha ouvido para si.

– Claro, mãe. Mas o que foi tudo isso? Que passado?

Ramonda inclinou-se e baixou o rosto nas mãos sobre a mesa.

– Sério, filha, não estou com o menor clima pra falar disso com você – disse ela. – Talvez outra hora.

Ramonda deu um pulo quando Shuri meteu um tapa na mesa.

– Não, mãe. Agora. Estão tomando decisões sobre a minha vida sem me consultar, e não vou aceitar. Me conte o que está acontecendo, e por que a general Amare está tão brava com você. Você está falando que vai me colocar nas mãos de uma mulher que pode ter alguma mágoa misteriosa com a minha mãe, e sem me dar munição pra eu me defender. Não tenho te enfrentado em nenhuma decisão maior ultimamente, mas eu juro, não vou entrar numa boa no que pode ser uma cilada só porque você não está "com o menor clima".

Ramonda fechou a cara por um segundo perante a insistência da filha, mas logo suavizou.

– Você lembra tanto a minha mãe – sussurrou ela, quase para si mesma. – Eu vejo T'Chaka quando olho pro seu irmão, mas vejo minha adorada mãe nos seus olhos. Mesmo quando era bebê, você era igualzinha a ela. Tem até a voz dela, e essa teimosia frustrante. Ela nunca dava ouvidos a ninguém também.

Ramonda levantou-se suspirando e foi até um bar de tampo de vidro, no canto da sala. Serviu xerez em dois copos, enfiou a jarra debaixo do braço e foi devagarinho para um sofá de couro branco instalado num canto mais afastado da sala. Shuri a seguiu com hesitação ao ver a mãe largar-se no sofá. Sentou-se de pernas cruzadas perto dela, numa almofada, e viu a mãe dar um pequeno gole num dos copos.

A rainha acenou para o outro.

– Se você já tem idade pra ouvir isto, já tem idade pra beber com a sua mãe. E vou precisar deste e muito mais se for te contar a história toda.

– A história toda? – Shuri pegou o copo e passou um dos dedos na borda. – Que história toda?

Ramonda abriu um sorriso triste.

– A história de como o seu pai morreu. Embora fosse jovem, T'Challa estava lá. Você ainda não tinha nascido, então nunca senti necessidade de arrastar aquele dia para os registros oficiais. Mas você tem razão: você merece saber, já que as repercussões desse dia ainda estão nos afetando.

– Manhê. – Ramonda ficou intrigada com a palavra. Seus filhos costumavam dirigir-se a ela com o mais formal "mãe". – Seja lá o que for, pode me contar. Não vou te julgar.

Ramonda riu baixinho com o copo na boca.

– Você seria a primeira, querida. Sabe, foi por culpa minha que seu pai resolveu ir à Conferência de Bilderberg, pra começar. Eu o convenci a participar da reunião, mesmo contra os conselhos do irmão dele, das Dora Milaje, do gabinete de guerra e do conselho de governo. E eles não me deixam esquecer.

Ramonda fixou os olhos no copo, evitando os da filha.

– Toda criança de Wakanda aprende que o rei T'Chaka foi derrubado pelo tiro de um assassino enquanto negociava detalhes de comércio. "Sacrificando-se, jogando-se em frente à família, T'Chaka salvou a linhagem real levando o que teria sido um disparo fatal para a rainha, então grávida."

Shuri pegou o passo a partir daí, e foi recitando as linhas gastas e habituais que eram ensinadas acerca de seu pai.

– "O assassino covarde matou os dois membros das Dora Milaje com uma granada, enquanto estas lutavam bravamente para levar o rei e sua família a um local seguro. Tudo estava perdido até que o príncipe T'Challa, ainda jovem, pôs as mãos numa das armas do assassino e atirou, ferindo-o e forçando-o a fugir para sobreviver. Contudo, quando o apoio chegou, o rei tinha perecido... aninhado nos braços de sua amada, com o jovem príncipe ao lado. A infância do menino estava acabada."

Shuri torceu o nariz para o xerez antes de dar um golinho.

– Como você diz, mãe, todo mundo conhece essa história. Um assassino desconhecido atirou no meu pai e escapou depois de ter sido atacado por T'Challa. Que mais tem isso?

Ramonda suspirou.

– Que mais? Tudo. Veja, não foi exatamente assim que aconteceu. – Perdida nas lembranças, a rainha suspirou, afagando sem perceber o ventre, agora vazio. – Eu vivia tão cansada durante a gravidez. Seu pai era tão bom comigo... sabia que eu me sentia sozinha, queria minha casa. Meus hormônios enlouquecidos; ele me encontrava aos prantos, às vezes, à noite... inconsolável, com saudade de casa.

Ramonda olhou para a filha com tristeza nos olhos.

– Wakanda é um paraíso na Terra. Realmente, não há lugar que se compare à Cidade Dourada... mas não era um *lar* para mim ainda. Porém os estrangeiros tinham que escolher a residência permanente se quisessem morar em Wakanda, e isso se aplicava à futura rainha também. T'Chaka entendia a minha dor, mas havia pouco que podia fazer para mudar a lei. E foi então que recebemos o convite para a Conferência de Bilderberg. W'Kabi tinha acabado de ser nomeado chefe de segurança e estava se esforçando para mostrar quão crucial era o seu conselho para o rei. Então ele e S'Yan, os dois conselheiros mais próximos de T'Chaka, argumentaram que era bobagem o rei participar dessa conferência, dada a escolha do reino de manter Wakanda isolada. O que o Ocidente poderia nos oferecer em troca do vibranium e dos nossos avanços tecnológicos? Uma bomba de hidrogênio melhor? Mais caviar? Não havia nada de que o reino precisasse que pudesse vir desses capitalistas ambiciosos. Mas eu argumentei que já era hora de Wakanda juntar-se à sociedade moderna... fazer mais do que apenas proteger seus filhos e filhas. O mundo precisava da ciência e da tecnologia de Wakanda para melhorar a vida de toda a humanidade como um todo. Nós tínhamos potencial para influenciar países inferiores a abandonar as maldades do passado, como o *apartheid* ou Jim Crow, se pelo menos tentássemos. S'Yan me disse, mais tarde, que eu fiz o discurso mais apaixonado que ele já vira nestas salas. T'Chaka ficou impressionado, mesmo não sendo claro como o restante do conselho votaria com relação à minha sugestão de abrir as fronteiras. Todos concordaram em deixar o comparecimento à Conferência de Bilderberg para o rei escolher. Com a minha influência, ele concordou em ir. Se eu tinha um motivo maior? Abrir as fronteiras seria um modo de viajar para a África do Sul e tirar o meu povo de uma vida que eles não mereciam. Pode ser isso, mas eu realmente achava que estava discutindo em prol de um bem maior, para Wakanda e para o mundo. Infelizmente, nem todo mundo queria ver T'Chaka passeando pelo palco do mundo.

Klaw olhava de um jeito sinistro para Batroc, com o ódio pelo Pantera escancarado no rosto. O som de metal contra metal reverberava pela sala. O Cavaleiro Negro atacava Rino, que ria ao defender-se de cada estocada e empreitada do jovem cavaleiro. Tropas nigandanas reuniam-se em torno da dupla num grande ringue, gritando encorajamentos e palavrões, dependendo da aposta que tivessem feito.

Klaw ignorava tudo isso, concentrado em sua história.

– Eu teria matado T'Chaka de graça, mas o fato de eu ganhar dez milhões pela cabeça real dele só deixou a coisa melhor. Esse trabalho ia me tornar reconhecido internacionalmente, principalmente porque as conferências de economia globais atraíam muitos empregadores em potencial para um assassino. Mas ninguém mais sabia o que esperar quando Wakanda foi convidada para a mesa dos maiorais. E o Pantera não seria fácil de lidar. Só que, na época, eu era jovem e doido pra fazer meu nome, sabe? Não tinha muita gente forte por perto, mas a equipe que eu juntei era das melhores. Com um mês pra me planejar, achei que organizamos uma estratégia razoavelmente operacional, considerando com o que estávamos lidando. A segurança da Conferência de Bilderberg era sempre apertada, mas nada que não pudéssemos resolver. A maior preocupação, na verdade, era se nos dariam o sinal verde. – Klaw sacou seus óculos escuros do bolso e começou a polir as lentes com sua camisa cáqui. – Lembre-se: o pessoal poderoso queria os recursos e a tecnologia de Wakanda. Depósitos de petróleo intactos, descobertas médicas de que o Ocidente não fazia ideia, e não se esqueça do vibranium... o mineral mais raro, mais valioso da Terra. Se T'Chaka concordasse em abrir as fronteiras, iam querer que ele continuasse no poder para não ter que reiniciar negociações com um governo todo novo. Somente se aquele potentado arrogante recusasse as propostas de negócio eu devia agir... e eu até ganharia um bônus se eliminasse a linhagem inteira: pai, mãe e filho. – Klaw sorriu. – Nem me preocupei. O Pantera Negra que eu tinha pesquisado no mês anterior jamais aceitaria as propostas.

Quinze anos antes

T'Chaka caminhava por um corredor, acompanhado das Dora Milaje e seus elegantes economistas pessoais. O rei limpou uns pelinhos de seu *boubou* real ao entrar na sala de conferências, fazendo fluir com cada passo as amplas mangas negras de seu manto de veludo verde. Ao rumar para a ponta da mesa, T'Chaka foi olhando para os homens brancos reunidos na sala, calculando mentalmente a soma do produto nacional bruto de cada país e corporação representada ali naquela manhã. *Se reunissem seus recursos*, pensou T'Chaka, *eles poderiam acabar com a fome mundial dentro de seis meses, erradicar a malária em mais três, e eliminar a falta de moradia completamente até o fim da década. Mas nada disso estava nos planos desses cavalheiros, que viam Wakanda como nada além de um modo de aumentar as próprias margens de lucro.*

T'Chaka tomou seu lugar e recusou a bebida alcoólica a ele oferecida por uma secretária. Um representante da Roxxon pigarreou.

– Vossa majestade, nós, da Roxxon, não queremos desperdiçar o tempo de pessoa tão augusta quanto o senhor – começou um homem de cara de fuinha, que abriu um medonho sorriso falso de onde estava, do outro lado da mesa. – Eis a nossa proposta, e falo em nome de todos os muitos interesses reunidos a esta mesa: pagaremos qualquer preço que o senhor estipular para os seus produtos. Não fará negócio melhor do que este em lugar nenhum.

T'Chaka tamborilou os dedos no tampo de vidro da mesa, tomando o cuidado de não pressionar os dedos na superfície lisa. Fez isso fingindo pensar na oferta. Dava para sentir Amare trocando o peso de um pé para o outro atrás dele, acionando os sinais bloqueadores de sempre que as Dora Milaje usavam quando o rei estava fora do país. Quando T'Chaka deixasse a sala, esses homens não teriam registro nenhum da voz dele, nenhuma foto do rosto e nenhuma impressão digital para que seus espiões usassem em negócios sujos.

O rei levantou-se, imponente perante a mesa.

– Eis a minha resposta: as riquezas de Wakanda não estão à venda – disse ele, calmamente. – Enquanto o avanço espiritual dos ocidentais não alcançar sua proeza tecnológica, será irresponsabilidade partilhar de nossos avanços científicos com vocês. Seria como entregar uma arma carregada a uma criança e esperar que dê tudo certo. Nós não tomaremos parte da sua destruição.

– Está chamando todos aqui de crianças irresponsáveis? – disse o representante da Roxxon, olhando para o restante dos presentes, todos boquiabertos perante a arrogância do wakandano.

– Não – disse T'Chaka, pondo-se em direção à porta, com as guarda-costas logo atrás. – Estão mais para adolescentes emburrados que se consideram mais maduros do que seu comportamento demonstra. O fato de que toda conversa aqui é enquadrada em termos de poder e lucro diz tudo, e confirma os meus maiores receios acerca da sua sociedade.

O rei parou na porta e olhou irritado para os aturdidos homens.

– Vocês poderiam ter alcançado metade dos nossos avanços sozinhos, mas há dinheiro demais para ser ganho com a miséria. – Ficou evidente quão inconformado se sentia o rei perante tamanha estupidez. – Por que não investir um pouco da sua riqueza para educar suas crianças, em vez de construir armas novas e mais poderosas que esperam nunca ter que usar? Por que não construir estradas e pontes e hospitais, em vez de estádios de futebol milionários com o dinheiro do contribuinte? Eu sei dizer por que: a fixação doentia da sua sociedade no dinheiro sobrepujou seu bom senso ao ponto da obsessão. Pra que curar uma doença quando se pode forçar o povo a pagar pelo medicamento? Por que fornecer energia barato quando se pode bombear continuamente um recurso limitado que danifica o...

– A gente entendeu, T'Chaka. Não precisamos que nos dê uma palestra.

A interrupção do empolado representante da Roxxon congelou a Dora Milaje no lugar, irritadas com o insulto. T'Chaka acenou discretamente, acalmando Amare – que já tinha deslizado uma faca para fora da manga e olhava feio para o homem da cara de fuinha.

Sem perceber nada disso, o homem começou a rir de T'Chaka.

– Nunca tinha visto um socialista com coroa na cabeça, mas pelo visto tem primeira vez pra tudo. Talvez o seu povo se desse melhor com uma liderança mais... esclarecida, como os sul-africanos ou os nigandanos.

T'Chaka deu um passo à frente e abriu um sorriso ameaçador para o homenzinho. Seus dentes muito alvos chegaram a cintilar. O homem ficou pálido perante aquele olhar.

– Cada vez que você respirar, a partir desse momento, será apenas um dom que eu lhe concedi – T'Chaka disse baixinho. – Todo homem ou mulher que falasse desse jeito comigo em minha terra natal estaria discutindo o equívoco com seus ancestrais nesse momento, mas eu perdoarei seu erro, desta vez, por causa da sua ignorância infantil.

Um homem reclinado na beirada da mesa estalou os dedos. Dois guarda-costas nórdicos correram para a sala, vindos de uma sala adjacente, empunhando rifles mirados nos wakandanos.

– Calma lá, T'Chaka – ronronou o homem. – Você não tem vantagem aqui.

T'Chaka cruzou os braços calmamente.

– Ah é?

No mesmo instante, Amare lançou a faca em alta velocidade, prendendo a mão do primeiro atirador à parede. O homem urrou de dor, jorrando sangue na arma caída no chão. Ao mesmo tempo, Bapoto produziu um chicote de microfilamentos e o brandiu pela sala. A ponta do chicote enrolou-se no cano do rifle do outro atirador; com um puxão forte, Bapoto arrancou a arma da mão do homem e a jogou do outro lado da sala. Um dos economistas de T'Chaka a pegou e apontou para os homens sentados à mesa, num amplo movimento suave.

T'Chaka nem se mexeu.

– Quem lhe deu permissão para usar meu primeiro nome? Você nem *pense* em mim sem usar meu título – rosnou o rei. – Eu entendo a sua frustração de ter que lidar com um negro que não pode ser comprado por um caminhão cheio de armas, um avião cheio de loiras ou uma conta na Suíça. Mas atenha-se ao pouco de classe que você tem.

Uma poça amarelada abriu-se sob os pés do representante da Roxxon.

– Vossa majestade – ele gaguejou –, peço mil desculpas.

T'Chaka olhou para todos os presentes com desgosto. Desperdiçara tempo demais com aqueles homens.

– Esta reunião acabou. Não me contatem de novo.

O rei deu meia volta e saiu pela porta, seguido por seus economistas. O último que passou largou o rifle roubado na entrada, mas guardou o pente no bolso.

As duas Dora Milaje foram recuperar suas armas, em silêncio. Bapoto retraiu seu chicote e o enrolou na cintura. Amare arrancou a faca da mão do guarda, fazendo-o choramingar de dor mais uma vez. As duas mulheres saíram da sala andando para trás, sem tirar os olhos dos homens sentados à mesa, caso algum tentasse uma retaliação de último minuto.

Uma vez fechada a porta, todos os executivos exclamaram de alívio e começaram a tagarelar uns com os outros.

– Smithers, você é patético – disse o homem que acionara os guardas. – Limpe-se, depois ligue para o nosso amigo e diga que a operação pode começar.

Smithers, o executivo da Roxxon, saiu correndo da sala, deixando uma trilha de urina por onde passava. Ele jurou que T'Chaka – o rei T'Chaka, ele corrigiu involuntariamente em seus pensamentos – pagaria por essa humilhação.

o———o

– Não haviam me dito nada sobre o que acontecera na reunião até o inquérito, semanas depois – disse Ramonda, dando um belo gole no xerez. – Tudo o que eu sabia era que T'Chaka estava de mau humor quando voltou à suíte. Mas, como sempre, ele tentou esconder isso de mim e T'Challa.

o———o

– Por que a gente tem que ir embora já, pai? – T'Challa choramingou, agarrado à perna do pai, com cara de pidão. – Você disse que a gente podia ir esquiar depois da sua reunião. Você prometeu!

T'Chaka riu e foi até Ramonda, trazendo consigo o pequeno T'Challa, preso na perna, a cada passada. Juntou a esposa nos braços, inalando seu perfume picante, e sentiu com a perna um chutinho na barriga dela. Soltou-se de T'Challa, ajoelhou-se e beijou a esposa no ventre.

– Quer dizer então que você também acha que a gente devia ir esquiar – disse ele a sua filha ainda por nascer, fazendo Ramonda rir. – É por isso mesmo que temos que ir embora. Nossos filhos vão ficando mais insolentes cada vez que respiram esse ar europeu.

o———o

– Quando ficou claro que não haveria acordo, veio a hora de eu trabalhar – disse Klaw.

O primeiro disparo acertou a janela, perto da cabeça da T'Chaka. Mais dois vieram logo em seguida e bateram no vidro como pancadas de martelo.

– Eu sabia que a janela era à prova de balas, mas nem me preocupei – disse Klaw. – As balas que perfuram armadura atravessariam o vidro, assim que o atirador lá fora pudesse determinar a localização de T'Chaka. O que eu não sabia era que mais cedo a equipe de segurança do rei pusera uma microcamada de vibranium transparente em todo o vidro. Ela absorveu a energia dos disparos e os parou ali mesmo. Só tínhamos segundos para não perder a oportunidade na janela completamente, digamos assim. Hora do plano B.

– Seu pai me jogou ao chão no momento em que ouviu o disparo. – Ramonda limpava as lágrimas; as lembranças dolorosas transbordavam por seus olhos. – Amare derrubou o seu irmão e gritou para Bapoto pegar o equipamento delas nas malas perto da porta. Bapoto hesitou por um segundo, depois saiu correndo a toda a velocidade para a porta. Mas já era tarde demais.

A explosão arremessou Bapoto para um espelho de parede inteira do outro lado da sala. Ramonda ouviu o som dos estalos e tentou espiar o que ocorria ao redor, de dentro dos braços protetores de T'Chaka.

– Fique abaixada – ele sussurrou, mas Ramonda viu o sangue jorrando de uma cicatriz no topo da cabeça da jovem Dora Milaje, e o fragmento de madeira cheio de farpas fincado na garganta dela.

Metade do rosto da jovem fora queimada na explosão, e seus olhos estavam escancarados e fixos.

– Bapoto! – Ramonda gritou.

T'Chaka olhou para a recém-formada cratera na sala e viu a arma que emergiu lentamente da fumaça.

o————o

Klaw deu de ombros.

– Eu tinha esperado debaixo do piso de madeira da sala por uma semana. Quando você vai ganhar dez milhões por um trabalho, passar uma semana num saco de dormir refrigerado pra evitar os sensores de calor é moleza. Quanto ao olfato apurado de T'Chaka, umas vinte pratas a mais para as faxineiras passarem cera no chão todo dia, de cheiro de limão, se não me engano, e isso bastou para mascarar o meu cheiro do Pantera. Eu tive sorte demais com a morte da primeira menina. A ideia de gerar distração com um explosivo é criar o máximo de caos possível e conseguir vantagem sobre um oponente perigoso. – Klaw sorriu. – Quando um pedaço de madeira tirou a vida de uma das "Adoradas" dele, o Pantera ficou totalmente distraído.

o————o

Klaw levantou-se e pesquisou por um segundo a localização de seus alvos. Alguém – provavelmente vários alguéns – batia na porta, tentando desesperadamente entrar no cômodo. T'Chaka, ainda usando seu manto real, o choque visível no rosto, aninhava sua esposa grávida, tentando colocar o corpo entre ela e o assassino. A guarda-costas remanescente procurava esconder o príncipe atrás de um sofá e ao mesmo tempo lidava sem muito jeito com uma arma, visto que a mão direita estava pendurada e sem uso. Fragmentos de madeira tinham furado seu corpo em diversos pontos, inclusive na mão direita e na perna, que agora jorrava sangue.

o————o

– Achei que teria muita vantagem, nesse ponto – Klaw admitiu. – Eu tinha duas armas, e tinha o ímpeto. Mas muita gente melhor que eu já subestimou o Pantera e poucos viveram pra contar a história.

T'Chaka rosnou baixinho. Ramonda juraria mais tarde que viu emanar dos olhos dele um brilho esverdeado quando ele acariciou o rosto dela pela última vez. No tempo que o assassino levou para mirar suas armas neles, T'Chaka já estava de pé e saltando pela sala para cima do homem, mostrando suas garras de metal.

– Meu rei! *Não!* – Amare gritou, inutilmente.

– Ele foi tão rápido – disse Klaw, com admiração. – Mesmo com a explosão, a esposa vulnerável, uma guarda-costas morta e uma segunda quase incapacitada, ele conseguiu dominar a situação e avançar para um ataque veloz e gracioso. É preciso admirar esse tipo de treinamento. Nem sei de onde vieram aquelas garras... de dentro do manto, talvez. Enfim, ele me rasgou a cara – dizendo isso, Klaw tracejou as cicatrizes que cobriam as bochechas e passavam por cima do olho esquerdo – aqui e aqui. Eu quase perdi um olho e a vida. Aquele convencido maldito até bloqueou minha Uzi, e a jogou longe. Mas a outra estava bem na posição.

– Eu senti as balas entrando no corpo do seu pai – Ramonda sussurrou, horrorizada. – Não tem outro jeito de explicar. Aquela dor foi indescritível, como nada que tinha sentido ou senti desde então, e tenho certeza de que apaguei por um segundo. Quando voltei, não sei como, estava de pé, indo até o pobre do T'Chaka. Eu ouvia Amare gritando para eu me abaixar, mas não consegui me conter. Eu tinha que chegar ao meu marido... mas antes de dar mais um passo, senti que ele morria.

Klaw esforçou-se para ficar de pé, limpando o sangue quente e salgado que lhe cobria os olhos, pois precisava dar um jeito de escapar. Atrás de si, ouvia um machado abrindo caminho pela porta da suíte. Klaw meteu a mão numa de suas bolsas, em busca de uma granada, e a jogou meio que na direção da entrada. A porta cedeu com um rangido, e três contadores armados entraram correndo, olhando para todo canto, em meio à fumaça, em busca do rei. Um avançou mais um pouco e viu a granada rolando devagarinho para o pé dele.

– Grana...

A explosão lançou os três homens de volta para fora da suíte, membros voando para todos os lados. Satisfeito, Klaw virou-se para o que restava da família real. Ramonda ficou ali parada, o rosto irascível, encarando o assassino.

– Agora, nesse momento, meu objetivo principal deveria ter sido sair dali vivo – continuou Klaw. – Mas eu era jovem, e tinha cinco milhões extras se eu exterminasse a linhagem inteira, e ela estava logo ali! Um tiro, e eu eliminava mãe e filha. Depois acabava com o menino e a guarda-costas e descia de rapel pela parede. Mas é como dizem, às vezes, os melhores planos...

Klaw ergueu lenta e deliberadamente sua arma, e levou o pontinho vermelho até a testa de Ramonda.

– Bons sonhos – sussurrou ele consigo e começou a puxar o gatilho.

Antes que atirasse, no entanto, sentiu dois focos de incêndio no braço, que o queimaram com calor inacreditável e dor indescritível. Klaw largou-se no chão e berrou, olhando ao redor para ver quem atirava.

– Aquele garoto maldito atirou em mim com a minha própria arma – disse Klaw, inconformado. – Dá pra acreditar? Acabou que a guarda-costas rastejou até onde estava minha outra arma, que tinha caído, jogou pro menino e mandou que ele atirasse pra valer.

Klaw passou a mão direita pelo braço esquerdo e puxou a epiderme para mostrar a Batroc o metal que jazia logo abaixo da pele.

– Acho que o pivete errou meu tronco e me acertou no braço por acidente. Mas isso bastou pra me convencer de que era hora de ir embora. Eu sabia que tinha que dar o fora dali antes que me restasse a derrota mesmo com a vitória nas mãos, digamos assim. Então escapar por uma janela do sétimo andar era a melhor opção. Eu sabia que tinha uma equipe lá embaixo esperando com um colchão inflável pra conter minha queda e um helicóptero nos fundos do hotel preparado pra uma fuga rápida.

Ramonda abraçou Shuri bem junto do corpo, as lágrimas fluindo soltas pelo rosto.

– Não lembro muito bem como tudo terminou. A maioria dos detalhes oficiais veio de Amare. Parece que a equipe de segurança de apoio entrou no hotel, mas não encontrou de jeito nenhum o homem que atirou no seu pai. Quando chegaram à nossa suíte, eu estava paralisada de dor. T'Challa não largava daquela arma maldita, e Amare rastejava pelo chão, vindo em direção ao corpo do seu pai. T'Challa e eu éramos os únicos sobreviventes da família real. o filho órfão, a segunda esposa, a criança ainda na barriga. Então correram conosco para o aeroporto e nos levaram para Wakanda em segurança. O médico real nos examinou e nos declarou saudáveis e intactas após o massacre. Deram-me um tranquilizante fraco, puseram as Dora Milaje nas portas da minha suíte e me disseram que dormisse. T'Challa não disse uma palavra o caminho todo, e me disseram que ele só entregou a arma quando seu tio S'Yan lhe pediu. Por meses, o menino não falou e quase não comeu nada. Com o tempo, ele melhorou, mas o menino feliz que queria esquiar com os pais morreu com o pai. Ele ficou ainda mais estudioso e sério, passava o tempo todo desenvolvendo o corpo e o intelecto, deixando de lado todo o divertimento que um jovem príncipe deveria aproveitar.

Ramonda aproximou-se da filha e deu-lhe um beijo na testa.

– Até que você veio. Um dia ele estava brincando com você, ainda bebê, e eu o ouvi rindo. Foi então que percebi que ele não ria desde aquele dia terrível. Nenhuma vez, até que você causou isso nele.

A rainha respirou fundo e prosseguiu com a história.

– Semanas depois, a comissão que investigava a morte do seu pai arrastou Amare, ainda no hospital e sem uma das pernas, para uma sala de interrogatório e acabaram com ela por terem fracassado em proteger o rei. S'Yan já lhes tinha informado da minha insistência de comparecer à Conferência de Bilderberg, e muita gente ouvira as Dora Milaje aconselharem que não devíamos ir. Mas, sob juramento, Amare recusou-se a pôr a culpa em mim, e disse que era responsabilidade das Dora Milaje mudar a cabeça do rei, e isso elas não conseguiram fazer. A comissão chegou bem perto de exilar Amare, mas no final a deixaram a cabo das irmãs, que teriam alguma punição para ela que julgassem necessária. Como você já sabe, puseram-na no posto de general – Ramonda disse, com amargor na voz. – Nosso relacionamento foi sempre... tenso, desde então. E até hoje, ninguém conseguiu nos dizer quem era o homem que matou o seu pai. O único nome que descobrimos foi Klaw.

– Embora eu não tivesse matado a linhagem inteira, meus patrocinadores ficaram tão contentes que me esconderam dos wakandanos por uma década, mais ou menos – disse Klaw. – Depois do arranhão que levei do Pantera e os disparos do filho dele, eu mal me agarrava à vida. Mas o governo belga cuidou muito bem de mim; arranjaram pra mim esses substitutos para o braço e o olho que o Pantera destruiu. – Klaw acenou para o próprio corpo. – Quando terminaram, eu me tornei o que você está vendo hoje: o melhor assassino do mundo, mais uma vez. E agora, meus patrocinadores vão fornecer os recursos de que preciso para me vingar do Pantera... para vingar a honra da minha família e a perda do braço e do olho. Eu vou me vingar, nem que pra isso a gente tenha que trabalhar com nigandanos preguiçosos e um bando de supervilões de classe C.

Shuri deu um abraço apertado na mãe e deixou que ela chorasse em seu ombro até que se acabassem as lágrimas. Depois se encaracolou no colo da mãe, fixando seus olhos verdes nos acinzentados dela.

– Obrigada por me contar tudo isso, mãe. Eu entendo como deve ter sido difícil.

– Obrigada, Shuri.

– E mãe? Eu estarei pronta, esperando pelas Dora Milaje na academia mais tarde, não se preocupe.

Ramonda afagou os cabelos da filha e sorriu.

– Eu nunca duvidei disso, querida.

9

UMA VANTAGEM DE SER REI, em vez de príncipe, era que T'Challa podia agora ditar o formato de suas viagens, em vez de seguir as regras de seu tio regente. Não haveria uma escolta de dez carros nessa manhã, nem motocicletas com sirenes estridentes ou veículos utilitários pretos com Dora Milaje penduradas nas laterais portando armas automáticas. Ele requisitou apenas um sedã elétrico de quatro portas do leque de automóveis. Em deferência às Dora Milaje – e, sinceramente, para remediar as inevitáveis reclamações com a atitude despreocupada do rei para com a própria vida –, ordenou um único utilitário para elas e seu equipamento.

Nakia reclamou mesmo assim, o que ele achou muito divertido. A mais jovem das duas mais leais Dora Milaje ficara muito mais sincera e decidida desde que retornaram dos Estados Unidos. Fazendo cálculos ligeiros em seu kimoyo, ela insistiu que o sedã real, embora eficiente em combustível e ecossustentável, não ofereceria proteção suficiente para o rei no caso de ocorrer um ataque enquanto estivessem fora do palácio.

– *Você espera que eu seja atacado hoje, durante uma visita ao local mais seguro do reino?* – T'Challa disse em hausa, com um brilho no olhar.

Nakia baixou os olhos, furiosa, sentindo que sua pele escura enrubescia sob o olhar do rei.

– *Nosso trabalho, Amado, é esperar pelo inesperado e estarmos sempre preparadas* – Nakia gaguejou, raspando a sola da bota no piso de concreto da garagem real. – *A limusine real tem blindagem mais forte e mais equipamentos de comunicação. Podemos colocar mais opções de vestimenta e armas na traseira. Faz mais sentido.*

T'Challa olhou para Okoye, que estava ali perto, em silêncio, com uma expressão indecifrável no rosto. Como Nakia, Okoye usava uma armadura leve, com diversas de suas armas favoritas acopladas em partes diferentes do corpo. Uma espada pequena ficava pendurada nas costas.

– *E você, concorda com a avaliação dela das necessidades de segurança de hoje?*

– *Nakia tem razão* – Okoye respondeu num tom inexpressivo, o rosto impassível. – *A não ser que nos ordene o contrário, a limusine real é a escolha certa e deveria ser usada.*

T'Challa riu-se e foi até a limusine.

– Quem sou eu para ignorar o conselho de quem deseja apenas o meu bem? – disse ele, e entrou no banco de trás. – *Chamem um motorista e vamos. Os cientistas esperam que cheguemos em uma hora.*

Alguns minutos depois, T'Challa saboreava o silêncio a bordo do veículo que deslizava pela cidade. A possante limusine abafava os ruídos da estrada muito melhor do que teria feito o sedã. T'Challa pensou consigo que mais tarde devia perguntar a Nakia sobre a tecnologia de isolamento acústico do carro.

Por mais que amasse a mãe e a irmã, em alguns momentos o rei achava que enlouqueceria se não pudesse sair daquele palácio apinhado e distanciar-se do barulho incessante gerado por tantas pessoas o tempo todo. O clicar das botas no piso, as conversas sussurradas, o ofegar: tudo isso incomodava seus ouvidos hipersensíveis. E os odores: apesar de relutar, ele acabou banindo o uso de colônias e perfumes pela equipe do palácio depois que o cheiro enjoativo do Chanel N. 5 usado por uma pobre criada entremeou-se dentro do quarto dele. Não deu para dormir por uma semana.

Pergunte a Nakia se o isolamento acústico do carro poderia ser adaptado para os seus aposentos, T'Challa pensou consigo, admirando os arranha-céus da Cidade Dourada, que iam ficando cada vez mais para trás. A viagem desse dia ao Grande Monte era um apreciado desvio das questões de Estado, algo que vinha ocupando os pensamentos dele por muitos dias. T'Challa esfregou as têmporas, sentindo uma tensão concentrar-se no fundo dos olhos. Dava para sentir a insegurança de Nakia e Okoye depois do que ele pronunciara sobre o futuro das Dora Milaje. Mas ele não detectava variação alguma no excelente trabalho de segurança que elas conduziam, a não ser pela disposição de Nakia para contestar algumas das decisões menos importantes que ele tomava.

S'Yan o confrontara mais tarde, naquela noite, pelo que o ex-regente considerava uma "perturbação desnecessária" no aparato de segurança do reino. O tio, erguendo a voz para ele pela primeira vez em anos, recitou todas as vezes que as Dora Milaje salvaram o trono ao longo da história de Wakanda.

– Sim, a Deusa Pantera o abençoou, T'Challa. Mas a não ser que ela lhe tenha concedido algum tipo de habilidade de clonagem de que não se tem notícia, nem mesmo você pode estar em todo lugar ao mesmo tempo – S'Yan comentou, antes de deixar a sala do sobrinho. – Às vezes até uma pantera precisa andar em bando.

Lembrar-se disso induziu T'Challa a recostar-se no banco de couro suave e fechar os olhos. Os únicos ruídos que ouvia eram o de Okoye afiando a espada numa pedra gasta e Nakia digitando furiosamente em seu teclado virtual no comunicador de pulso. Esses pequenos barulhos o acalmavam. Não demorou muito, o rei pegou no sono.

<*T'Challa*>

Ele acordou assustado, o coração acelerado e um gosto de bile no fundo da garganta. Seu movimento alertou as Dora Milaje. Okoye sacou uma pistola da coxa no mesmo instante e olhou ao redor, em busca de ameaças. Nakia aproximou-se do regente e o tocou na perna.

– Amado?

T'Challa levou a mão à testa, onde o suor começara a acumular-se.

– Alguma de vocês me chamou?

As duas guarda-costas trocaram olhares de preocupação. Okoye voltou, então, a pesquisar pela janela algum problema em potencial.

– Não, Amado, ninguém disse nada nos últimos minutos – disse ela. – *Você ouviu alguma coisa?*

T'Challa ficou calado, reparando numa sensação familiar que percebia afundo na mente.

– Fiquem tranquilas, meninas – murmurou ele.

Recostando-se no assento, T'Challa relaxou os músculos e respirou fundo. Fechando os olhos mais uma vez, forçou-se a um estado meditativo e esperou até que a escuridão o envolvesse.

Após o que pareceu ser uma eternidade, o rei sentiu uma brisa terrosa passar por seu nariz. Quando abriu os olhos, ficou maravilhado com a luxuriosa vegetação que viu ao redor. Não havia mais limusine, e T'Challa encontrava-se agora bem no meio de uma clareira. Confuso, ele ouviu o chilrear dos insetos e os berros dos macacos, e sentiu o cheiro amargo dos animais maiores. No alto, o céu estava azul e limpo, sem nuvens, com um sol matinal espetando sua luz por entre os galhos. Esmagando galhos secos sob os pés, ele foi até uma aucoumeia e a cutucou com o dedo. Sentiu sua solidez.

– Sim, é real, Amado – disse suavemente uma voz vinda da árvore.

T'Challa olhou para cima e, surpreso, viu uma imensa pantera descansando nos galhos mais baixos da árvore, lambendo os pelos. Com pelo menos uns três metros do focinho à ponta da cauda, um pelo azul-noite cobrindo os músculos poderosos, a pantera ficou apenas olhando para ele, por um instante, com olhos acinzentados. Em seguida ela retomou os cuidados com o pelo, raspando a língua rosada nas enormes almofadas dotadas de garras da pata.

T'Challa, hesitante, curvou-se perante sua deidade – e reparou subitamente que estava nu.

– Onde estamos?

– Você não sabe, T'Challa? – perguntou a pantera.

Sem pensar, ele franziu o cenho.

– Cuidado, T'Challa – avisou a pantera, pausando a limpeza para olhar para ele. – Eu sei que você não teria perguntado se soubesse. Mas sei também que descobriria se por um instante não se permitisse ficar assim tão perplexo.

T'Challa cruzou os braços.

– Eu apreciaria se minha mente fosse apenas minha. Ter a mente assim lida pode ser bem incômodo.

A pantera bocejou, mostrando as imensas presas, e flexionou as garras, espreguiçando-se.

– Querer que eu não saiba o que se passa na mente do meu avatar é como querer que você não respire, meu garoto. Pode ser feito, mas não para sempre.

T'Challa olhou mais uma vez ao redor, notando a condição intocada dos arredores. Não havia trilhas, nem excremento, nenhum sinal de vida de verdade em lugar algum.

– Estamos no plano espiritual?

A pantera encaracolou-se sobre o galho e fixou os olhos nos dele.

– Muito bem, T'Challa. Resolvi, dessa vez, dar-lhe algo com que pudesse se identificar. Achei que isso faria nosso bate-papo se desenrolar mais tranquilamente e remediar algumas das dúvidas que eu sabia que sua mente inquisidora iria levantar.

– Nós nunca tivemos esses... bate-papos fora do palácio – disse T'Challa.

Ele foi até a árvore e arrancou uma folha. Quando a amassou entre os dedos, sentiu sua textura oleosa.

A pantera riu e saltou para o solo, atrás dele.

– Você realmente achou que eu estava confinada àquela estrutura que você chama de palácio? Estou sempre de olhos.

Ela foi até T'Challa e o farejou quando ele se virou e ficou de joelhos. Quando se aproximou do rosto dele, agitou o focinho e balançou a cauda para a frente e para trás, soprando ar quente nas bochechas dele.

T'Challa fechou os olhos até sentir a língua áspera e molhada da pantera roçar-lhe o nariz. Abriu os olhos. Ajoelhada diante dele estava uma das mais belas mulheres que ele vira na vida. Estava coberta somente por uma blusa simples de lã marrom que quase não escondia suas curvas sinuosas. A mulher piscou seus olhos cinza de pantera e sorriu, realçando o contraste de sua pele escura como a noite com o nariz largo e os lábios rosados. Seus cabelos brancos ondulados caíam feito cascata sobre os ombros. Seu perfume, terroso e rico, passou pelo nariz de T'Challa, fazendo-o fechar os olhos uma vez e drenar o máximo desse aroma incitante que seus pulmões aguentassem.

Quando ele abriu os olhos de novo, a mulher tinha sumido e a pantera estava sentada nas patas traseiras, vendo graça em tudo aquilo.

– Você estava ficando distraído, meu garoto – censurou-o a pantera, com um tom de brincadeira. – Temos que arranjar-lhe uma rainha.

T'Challa bufou e levantou-se.

– Do jeito que as coisas andam, não acho que será possível. E, a propósito, ainda não acredito que alguma coisa nisto aqui é cientificamente possível. Isto é apenas uma alucinação autoinduzida; meu córtex frontal está usando algumas das minhas preocupações mais urgentes em fantasias audiovisuais ligadas a eventos e problemas recentes.

– Faz muito tempo que nenhum dos meus Panteras Negras me questiona – ronronou a pantera. – Eu tinha esquecido como... isso pode ser estimulante. É por isso que Khonshu prefere possuir os corpos de seus avatares. Não precisa explicar tanto, mas pode deixar um gosto ruim na boca. Eu nunca gostei. Enfim... você cresceu, T'Challa, sem o benefício da orientação do seu pai nas porções mais... espirituais da nossa fé. Isso o levou para um caminho diferente. Mas você é meu filho, meu Pantera Negra. Você encontrará o seu destino... e ter um avatar mais voltado à tecnologia e à ciência em vez da fé e do misticismo será realmente interessante, se você sobreviver.

A pantera foi até T'Challa e começou a enrolar-se nele, roçando seu pelo sedoso e seu perfume almiscarado nas pernas nuas dele.

– Não posso dar-lhe um aviso direto, T'Challa. Mas tenho permissão para dizer-lhe isto: uma fase de grande provação se aproxima. Aquilo de que meu povo mais depende será utilizado como arma pelo homem de um braço só. Acabe com ele e vingue a morte de seu pai, T'Challa.

A pantera sentou-se e ficou olhando.

– Você deve ser forte e diligente, meu filho, e lembre-se de que nem mesmo você pode estar em todo lugar ao mesmo tempo. Você terá de fazer uma escolha terrível, e eu o pouparia disso se pudesse. Mas aqueles que você ama estarão ao seu lado, se você assim permitir.

Um nevoeiro inundou a floresta, e T'Challa começou a perder a pantera de vista, mesmo estando ela a poucos centímetros dele.

– Você é o meu avatar – disse a pantera numa voz cada vez mais fraca, como se agora ela estivesse muito distante, envolta em densa escuridão. – Mesmo que você não acredite em mim, meu filho, eu acredito em você.

T'Challa abriu os olhos. Estava na limusine, com Nakia e Okoye olhando para ele, ansiosas. Ele esfregou os olhos.

– Por quanto tempo eu dormi?

– Você só fechou os olhos, Amado – disse Nakia, olhando preocupada para Okoye.

T'Challa levou a mão ao nariz e sentiu um traço discreto de umidade na ponta. Procurando ficar alerta, olhou para o relógio. Quase não passara o tempo.

– Okoye, avise ao conselho de guerra que teremos uma reunião de emergência no final da tarde de hoje. Nakia, quero a segurança intensificada em torno do Grande Monte e do palácio imediatamente. Coloque algumas das suas irmãs para proteger minha mãe e minha irmã e garanta a segurança delas.

As duas mulheres correram pegar seus comunicadores e começaram a dar ordens, sem questioná-lo. Depois da segunda ligação, Nakia cobriu com a mão o fone da boca.

– Se alguém perguntar por que, o que lhe diremos, Amado?

– Digam que o assassino do meu pai retornou – T'Challa rosnou.

Nakia e Okoye entreolharam-se, aturdidas.

– Devemos retornar ao palácio? – Nakia gaguejou.

T'Challa fez que não e começou a desfazer o nó da gravata.

– Não, não sabemos se estamos sendo vigiados. Um retorno precipitado a um local seguro nos deixaria um passo atrás dos nossos oponentes mais uma vez. Não vamos entregar nossa jogada cedo demais nem causar pânico generalizado. Pelo contrário: vamos tirá-los do esconderijo e somente então esmagá-los.

O rei apertou um botão em seu console, e uma maleta de metal deslizou de debaixo de seu assento. Ele a pegou e pressionou o dedo num leitor de digitais para abri-la. De dentro dela ele tirou uma capa preta de Pantera e a ergueu para que as mulheres vissem.

– Isso não significa que vamos entrar despreparados. Só um tolo testa a profundidade de um rio com os dois pés.

Lesedi M'Boye Fumnaya nunca planejara tornar-se professora de primário.

O sonho de Lesedi, quando menina, era ser astronauta ou bailarina – ou talvez uma das Dora Milaje, uma guerreira feroz, respeitada pelo reino. Mas sua visão não era boa o suficiente para entrar no programa espacial, e ela cresceu demais, toda ossuda, joelhos e cotovelos protuberantes, e isso pôs por terra o sonho de viver da dança. Lesedi M'Boye jogou-se, então, nos estudos. Ainda com jeito de menina, apesar de mais crescida, via com um pouco de inveja quando os meninos se juntavam ao redor das meninas que não eram obrigadas a usar óculos de aro pesado para enxergar os números no *smartphone*.

Na faculdade, porém, Lesedi conheceu Peter Fumnaya, um músico amador divertido e baixinho. Ele não ligava que ela ser mais alta, até de rasteirinha. Ela não ligava que ele já começava a criar uma barriguinha de chope. Os dois namoraram por alguns anos e se casaram após a formatura.

O marido de Lesedi ainda sonhava em dar muito certo tocando guitarra, mas vivia um pouco do sonho dando aula de música na escola da vila. Lesedi juntou-se a ele na escola alguns anos depois, primeiro como substituta, depois como professora do primário, guiando as crianças mais novas no aprendizado do alfabeto e dos primeiros cálculos. Ainda dançava, em geral na privacidade do lar, e dava aula particular de vez em quando. Estava contente com a vida, apesar dos altos e baixos.

Pelo menos, quase todo dia. O dia de hoje, pensou ela, não é um desses. Foi com desânimo que ela viu seus pupilos correndo daqui para lá na plataforma de observação ao redor do Grande Monte, que dava para a encosta da montanha. As roupas brilhantes das crianças as faziam parecer borboletas esvoaçando ao redor da imensa plataforma cor de granito que brotava do declive.

Em geral, Lesedi apreciava as excursões da escola à usina de processamento de metais do Parque Nacional de Bashenga, mesmo já tendo visto o lugar centenas de vezes. A carinha de assombro das crianças enquanto experimentavam quantidades ínfimas de vibranium sempre a agradava. Lesedi adorava incitar o interesse pelas ciências naquelas mentes em desenvolvimento. Mas no grupo desse ano havia uns meninos indisciplinados e umas meninas chatas que criavam caso sempre que podiam. Lesedi teve que se controlar ao máximo para não tomar impulso e ir chacoalhar um deles até que tomasse jeito.

Você vai se sair bem, pensou ela. *O Peter prometeu que vai fazer margarita de agave para o jantar, hoje. Você é só tem que aguentar até o último sinal.*

– Crianças! Crianças, por favor – Lesedi berrou, no tom a que o marido costumava referir-se, brincando, como voz de tia da escola.

Depois de puxar uma menina mais aventureira de cima da grade de proteção, Lesedi finalmente conseguiu a atenção da criançada. Pela quinta vez nesse dia, ela desejou que alguns dos pais tivessem vindo como acompanhantes – mas sabia que muitos deles tinham seus empregos.

– Crianças, quem sabe o que eles mineram aqui no Grande Monte? – disse ela, devolvendo uma mecha de cabelo ao coque apertado.

Pequenas mãos se ergueram. Lesedi sorriu e apontou para Abdalla, um dos alunos favoritos.

– Vibranium – sibilou o menino, ainda sofrendo para acostumar-se com a queda dos dois dentes da frente.

– Certa resposta – ela respondeu. – E quem sabe me dizer o que o vibranium faz?

Os alunos ergueram de novo as mãos. Lesedi pesquisou entre eles até encontrar o rosto da tímida Oluwaseyi. A menina em geral se escondia por trás dos compridos *dreadlocks* para evitar ser chamada. Lesedi definira como seu objetivo principal nesse ano tirar Oluwaseyi da concha. Ela tinha uma cabecinha boa, e não havia nada de bom em escondê-la do mundo.

– Ele absorve... vibrações? – a menina arriscou.

– Muito bem! – disse Lesedi. Oluwaseyi olhou radiante para os colegas, aproveitando toda a apreciação da professora. – E por que isso é útil?

Muitas pequenas mãos para o alto, mas Lesedi já não olhava mais para seus alunos. Seus olhos miravam a montanha, onde centenas de pássaros desataram a voar ao mesmo tempo, em pânico, grasnando e berrando, batendo as asas numa fuga apressada.

– Mas o que...

As crianças correram para a grade e apontaram para os pássaros, que saíram voando.

Começou com uma vibração discreta debaixo dos pés de Lesedi, como a pulsação de uma imensa escova de dente elétrica. Em questão de segundos, intensificou-se. As crianças olharam ao redor, receosas, quando a plataforma começou a balançar de um lado para o outro sobre a encosta da montanha. Um tranco mais intenso derrubou diversas crianças desesperadas ao chão. Lesedi mal podia manter o equilíbrio, mesmo agarrada à grade.

A plataforma rangia e resmungava. Uma rachadura comprida e denteada formou-se e saiu serpeando pelo piso. Janelas de vidro estouraram, em algum local atrás deles, e Lesedi ouviu uma cacofonia de alarmes de automóveis guinchando em protesto contra a perturbação.

No alto, Lesedi viu painéis de vidro quebrados caírem do andar superior do edifício principal e desabarem na plataforma entre os alunos e a relativa segurança da usina. Ela olhou para as crianças e decidiu rapidamente que esperar que tudo se resolvesse na plataforma era o melhor plano. Contanto que esta não desabasse e os jogasse encosta abaixo.

– Crianças, segurem com força na grade! – ela gritou, enrolando os braços num poste, perto da beirada, tentando amparar diversas crianças com o corpo.

As crianças choravam, mortas de medo, agarrando-se à grade do modo que podiam. A plataforma chacoalhava e tremia, e continuava a cair vidro na passarela de pedra.

Após alguns segundos, o sacolejar cessou e tudo ficou quieto.

Lesedi descobriu a cabeça e olhou ao redor. Ninguém parecia seriamente ferido, embora muitas crianças se escondessem sob os coleguinhas. Um menino agarrado à perna dela tinha molhado as calças. Logo depois, no entanto, a professora descobriu um problema mais imediato. A plataforma na qual estavam tinha desenvolvido diversas rachaduras compridas entre as crianças e a usina. Ela viu uma das rachaduras ficar ainda maior, soltando pedaços de metal que caíram ruidosamente pela encosta.

– Crianças, pra dentro! Agora! – berrou ela, empurrando os alunos para as portas de vidro estilhaçado.

As crianças saíram correndo, tropeçando aqui e ali, para o local seguro, saltando como na amarelinha para evitar as rachaduras que se abriam cada vez mais no chão. Lesedi pegou duas meninas que choravam e correu o mais rápido que pôde para jogá-las porta adentro.

Quando olhou para trás, viu Abdalla ainda agarrado à grade de proteção, congelado de medo. Lesedi decidiu voltar, mas assim que pôs um pé na plataforma, ouviu o ranger dos pilares rachados sob seus pés. Mesmo assim ela continuou, mas quanto mais se aproximava do menino, mais alto ficava o rangido. Lesedi sentiu um pequeno tremor desenvolver-se sob seus pés, e a sensação só cessou quando ela parou de se mexer.

– Abdalla, querido, você vai ter que vir até mim – Lesedi implorou ao menino. – Não é seguro aí onde você está. Preciso que se levante e dê só dois passos pra mim.

O menino fez que não, as lágrimas escorrendo pelo rosto.

– Querido – Lesedi implorou –, eu sei que você está com medo. Só precisa ser corajoso por alguns segundos. Dê só dois passos, e depois a gente resolve.

Abdalla fez que sim e, com relutância, largou a grade. Lesedi suspirou de alívio ao ver o menino dar um passo tímido para seus braços estendidos, pisando com cuidado em torno do que ela agora via serem buracos na plataforma que davam para o vazio.

– Só mais um pouquinho, querido – ela disse, e deitou-se no chão, chegando o mais perto que ousava da maior das rachaduras serpenteantes. – Esse é o meu garoto, bom garoto.

Abdalla olhou para a professora com um sorriso sem graça no rosto.

Um segundo depois, a porção exterior da plataforma desabou debaixo dele. Agitando os braços no ar, o menino caiu para o abismo, aos gritos, e sumiu de vista. Lesedi gritou e pôs-se a correr para a beirada, ignorando a plataforma que ruía sob seus pés.

Subitamente, um borrão preto passou por ela feito um foguete e jogou-se da beirada da plataforma. Um par de braços fortes a agarrou e puxou para trás, ignorando sua luta desesperada para alcançar o aluno.

– Não se preocupe – sussurrou nos ouvidos dela uma voz rouca.

Aos prantos, Lesedi olhou para trás e viu a segurança nos olhos da mulher musculosa que acabara de salvar sua vida. Um tilintar metálico chamou a atenção das duas: um gancho chato de quatro garras fincou-se no chão, diante delas. Uma mulher mais baixa, que usava o mesmo uniforme, sacou uma arma que mais parecia um enorme grampeador de uma mochila e começou a prender a corda no chão com poderosos disparos. Assim que ficou satisfeita com a estabilidade da corda, a mulher aproximou-se da beirada da plataforma caída e olhou lá para baixo. Em seguida olhou para a mulher que ainda segurava Lesedi e disse algo num idioma desconhecido.

A que a segurava pelos braços a soltou e abriu um sorriso enorme.

– O menino está salvo – informou ela a Lesedi, dando-lhe um tapinha nas costas, quase fazendo perder o equilíbrio.

Em seguida puxou-a pelo braço de novo e a levou até uma parede dentro do prédio, onde Lesedi largou-se no chão, entre quadros derrubados e vidro quebrado. Segundos depois, as crianças, todas chorando, reuniram-se em torno dela. Ela as juntou nos braços, beijando suas cabeças e abraçando o maior número possível delas.

A mulher observava a cena, com um sorriso discreto ameaçando curvar as beiradas dos lábios. Ela esperou que Lesedi recobrasse o controle de si e das crianças antes de falar com ela.

– Sua coragem diante de perigo tão extremo merece muito respeito, senhora. Por favor, diga-me seu nome para que eu o inclua nas histórias das Dora Milaje como exemplo ao qual aspirar.

– Lesedi – a professora disse, gaguejando. – Lesedi M'Boye Fumnaya.

– Bom, sra. Fumnaya – disse Okoye, escrevendo o nome num caderninho branco. – Imagino que nosso rei vai querer encontrar você muito em breve para agradecer adequadamente por sua coragem. E eu gostaria que você viesse jantar com as Dora Milaje... se for de seu gosto, é claro.

– Okoye! – berrou a mulher mais baixa, puxando a corda com dificuldade.

– Com licença, sra. Fumnaya, o dever me chama.

A mulher deu uma piscadinha, foi correndo para o precipício e agarrou a corda. Segundos depois, as duas ajudaram o Pantera Negra a voltar para dentro do prédio, de onde estivera pendurado, no abismo. Abdalla sorria radiante, agarrado às costas do rei.

Okoye tirou o menino dali, e ele correu para a professora, que o envolveu num intenso abraço de urso. T'Challa destravou a máscara de couro da nuca e a removeu. Os três acompanharam com satisfação a saída da professora com seus alunos, que foram levados para fora. As crianças estavam numa empolgação daquelas, dizendo que tinham visto o famigerado Pantera Negra em ação.

– *A força e a resiliência do povo wakandano sempre me impressiona, Amado* – Okoye disse baixinho. – *Sem treinamento nem habilidades especiais, aquela mulher quase se jogou para o precipício numa tentativa inútil de salvar o menino.*

– *Nosso povo merece a nossa proteção* – T'Challa respondeu lentamente. – *Todos eles, do mais novo ao mais idoso. E eu não posso fazer isso sozinho, Adoradas. Se vocês duas não estivessem aqui, eu teria sido forçado a escolher salvar a professora ou o aluno. Felizmente, eu tinha apoio. Bom trabalho, senhoritas.*

Nakia abriu um sorriso radiante, até que Okoye lhe cutucou com um cotovelo para lá de pontudo.

– *E agora, Amado?* – perguntou ela, quando estavam os três a caminho da usina.

– *Agora* – disse T'Challa, entredentes –, *vamos descobrir o que aconteceu.*

Klaw aproximou-se da janela de pedra de Stancheck o máximo que julgou seguro, com M'Butu e Batroc alguns passos atrás.

– Relatório, Igor.

Os olhos verdes de Stancheck brilhavam quando ele avançou em meio à escuridão, forçando Klaw a afastar-se da porta.

– Eu fiz o que você pediu – disse. – Encontrei o comprimento de onda atômico deste pedaço de metal que você me deu, procurei e descobri uma coleção grande aqui perto. Então brinquei com ele, só um pouquinho.

Klaw assentiu.

– Muito bem.

– E a minha privada, Klaw? – Stancheck rosnou. – Você prometeu botar alguém aqui dentro pra consertar a maldita privada ontem. Está fedendo pra cacete aqui!

– Paciência, Igor, paciência. Preciso de um minuto com M'Butu, aqui. Tenho certeza de que vamos dar um jeito nisso.

Klaw retornou para onde M'Butu e Batroc aguardavam, com um sorriso satisfeito no rosto.

– Temos nossa arma, cavalheiros – disse ele, passando os braços sobre os ombros de M'Butu e Batroc. – Agora que Stancheck já introjetou a assinatura do vibranium, ele pode atear fogo em pequenas porções dele, gerar terremotos e, se precisarmos, fazer a montanha toda explodir.

M'Butu escapou do abraço de Klaw.

– Explodir? De que tipo de explosão estamos falando, Klaw?

Com expressão de desconfiança, Klaw olhou para Batroc.

– Nada extraordinário, M'Butu. Apenas o suficiente pra destruir Wakanda e tudo que T'Challa ama.

M'Butu franziu o cenho.

– Niganda faz fronteira com Wakanda, você sabe muito bem. Meu palácio, digo, meu povo vai sofrer com essa explosão?

Klaw olhou para Batroc, que estava fora do campo de visão de M'Butu. Batroc deu de ombros. Klaw hesitou, depois fez que não.

– Contanto que não estejam em Wakanda, creio que não.

O humor do imperador mudou no mesmo instante.

– Ah! Não me importa se vocês destruírem Wakanda inteira. T'Challa merece cada pedacinho de sofrimento que pudermos empilhar em cima da cabeça dele. – Dito isso, ele apontou o dedo para Klaw. – Mas não quero que meu povo sofra... se pudermos evitar.

Klaw deu um tapinha nas costas de M'Butu.

– Não vai haver nada com que se preocupar, meu rei. Confie em mim.

M'Butu, ainda inseguro, saiu andando, gritando para uma menina que lhe trouxesse uvas. Klaw e Batroc ficaram olhando, até que o rei desapareceu.

– Assim que conseguirmos o que queremos, dê o fora – Klaw sussurrou, franzindo o cenho. – Não importa o que aconteça, vou derrubar o país inteiro. Só vou ter certeza de que ele foi o último Pantera Negra se deixar o país todo em ruínas radioativas.

– E o raio? – Batroc perguntou, fazendo cálculos rápidos na cabeça, pensando no jeito mais rápido de escapar.

– Com base no que Igor acabou de fazer, eu diria que qualquer lugar na África central seria perto demais.

Perdido visualizando sua vingança, Klaw levou alguns segundos para notar a expressão de insegurança no rosto de Batroc.

– Não se preocupe, não pretendo que estejamos perto de Wakanda na hora de soltar Igor da coleira. Esse trabalho é do tipo entrar e sair, e pretendo viver pra cuspir nas sepulturas dos wakandanos.

– E eu, pra curtir meu dinheiro – Batroc acrescentou.

Klaw ficou calado por um segundo.

– Hora de ganhar essa grana, meu chapa. Está tudo pronto?

Batroc deu de ombros.

– Os nigandanos estão mais preparados do que nunca. Você passou tudo pro Stancheck, certo? E já passei suas ordens ao Rino, mas tenho que admitir que me preocupa um pouco se ele vai completar as funções dele. O que impede os wakandanos de usar a força aérea deles pra mandá-lo de volta pra Niganda? Vamos precisar de algum suporte aéreo, e não vejo como os nigandanos possam cuidar disso.

– Fiquei imaginando se você tinha pensado nisso – disse Klaw. – Felizmente, pensei nisso ontem à noite e fiz umas ligações. A solução chegou hoje cedo. Vamos dar oi pra nossa força aérea.

A caminho do palácio, Klaw olhou uma última vez para o Homem Radioativo.

– Mas primeiro preciso encontrar M'Butu e ver se ele tem algum encanador dispensável. A última coisa de que precisamos agora é que a nossa arma principal fique irritada, sabe?

10

T'CHALLA OBSERVAVA COM IMPACIÊNCIA seus cientistas lidando com seu equipamento sísmico, tirando amostras de solo do Grande Monte.

Ainda em seu traje de Pantera, ele lutava contra o instinto de tomar o controle do projeto, visto que seu treinamento científico fazia dele um dos maiores *experts* em vibranium do mundo.

O terremoto alertara não somente os cientistas, mas também o conselho de guerra e o tio, S'Yan, que apareceu metido num conjunto impecável de terno preto de abotoamento duplo e camisa marfim. S'Yan roçava seu cavanhaque grisalho, conversando com um dos gerentes da usina. Uma vez no local, ele pedira a T'Challa que ficasse de lado e lhe deixasse coletar, reunir e interpretar os dados, para então apresentar o que descobrisse.

T'Challa recusara, inicialmente, querendo ele mesmo pôr as mãos na pesquisa. Porém S'Yan olhara para as Dora Milaje pedindo apoio. Embora estivessem perto e ouvindo tudo, Okoye e Nakia tentavam dar-lhes privacidade. Okoye aproximou-se apenas quando T'Challa permitiu.

– Meu rei – disse ela em wakandano, para que S'Yan compreendesse –, neste momento o seu povo precisa de um rei, não de um cientista.

Ela trocou um olhar inescrutável com S'Yan e afastou-se para pôr-se ao lado de Nakia. S'Yan quase riu ao ver a cara de frustração de T'Challa.

– Vejo que você finalmente aprendeu a ouvir – riu-se ele. – Tenha paciência, meu rei. Eu terei algo a apresentar em pouco tempo.

Com um brinco dourado que brilhava sob o sol da tarde, S'Yan foi falar com um dos cientistas.

Raramente em sua vida T'Challa fora forçado a esperar, deixado sem responsabilidades, principalmente enquanto usava o traje real de Pantera, e não gostou nada disso. Esse incômodo apenas aumentou sob os olhares curiosos dos mineradores de vibranium, dos executivos e dos visitantes que ali se juntaram depois de serem evacuados da montanha. Incentivado por Nakia, ele meteu um sorriso amarelo no rosto e muniu-se de um tom neutro para lidar com a multidão. Mas nunca tirou os olhos dos cientistas ali apinhados, que agora gritavam e berravam com S'Yan e Shuri.

A princesa, por algum motivo, convencera S'Yan a ir junto dele ao Grande Monte. E, pelo que T'Challa podia ver, a menina impunha respeito durante a conversação, e chegou a meter um dedo na cara do tio e jogar os braços para cima, injuriada com o comentário de algum deles. Uma sensação de inveja percorreu T'Challa, mas ele correu livrar-se dela para ajoelhar-se e conversar com uma menina na multidão.

A garotinha não devia ter nem dez anos de idade, e um vazio no sorriso indicava que perdera um dente de leite. Toda tímida, tinha pedido um abraço ao rei. Por algum motivo, T'Challa sentiu-se estranhamente confortado quando a pequena fada jogou os braços em volta do pescoço dele e apertou com toda a força que tinha.

– Sempre alerta, Amado – ela sussurrou no ouvido dele.

Surpreso, T'Challa soltou-se da menina e olhou nos olhos dela, que eram de um cinza brilhante. Quando ele recuou, Okoye aproximou-se, parecendo tanto confusa quanto preocupada.

– *Está tudo bem, Amado?*

T'Challa olhou para ela. Quando voltou o rosto, a menina tinha sumido.

– *Pergunte a ele se posso ganhar um abraço desses* – disse Nakia, rindo, para Okoye, pelo comunicador; a resposta veio na forma de uma cara feia da parceira.

Nem um pouco arrependida, Nakia mostrou a língua para parceira, mas logo recobrou a postura de protetora quando T'Challa olhou para ela, achando graça.

O rei, finalmente, virou-se e acenou uma última vez para o povo. S'Yan e Shuri tinham se afastado dos demais com um pequeno grupo de cientistas e vinham na direção dele. Seguido por Okoye e Nakia, T'Challa levou todos à limusine real, onde teria certeza de que a conversa não seria ouvida por ninguém. Nakia abriu a porta do passageiro e acionou alguns interruptores, ativando um campo de embaralhamento que impediria qualquer um de gravar algo com seu celular. S'Yan sugerira anteriormente, e T'Challa concordara, que qualquer coisa que descobrissem deveria ser mantida como segredo de estado por ora, para não ser trazida a público enquanto eles não tivessem certeza de suas conclusões.

Shuri, T'Challa percebeu, estava louca para falar. Mas neste fórum, ela sabia que o protocolo ordenava que se permitisse ao responsável

– desta vez, S'Yan – que passasse os dados ao rei primeiro. T'Challa achou que faria bem à irmã aprender a ter paciência.

– Meu rei – S'Yan começou, mas o rei ergueu a mão para intervir.

– Primeiro, tem alguém ferido? – perguntou ele calmamente. – Todos os mineradores conseguiram sair da montanha?

S'Yan checou as leituras no tablet que tinha nas mãos.

– As crianças foram um pouco sacudidas, mas estão bem. Ninguém ficou ferido seriamente dentro da montanha. Um milagre, mesmo.

Ele olhou para Shuri e esperou que T'Challa falasse mais. O rei olhou para o Grande Monte, a fonte da prosperidade de seu país. Dava para ouvir os pássaros, que retornavam, chilreando em busca de seus ninhos entre as árvores, estas ainda de pé. Perto da base da montanha, diversos mineradores concentravam-se ao lado da entrada de um túnel, juntando equipamento que fora posto de lado na pressa e no desespero de ver a luz do sol.

– Agora, alguém pode me dizer como uma montanha feita de minerais que absorvem vibrações conseguiu chacoalhar? – T'Challa perguntou aos cientistas, franzindo o cenho ao ver neles a incerteza.

K'Darte Wikdetsari foi o primeiro a falar. T'Challa o indicara pessoalmente ao conselho de ciências, apesar de ser jovem, por sua mente rápida e a devoção que tinha à ciência pura, em vez da política. Conhecera K'Darte anos antes, quando o rapaz era ainda um estudante promissor, e se interessara em fomentar a carreira dele, enviando-o como emissário do rei a conferências de geologia e arqueologia em todo o mundo. Para sorte de sua jovem esposa, N'Jare, o homem passava boa parte de seu tempo dentro de um laboratório ou de uma sala de aula na universidade, o tempo todo reclamando da necessidade de retornar a campo. Mas era tamanha a habilidade dele que cientistas mais experientes não disseram nada quando S'Yan acenou para o rapaz começar a falar.

O rapaz forte da pele cor de chocolate pigarreou. K'Darte usava apenas uma camisa cáqui desabotoada no pescoço com uma camiseta suada por baixo e jeans azuis. Por causa de uma mancha de poeira no rosto, T'Challa achou que ele poderia ser facilmente confundido com um dos mineradores lá de baixo.

– Meu rei, nós checamos se houve atividade sísmica que pudesse ser responsável pelo fenômeno que presenciamos hoje – disse K'Darte, revendo dados em seu *notebook*. – Como você sabe, Wakanda não se encontra em cima de falhas geológicas em nossas placas tectônicas. Seria preciso um evento geológico de grandes proporções em algum lugar do mundo para que sentíssemos tremores dessa magnitude, principalmente se considerarmos o efeito amortecedor da grande quantidade de vibranium que existe na montanha.

– Já checamos – disse S'Yan, com um sorriso preocupado. – A Califórnia não caiu no oceano, o monte Vesúvio continua adormecido, e Atlantis não se ergueu do oceano.

– Como se Namor fosse nos avisar – T'Challa reclamou. Em seguida, olhou para W'Kabi, que estava calado, atrás dos outros ali reunidos. – Teste subterrâneo de armas nucleares?

– Nada que se possa afirmar, vossa majestade. Nossas fontes pesquisaram discretamente os governos da Coreia do Norte, Estados Unidos e Irã, mas foi-lhes garantido por todos que nenhum teste foi conduzido hoje.

T'Challa assimilou tudo que ouvira.

– Então tudo o que esse belo conjunto de mentes descobriu depois de uma hora de investigação acerca de um dos eventos mais chocantes da história do nosso país... não foi nada.

Ele viu a maioria dos membros do grupo baixar os olhos sob o olhar dele. W'Kabi apenas o encarou de volta, de braços cruzados. T'Challa nem teve certeza se K'Darte o ouvira. O cientista percorria furiosamente os dados que recebia.

– Eu tenho uma teoria – disse Shuri.

A menina estava virtualmente vibrando com a necessidade de falar. T'Challa olhou para S'Yan, que estava de cenho franzido, fazendo não para a princesa. Shuri recusou-se a olhar para o tio, no entanto. Ficou encarando somente o irmão, implorando que lhe permitisse continuar.

T'Challa suspirou e abriu um sorriso curto.

– Sim, Shuri, você tem uma teoria que seu estudo primário sobre física nuclear lhe permitiu formular?

– Não é preciso ter formação avançada pra saber que tem alguma coisa errada com o nosso vibranium – disse ela, olhando feio para o irmão.

As palavras de Shuri estouraram o silêncio do grupo como um alfinete estoura um balão. Os cientistas e agentes começaram a discutir entre si. Alguns chegaram a berrar que questionar a viabilidade do vibranium era uma apostasia. Outros gritaram que os testes deveriam começar imediatamente, antes que algo pior acontecesse. A comoção fez até K'Darte parar de digitar e olhar para a princesa, parecendo subitamente interessado.

Foi essa olhada que fez T'Challa pedir silêncio e urgir a irmã a prosseguir.

– Como todo mundo sabe, o vibranium estoca a energia empregada contra ele dentro das ligações entre as moléculas que o compõe – Shuri explicou, e os membros do grupo foram concordando. – Como resultado, a energia cinética é dissipada dentro dessas ligações.

Shuri olhou timidamente para baixo e continuou.

– Hoje de manhã, eu fiquei meio que fazendo experimentos com o vibranium do palácio, T'Challa. Coloquei camadas finas de vibranium dentro das minhas luvas de boxe, esperando que ajudasse a amortecer o impacto nas minhas mãos quando fosse treinar com Zuri. Então eu estava com uma barra de vibranium no meu quarto hoje de manhã, e usei um escalpo a laser pra tirar as lascas, e de repente eu vi o vibranium se mexer sozinho. – Shuri olhou para os demais. – Isso foi antes do terremoto. Deu pra ver diminutas ondas se formando na superfície da barra, como se uma onda tivesse passado por cima. Eu larguei meu equipamento e fiquei de olho. Depois de alguns minutos, parou.

Shuri olhou para T'Challa bem nos olhos.

– E foi então que ouvi dizer que tinha acontecido algum problema no Grande Monte.

T'Challa olhou para K'Darte, que parecia intrigado.

– Nunca ouvi falar de vibranium agindo desse jeito, princesa. Tem certeza de que viu isso mesmo? Tem gravação disso?

Shuri enrubesceu.

– Não tem nenhuma câmera no meu quarto, K'Darte, então não. A única evidência que temos pra pensar é o que eu acabei de contar.

S'Yan franziu o cenho e resolveu tomar o controle da conversa.

– Vossa majestade, eu acredito na princesa, mas agora é hora de questionar cientificamente as propriedades do vibranium? Acho que temos assuntos mais importantes com que lidar.

– Mais importante do que a composição do nosso recurso mais precioso? – Shuri devolveu.

– O vibranium não é o nosso recurso mais precioso, menina. – S'Yan estava perigosamente prestes a perder as estribeiras. – O Pantera Negra, sim. A ameaça ao rei e ao reino vem primeiro.

– E como você sabe que o que está acontecendo com o vibranium não é o que está ameaçando o reino, tio? – Shuri estava fervilhando. – Você não é mais regente, então não tente pôr isso de lado pra parecer mais importante. Você só quer ser alguém de novo, em vez de ser o outro irmão.

S'Yan estreitou o olhar ao ouvir o que Shuri dissera.

– Eu sirvo a Wakanda desde muito antes de você e sua mãe chegarem. Não coloque sentimentos no meu coração, menina.

T'Challa ergueu a mão, forçando-os a se calar. Shuri afastou-se para recobrar a compostura. S'Yan ficou imóvel, vendo a princesa andar de um lado a outro, murmurando consigo.

Após alguns minutos, ela retornou e curvou-se perante o irmão.

– T'Challa, tio, por favor, me desculpem pela falta de tato – disse suavemente. – T'Challa, eu gostaria de liderar uma equipe para investigar se o fenômeno que testemunhei aconteceu com a liga pura de vibranium, e não somente com o metal refinado. Com um grupo pequeno de especialistas trabalhando comigo na mina...

– Fora de cogitação! – disse S'Yan, olhando feio para ela, mas não disse mais nada ao ser coagido por Okoye.

– Essa decisão cabe ao rei, tio. – Shuri olhou para o irmão com esperança evidente no olhar. – Eu só precisaria de...

T'Challa fez que não.

– Sinto muito, minha irmã. Pode haver um desabamento. Não vou pôr outros mineradores em risco para entrar na mina e resgatar você e a sua equipe.

– Mas T'Challa... – Shuri reclamou.

– Caso encerrado. Agora, S'Yan, faça um cronograma do que aconteceu aqui. Quero saber tudo.

T'Challa deu as costas a Shuri e seguiu para a mina, seguido por sua comitiva. Okoye abraçou a menina e saiu andando atrás do rei.

– Por que ele não me escuta? – Shuri murmurou para si mesma.

– Porque você é irmã dele – K'Darte respondeu, fechando o notebook e se aproximando dela. O cientista olhava para ela através dos óculos de aro grosso. – Lembre-se de que, para T'Challa, você ainda é a garotinha que ele lembra que brincava com ele na infância. Ele não consegue evitar querer te proteger.

– Bom, eu não preciso que ele me proteja. Preciso que me escute.

– Princesa, você tem que se lembrar também de que você é a próxima na linha de sucessão do trono – K'Darte apontou. – Pôr a sua vida em risco por causa de uma teoria... intrigante não deve ser a melhor ideia na opinião do rei neste momento.

Shuri escancarou os olhos ao ouvir o que o cientista dizia. Ela o agarrou pelo braço.

– Você acredita em mim, né?

– Eu acredito que aconteceu alguma coisa pra fazer uma montanha de vibranium chacoalhar... e tirando uma bomba nuclear ou a queda de um meteoro, não consigo pensar em nada mais que poderia ter causado isso. – K'Darte ficou quieto por um instante, pensando. – Então tirando qualquer influência exterior, a culpa tem que ser do vibranium... e uma amostra pura seria melhor mesmo pra investigar...

Vendo que Shuri começava a criar esperanças, K'Darte recuou no mesmo instante, erguendo as mãos para protestar.

– Eu acredito também que o seu irmão, meu rei, te disse que você não pode levar uma equipe pra investigar o interior da montanha.

Porém Shuri não pretendia desistir.

– Mas ele não disse a você, K'Darte, que *você* não pode levar uma equipe pra dentro do Grande Monte. – Shuri esfregava as mãos, de tanta animação. – Sem exageros, só eu e você, e voltamos depois do pôr do sol e trabalhamos ao longo da noite. Quando T'Challa e meu tio descobrirem o que fizemos, teremos nossas leituras e estaremos a caminho...

– Calma lá, princesa. – K'Darte mal podia acreditar na situação em que acabara de se meter. Ele ajeitou os óculos e tentou arranjar um jeito de escapar dessa enrascada. – Não sei se é uma boa ideia.

Shuri olhou feio para K'Darte.

– Você quis dizer "Não sei se é uma boa ideia, *vossa majestade*". Posso colocar isso em lei e acrescentar que você não pode contar pra ninguém, se você preferir.

K'Darte levou as mãos ao rosto.

– Sim, vossa majestade – disse ele, com tristeza –, mas vou precisar que você ligue pra minha esposa e explique por que não estarei no jantar na casa da mãe dela. Uma ligação da princesa talvez me ajude a sobreviver ao inferno em que ela vai transformar a minha vida por não ter ido visitar a mãe.

– Fechado.

O sol poente banhava o Cavaleiro Negro, ajoelhado como estava para suas orações do fim do dia, com sua espada de marfim fincada naquela terra escura. Klaw reparou que o homem usava um conjunto completo de armadura, em vez de apenas capa e elmo. Seu cavalo alado, Valinor, estava ali perto, paramentado de sela e rédeas com iconografia cristã estampada em todo canto.

Klaw odiaria interromper aquele homem santo, mas o tempo era curto.

A equipe de mercenário se reunira num planalto verdejante a uns oitenta quilômetros da fronteira de Wakanda, à frente de uma divisão de solo nigandana que consistia em tanques, veículos armados e helicópteros. Os nigandanos foram instruídos a invadir assim que o primeiro grupo derrubasse as defesas wakandanas, e recebera dispensa especial de seu rei para saquear quanto quisessem. Afinal, somente as posses dos wakandanos seriam destruídas.

Os soldados nigandanos pareciam animados, rindo entre si enquanto aguardavam a ordem de Klaw para atacar. Uma hora antes, M'Butu inspirara os homens com um discurso sobre a animosidade longínqua entre Niganda e Wakanda, e toda uma lista do que Klaw supôs serem atrocidades cometidas pelo Pantera Negra e seus conterrâneos – tudo inventado, é claro.

Glória, poder e riquezas foram prometidos pelo rei a seus soldados, com prêmios especiais a serem oferecidos a quem conseguisse capturar a arrogante princesa wakandana ou a Rainha Mãe e as trouxesse de volta a Niganda – incólumes – para enfrentar a justiça do rei. Em resposta, os homens de M'Butu ovacionaram e celebraram.

Já nesse momento, M'Butu havia se retirado para seu palácio, onde aguardaria notícias da vitória. Uma energia de nervosismo preenchia toda a área da concentração, pois os homens faziam piada sobre todo o lucro – em posses e em pessoas – que ganhariam antes do cair da noite.

Isso não soou nada bom aos ouvidos de Batroc, Klaw reparou. Assim que o rei foi embora, o mercenário foi andando entre os soldados, estapeando homem atrás de homem que alegava planejar cometer os tipos mais especiais de atrocidades contra os wakandanos.

A maioria deles aceitou a censura e ficou calado. Já um soldado, cuja barba rala o entregava como um adolescente bagunceiro tentando impressionar os amigos, cuspiu nos pés do francês – um desafio escancarado.

Dez segundos e dois chutes rápidos na boca depois, Batroc pôs o menino para cuspir dentes e sangue no chão poeirento. O mercenário ordenou aos amigos do rapaz que o arrastassem para o fim da formação, onde um médico poderia relocar a mandíbula dele. Em seguida, ele subiu em cima de um tanque e berrou, pedindo atenção.

– Eu sou um profissional. Enquanto vocês estiverem sob o meu comando, vocês vão agir como se fossem profissionais também... ou vão se ver comigo – Batroc avisou. – Não quero nada dessa... brutalidade desnecessária contra não combatentes. Se alguém atacar você, a força mortal está autorizada. Se você puser as mãos em algo de valor e puder trazer com você, pode levar. Mas se as pessoas que vocês encontrarem se renderem, elas serão tratadas como vocês iam querer que as famílias de vocês fossem tratadas pelos wakandanos.

Batroc olhou feio para os homens que o circundavam.

– Se quebrarem essas regras, vocês vão ver – rosnou. – O Pantera Negra vai ser a menor das suas preocupações.

Quando desceu, parecia não se importar com o clima pesado que se formou entre os soldados. Batroc foi até onde Rino aguardava, testando as juntas mecânicas de sua armadura pisoteando uns formigueiros.

– Não sabia que você tinha coração mole, francês – disse o russo, achando muita graça, e sacudiu um tanque próximo só de bater o pé no chão.

Batroc olhou para o outro com arrogância.

– Este não será meu último contrato, russo. Minha reputação no ramo da queda de governos depende do que resta depois de um golpe. Imagens televisivas de mulheres estupradas e crianças maltratadas tendem a aumentar a intervenção de fora, e não diminuir. É ruim pros negócios.

– Bom, camarada, acho melhor ficar de olho – zombou Rino. – Essa rapaziada tá com cara de que quer de mastigar e cuspir fora.

– Não estou preocupado – Batroc declarou.

No entanto, preferiu ir ficar sozinho na porção frontal da concentração, a poucos metros de onde o Cavaleiro Negro rezava.

Algumas palavras num tom tranquilizador poderiam reduzir a tensão. Klaw aproximou-se do cavaleiro, o tempo todo ouvindo o homem sussurrando fervorosamente consigo, entoando uma espécie de mantra.

– E de agora em diante até a hora da nossa morte, em nome de nosso Senhor, amém – terminou ele.

O Cavaleiro Negro levantou-se, limpou saliva do canto da boca e esperou Klaw falar.

– Pensei que você poderia oferecer umas palavras às tropas antes de começarmos – disse ele, apontando para o campo.

O cavaleiro guardou a espada na bainha, na lateral do corpo, e assoviou para Valinor, que relinchou e começou a trotar para o mestre.

– O exército é seu, sr. Klaw – ele argumentou.

Com o elmo preso debaixo do braço, estendeu a mão para afagar o focinho de Valinor.

– Sim, mas como clérigo, eu esperava que você pudesse dar o contexto por nós – Klaw respondeu, também ele tocando o cavalo alado. – As coisas estão um pouco tensas por lá, e um pouco de inspiração seria bom para os homens.

– Deus realmente se move por caminhos misteriosos, com maravilhas a realizar – disse o cavaleiro, quase apenas para si.

– Obrigado, bom cavaleiro.

Klaw curvou-se e saiu andando. Alguns minutos depois, Batroc pusera os nigandanos em formação perante o Cavaleiro Negro, que estava agora completamente ornado por sua armadura de combate. Klaw e Rino ficaram de lado, junto de Batroc. Eles viram o cavaleiro trotar seu cavalo de um lado para outro ao longo da fileira de nigandanos, com o elmo debaixo do braço.

– Séculos atrás – começou o cavaleiro numa voz forte –, nós trouxemos a civilização, o comércio e Deus para a África. Trouxemos todo este país para o século XX. Agora, no começo de um novo século, a África precisa da nossa ajuda mais do que nunca. Representantes de quatro grandes nações europeias estão aqui preparados exatamente para isso: Bélgica, França, Rússia e Grã-Bretanha. Vocês deviam agradecer-lhes – disse ele, apontando para Klaw, Batroc e Rino. – Agora, receio que seja necessário usar da força para alcançar nossos objetivos. – O cavaleiro inclinou-se para a frente, na sela, e pôs o elmo na cabeça. – Mas o povo da África quer ter o verdadeiro Deus em suas vidas, e, com esta espada de marfim invencível, nós lhes garantiremos esse desejo. – Ele sacou a espada e a ergueu para o alto. – Estou ciente de que muitos de vocês vão lutar por motivos variados. Dinheiro, glória, poder, vingança... ou só por refeições regulares. Mas, seja lá qual for o motivo, saibam que a mão de Deus nos guia nesta cruzada sagrada.

Valinor abriu bem suas asas, preparando um salto para alçar voo. Quando ele ergueu-se nas patas traseiras, o cavaleiro começou a gritar para encorajar os homens.

– O bom livro diz "O Senhor entregará, feridos diante de ti, os teus inimigos, que se levantarem contra ti; por um caminho sairão contra ti, mas por sete caminhos fugirão da tua presença".

Valinor ganhou os céus. O Cavaleiro Negro virou-se para olhar para os homens que ovacionavam lá embaixo.

– Eles precisarão de mais do que sete estradas para escapar da nossa justiça esta noite! Amém?

– AMÉM! – os homens gritaram de volta.

– Amém – Klaw sussurrou. – Começou.

11

ENTRAR DE FININHO NO GRANDE MONTE depois do horário foi tão fácil que Shuri ficou pensando se não seria um dever real da princesa deixar um recado reclamando sobre a falta de segurança.

Na limusine real, com o irmão, ela se recusara a falar com ele por todo o trajeto até o palácio. Na verdade, fez questão de manter o rosto virado para a janela e colocou fones de ouvido sem fio para ouvir música. Ainda estava irritada por ele ter se recusado a permitir que ela investigasse o problema do vibranium.

Mantendo o tablet bem alto para bloquear o rosto de T'Challa, a menina começou a pesquisar estudos científicos confidenciais acerca do metal. Queria ter as informações mais recentes baixadas antes de entrar na montanha. Planejava ir tão fundo que não tinha certeza se teria conexão sem fio por lá.

Depois que ela terminou de baixar o segundo relatório da biblioteca real, uma mensagem pipocou na tela.

O que está procurando?

Shuri espiou o tablet do irmão. Ele meditava, aparentemente nem um pouco incomodado por ela não estar falando com ele. As duas Dora Milaje sentadas com eles cuidavam de seus afazeres. Okoye, a mais musculosa, escaneava os arredores em busca de perigo, olhando pela janela, de olhos nas árvores e edifícios que passavam. Ao lado de T'Challa, Nakia – a *expert* em tecnologia – digitava loucamente alguma coisa em seu tablet. Parecia ignorar completamente o mundo todo ao redor – a não ser quando parava para lançar olhares apaixonados, e muito mal disfarçados, para T'Challa.

Shuri sorriu para Nakia, que ficou muito vermelha ao reparar que a princesa a observava, e correu baixar a cabeça e retomar a digitação. Quando Shuri retornou sua atenção ao próprio tablet, uma segunda mensagem apareceu.

Sim, você, princesa. O que está baixando da biblioteca real? Você sabe que W'Kabi, como chefe de segurança, revisa um registro das informações baixadas toda noite, à meia-noite, não sabe?

Confusa, Shuri olhou de novo para Nakia. A moça não retornou o olhar.

Você precisa aprender a ser um pouco mais discreta, princesa. Eu estava olhando bem para você e K'Darte quando você inventou sua expediçãozinha noturna, e ler lábios não é tão difícil. Na verdade, faz parte do treinamento das Dora Milaje. Como você acha que nós sempre sabemos o que está acontecendo ao nosso redor?

Shuri ajeitou-se no assento e mandou uma resposta.

Você pode me ajudar?

Os cliques de alguém digitando diminuíram por um momento, mas logo retomaram o ritmo.

Eu não deveria. Estaria em GRANDES apuros se fosse pega, e apenas pela Dona Rabugenta, sentada ao seu lado. Mas receio que você está perto de descobrir alguma coisa... e do jeito que o seu irmão está agindo agora, é bem capaz que a tranque no seu quarto se você der um passo em falso.

Por favor, Shuri implorou.

Nakia olhou para ela, deu uma piscadinha, e tornou a mexer no tablet.

Se me jogarem no gulag real, espero ser perdoada, ok? Vou limpar os rastros das suas "atividades" dos registros da biblioteca. Haverá um carro esperando por você na ala oeste do palácio. As chaves estarão no porta-luvas, e o equipamento apropriado, no banco de trás. Você terá que passar pela segurança do Grande Monte, mas você é a princesa. Eles a deixarão entrar, se você pedir, mas se lembre de dizer aos guardas que se trata de uma investigação nível ATOLEIRO, assim eles terão que esperar 24 horas para informar ao palácio. Se eu fosse você, voltaria ao meu quarto antes de amanhecer, com ou sem o cientista gatinho.

Shuri bufou, e correu esconder o sorriso, pois Okoye lhe lançara um olhar.

Ele é casado!

Nakia respondeu.

E você é a princesa. ;]

Nakia era ponta firme.

Assim que chegaram ao palácio, T'Challa anunciou que tinham confiscado a barra de vibranium dos aposentos dela para maiores estudos. Depois saiu andando, com as duas guarda-costas logo atrás. Antes de desaparecer por um corredor, Nakia deu mais uma piscadinha para Shuri, que ficou muito contente com a ideia de conduzir toda uma conspiração particular dentro do reino.

Durante todo o jantar com a mãe, a menina bocejou muito, e pediu licença bem cedo, alegando estar exausta. Esse seria seu álibi, a explicação de por que ninguém a via em nenhum lugar do palácio nesta noite. Assim que teve coragem, a menina desceu da varanda de sua suíte, passando para o topiário real, e seguiu em direção ao muro.

Um sedã preto de quatro portas da frota real aguardava exatamente onde Nakia disse que ele estaria. Shuri, muito esperta, levou o carro alguns blocos distante do palácio e somente então ligou para K'Darte para planejar o resto da noite.

A parte mais difícil seria convencer a jovem esposa do cientista de que não havia nada de inconveniente acontecendo entre ele e a princesa. Shuri, por insistência de K'Darte, foi até o apartamento deles tomar uma xícara de chá com N'Jare, que ficou um tanto aturdida de ver a princesa de Wakanda ali, dentro de sua casa. Ainda usando o vestido com que passara o dia e um par de sandálias, Shuri elogiou a moça por seu lar adorável e prometeu que a presença do marido dela era absolutamente necessária.

K'Darte correu retirar-se com a princesa assim que esta terminou o chá, não sem antes receber um beijo apaixonado da esposa na entrada da casa. Shuri chegou a sentir o calor que lhe escalou pelas bochechas, e ficou de olhos pregados no chão até que o casal se desgrudou. Finalmente, ela acenou adeus à moça e praticamente arrastou o pobre cientista para o elevador.

Algumas horas mais tarde, K'Darte soltava um palavrão, ajustando as lentes de seu microscópio molecular, pelo qual observava uma lâmina contendo liga pura de vibranium. As dois encontravam-se nas profundezas da montanha, tendo usado um carrinho para trazer um gerador portátil e o máximo de equipamento científico que puderam descer por um túnel estreito e quente.

As lanternas projetavam uma luz amarela bruxuleante nas paredes atrás de Shuri e K'Darte, concentrados na tarefa de encontrar um veio de metal puro, que não tivesse sido contaminado pelo processo de refinamento. Estavam trabalhando fazia pouco mais de uma hora quando descobriram o alvo e montaram o equipamento.

K'Darte ficou surpreso e grato ao ver quão disposta e bem informada era a princesa. Ele a tratava como parceira de trabalho, abusando dos ouvidos dela e até incorporando algumas das ideias dela na investigação.

– Você daria uma cientista e tanto, princesa, se algum dia concluir que ajudar a governar um país é entediante demais.

Shuri sorriu, e os dois continuaram a trabalhar.

Finalmente, obtiveram o resultado.

– Parece que você estava certa, princesa. – K'Darte devolveu os óculos para o nariz ao afastar-se do microscópio, e limpou em seguida um pouco de suor da testa. – Tem uma espécie de ondulação subatômica percorrendo a liga de vibranium. Como isso é possível?

– Todas as três amostras dos lugares diferentes da montanha mostram a mesma coisa? – Shuri perguntou, o cenho franzido.

– Sim. E essa ondulação não existia um ano atrás, segundo a pesquisa que você fez. É uma ocorrência nova. – K'Darte coçou a cabeça, deixando um pouco de terra nos cabelos pretos encaracolados. – Isso não faz sentido, mesmo com tudo que não sabemos sobre o vibranium.

– Tudo que não sabemos? – Shuri ficou abismada com o que o cientista dissera. – Como assim?

K'Darte sorriu para ela.

– Você se saiu tão bem hoje que eu esqueci que você não vive de estudar vibranium. Você sabe que não é um metal que ocorre naturalmente, certo?

Shuri recostou-se no carrinho e começou a contar tudo que sabia nos dedos.

– Eu sei que o primeiro Pantera Negra, Bashenga, encontrou o Grande Monte e fundou a nossa cultura em torno dele. Sei que a vegetação ao redor do Monte cresceu de um jeito estranho, maluco, e levou à descoberta da erva em forma de coração que dá os poderes ao meu irmão. Sei que o vibranium tem propriedades que nenhuma substância na Terra tem igual.

– Tudo certo, princesa, mas já parou pra pensar em por que Wakanda é a única fonte de vibranium do mundo? – Quando percebeu que K'Darte passara para o modo professor, Shuri aninhou-se ainda mais no carrinho para prestar atenção. – Me surpreende não terem falado disso com você ainda. O vibranium é um metal alienígena, princesa. Até onde sabemos, o Grande Monte é, na verdade, o local onde um meteoro caiu muito tempo atrás... o vibranium é o que sobrou do meteoro. Ao contrário da maioria dos meteoros, que estilhaçam no impacto e causam destruição em massa, o núcleo de vibranium desse meteoro absorveu o impacto. É por isso que não temos o mesmo tipo de cratera de impacto que nossos amigos na África do Sul estão estudando no Vredefort. Acreditamos que nosso impacto tenha sido um pouco similar, e a cratera de Vredefort tem raio estimado em trezentos quilômetros, isso no momento em que o meteoro atingiu a Terra, bilhões de anos atrás. Enfim, estou divagando – K'Darte comentou. – Não sabemos onde o vibranium originou-se nem como fazer mais. Ainda estamos descobrindo novas propriedades do metal diariamente, então não sei dizer se essa... ondulação... é natural ou não. Tudo que posso dizer é que nunca vimos nada como isso em nossos estudos, até agora. T'Challa ficará contente com esse dado novo.

– É, depois de me dar uma bronca daquelas por não seguir as ordens dele – Shuri apontou, muito dramática.

K'Darte riu e tirou os óculos para limpá-los na camisa.

– O rei que eu conheço não vai te punir por trazer-lhe informações importantes, principalmente informações que expandem a nossa compreensão da base do comércio do nosso país – disse ele. – Só se lembre de mim quando ele me botar na cadeia, com a bênção da minha esposa.

Pela primeira vez em muito tempo, Shuri caiu no riso.

T'Challa nunca fora de dormir pesado, nem quando criança. A menor das perturbações o acordava, mesmo quando em sono profundo.

Ele era uma das poucas pessoas que podiam sentir quase sempre a presença do pai, habilidade esta que impedira T'Chaka de tirar vantagens indevidas do filho em suas brincadeiras frequentes de guerra de cócegas.

Não importava há quanto tempo tivesse pegado no sono, T'Challa acordava assim que ouvia sua porta ranger. Ele fingia que estava dormindo e contava o número de passos suaves entre a porta e a cama. E pouco antes que o pai saltasse na cama, T'Challa se encaracolava todo e negava ao pai a pele macia da barriga que ele este almejava, forçando-o a fazer cócegas, então, nas solas dos pés ou naquele pequeno ponto sensível entre a nuca e a clavícula.

T'Challa guinchava e se debatia, gargalhando sob o ataque impiedoso do pai. Rosnando e roncando, T'Chaka rolava o filho pela cama, jogando-o daqui para lá na tentativa de acertar sua barriga. Acabava que faziam tanto barulho que Ramonda aparecia e brincava de salvar o corajoso príncipe das garras da terrível Pantera. Quase sempre, quem acabava precisando ser salva era *ela*. Em pouco tempo os três já tinham perdido o fôlego, estavam com um filete de suor na testa, e se largavam juntos na cama de T'Challa, esquecidos do resto do mundo em seu amor.

T'Challa pensava nesses momentos, às vezes, deitado em sua suíte imperial, ouvindo os ruídos do palácio, tentando pegar no sono. Nessa noite, não importaria muito quão barulhento estaria o castelo. Ele estava emocional e fisicamente exausto após as atividades do dia no Grande Monte.

Shuri não tinha falado com ele desde que ele não lhe permitira entrar nas perigosas minas. Ela não aparecia desde que ele entrara na sala de jantar real, sem dúvida amuada em algum canto do palácio. Nunca fora intenção dele magoá-la, mas havia centenas de outras pessoas qualificadas no país que ele poderia mandar ao Grande Monte em busca de respostas, e nenhuma delas estava na linha sucessiva do trono.

Mas ele sabia que Shuri não entenderia isso. A menina entendera a recusa como implicância com ela, seu conhecimento e seu lugar no reino. T'Challa, francamente, estava grato por não ter que continuar tal discussão. Ficou meditando, em vez disso, à espera de mais uma visita da Deusa Pantera. Porém, como qualquer felino, ela vinha quando queria, não quando era chamada, e tudo que T'Challa teve foi um tranquilo e calmo retorno para casa.

O resto do dia foi tomado por instruções de segurança e reuniões com o conselho de ciências. Por algum motivo, o exército nigandano estava a caminho, e havia rumores de que grandes quantias de dinheiro estavam sendo enviadas para algum ponto do continente. Quanto aos cientistas, estes ainda tinham de descobrir por que o Grande Monte chacoalhara. Então T'Challa ordenara que a mineração de vibranium fosse interrompida por uma semana, e pôs os funcionários de licença, com salário total, até que tivessem certeza de que ninguém seria ferido lá embaixo.

S'Yan avisou que, se demorassem um pouco que fosse mais que isso, eles perderiam entregas para a S.H.I.E.L.D. e outros compradores, mas T'Challa sentia que esse pequeno transtorno seria válido. A S.H.I.E.L.D. tinha mais um pedido de Quinjets a ser fabricados pelo Grupo de Design de Wakanda e não reclamaria demais – embora Maria Hill, o contato atual deles na S.H.I.E.L.D., tivesse reputação de ser durona.

Então isso permitiu que T'Challa apreciasse um prazeroso jantar sozinho com a mãe, para variar. Tiveram uma boa conversa sobre questões nacionais e fofocas do palácio – até certo ponto. No fim das contas, Ramonda quis ouvir tudo sobre o que ela chamou de "desventura" do Grande Monte, afirmando quase diretamente que ele deveria ter deixado que uma das guarda-costas saltasse da ponte no lugar dele.

– Quando você vai aprender, T'Challa, que a sua vida tem um significado maior? – disse ela, olhando para Okoye, que estava imóvel e impassível, perto da entrada da sala.

T'Challa levantou-se, deu a volta na comprida mesa, até a mãe, e a beijou na testa.

– Todas as nossas vidas têm um significado maior, mãe.

Ele abraçou a mãe com toda a força, sentindo o abraço com o qual ela lhe retribuiu, depois foi embora.

Após assumir o trono, T'Challa passara para a suíte do pai, que era usada por reis wakandanos havia décadas. Ele teria preferido continuar em seus aposentos, ao lado dos de Shuri, mas não lhe ocorreu motivo lógico algum para não ficar no quarto imperial.

Três anos passados no governo, e o rei ainda não tinha se acostumado com o estilo cavernoso do quarto. Enviara o máximo que ousara da mobília do pai ser guardado no estoque. Em vez da madeira escura e os montes de cetim preferidos pelos pais, ele permitira que um designer promissor amigo de Shuri "modernizasse" o imenso quarto, arrancando dali o material antigo para substituí-lo por piso de mármore e colunas cor de creme, com painéis dourados nas paredes com os mais diversos temas.

A única coisa que ele não permitira que tocassem foi a bandeira real de Wakanda, que ficava montada num suporte que tomava toda a parede em frente à cama. A bandeira verde, vermelha e preta com a pantera rosnando no centro era a última coisa que T'Challa via antes de adormecer e a primeira coisa que via toda manhã – como seus pais, antes dele.

Após uma manhã de bagunça na cama dos pais, um jovem T'Challa perguntara por que o pai mantinha a bandeira exposta de modo tão proeminente no quarto.

– Pra me lembrar, meu filho, de que o primeiro dever do rei é para com seu país e o seu povo – T'Chaka lhe dissera, afagando-lhe o cabelo. – As nossas vidas... a vida de qualquer rei, na verdade... são cheias de prazeres simples e buscas nobres, mas tudo deve ser pesado contra o bem do povo. Sem a fé deles em nós, não somos nada. Não devemos nos esquecer disso jamais, e a bandeira é um símbolo que nos ajuda a manter isso sempre vivo na cabeça.

Então, quando T'Challa mudou-se para o quarto, disse ao designer que não tocasse a bandeira por motivo nenhum. Toda noite, T'Challa fixava o olhar no rosto da pantera que rosnava até que este perdia o foco e ele caía no sono.

– Vossa majestade?

T'Challa deu um pulo quando sentiu o toque macio feito pluma da mão de Nakia em seu ombro. Devia estar extremamente cansado para deixar a guarda-costas chegar tão perto sem perceber.

Por mais bobo que fosse, T'Challa correu puxar a coberta para cobrir o peito nu, mesmo sabendo que as Dora Milaje o tinham visto em muito menos do que calças de pijama. Mas ele vinha ficando cada vez mais ciente de que a mais jovem de suas seguranças principais nutria um amor não correspondido por ele. Não seria uma boa ideia deixar que os pensamentos dela fossem além de aonde já tinham ido. Ele viu o brilho nos olhos de Nakia sob a iluminação fraca do aposento.

– *Ele está acordado?* – Okoye sibilou de algum lugar perto da porta.

– *Agora estou, Adoradas* – disse o rei. – *Suponho que haja um motivo para as duas estarem dentro do meu quarto em vez de em seus postos.*

As expressões nos rostos dela o acordaram de vez.

– *Temos uma emergência, Amado* – Nakia sussurrou. T'Challa jogou as cobertas longe e os pés para o chão. – *Precisam de você no centro de comando agora.*

T'Challa foi até a bandeira e apertou um botão na base do suporte. O painel frontal da parede deslizou silenciosamente dali, revelando um dos muitos trajes do Pantera Negra que T'Challa guardara por todo o palácio durante sua renovação. Ignorando Nakia atrás de si, o rei tirou o pijama e em questão de segundos estava encerrado em sua armadura de vibranium. Os olhos brancos do elmo brilhavam no escuro quando ele o tirou do estojo.

– Digam que chego lá em cinco – disse o Pantera Negra, vestindo sua máscara a caminho do corredor.

Quando T'Challa chegou ao centro de comando de segurança, no subsolo, a sala encontrava-se num estado de caos organizado. Homens e mulheres corriam de uma estação de monitoramento para outra, checando e checando de novo números e relatórios. No centro de tudo, numa pequena plataforma, estava W'Kabi. Ele estudava soturno o monitor principal, que mostrava um mapa infravermelho das fronteiras de Wakanda.

O corpulento chefe de segurança usava seu traje tradicional wakandano: tanga marrom com faixa azul solta em volta do pescoço e cruzando o peito musculoso. Uma faixa vermelha impedia seus longos *dreadlocks* negros de caírem no rosto. W'Kabi pareceria estar tão confortável caçando animais na savana como estava falando em seu comunicador sem fio, dando ordens para seus homens e mulheres. Considerando que a maioria das pessoas da sala usava ternos, uniformes militares ou trajes comuns wakandanos, a indumentária de W'Kabi deixava claro o porquê de ele estar ali.

Somente um homem muito autoconfiante usaria tanga durante uma operação militar.

T'Challa entrou calado na sala e foi até W'Kabi, e esperou que o caos desse um minuto de respiro. O chefe de segurança nem chegou a se mexer, mas um de seus assistentes viu o rei e anunciou sua presença. T'Challa acenou, dispensando a reverência, reconhecendo a seriedade da situação.

– Vossa majestade – W'Kabi fez apenas um gesto na direção de T'Challa, pois não tirava por nada os olhos do monitor principal.

– O que está acontecendo?

T'Challa subiu na plataforma, ao lado do chefe de segurança. As Dora Milaje permaneceram ali por perto, observando todo o pandemônio.

W'Kabi apontou para um pequeno ponto vermelho que se deslocava na direção da fronteira de Wakanda na tela principal.

– Temos algum invasor vindo à nossa direção, que saiu da fronteira de Niganda, alguns quilômetros distante daquele conjunto de tropas da noite passada, do qual lhe informamos hoje, mais cedo. Temos apenas umas fotos borradas do invasor, tiradas pelas câmeras na beirada oeste do reino. Eu estava prestes a enviar uns drones para tentar identificar o alvo.

– Em solo nigandano?

T'Challa aceitou umas fotos sem foco em preto e branco de um assistente e olhou para W'Kabi, que não pareceu nem um pouco preocupado com a soberania das fronteiras nigandanas.

– São nossos novos modelos furtivos, vossa majestade – ele explicou. – Se os nigandanos têm alguma coisa que possa captar os drones no radar ou atirar neles, então merecem ficar com eles.

T'Challa, de olhos estreitados, estudava as imagens borradas, concentrando-se no chifre proeminente no topo da imagem.

– Parece um rinoceronte, W'Kabi – disse. – Meu chefe de segurança não pode lidar com um animal selvagem sem ter que me acordar no meio da noite?

W'Kabi apontou para o pequeno ponto vermelho, que se movia rapidamente.

– Um rinoceronte que se move a 56 quilômetros por hora? Creio que não, majestade.

Um assistente anunciou a W'Kabi que o objeto logo estaria ao alcance deles.

– Coloque no monitor principal – ordenou o chefe.

O mapa infravermelho piscou e foi trocado por um enquadre de visão noturna esverdeada e trêmula de uma planície arborizada na borda de um matagal. T'Challa reparou numa das estações de monitoramento, na qual uma moça manobrava um controle com dois manches. Ela dirigiu o drone para que a câmera captasse uma visão melhor do objeto invasor. Quando o aparelho voava a uns seis metros do chão, a moça apertou uns botões em um de seus painéis de controle e o botou para flutuar. Satisfeita, começou a ajustar as lentes da câmera, trabalhando a imagem até que T'Challa divisou folhas distintas de grama sopradas pelo vento.

– Acho que isso é o melhor que teremos por ora, chefe W'Kabi – exclamou a piloto do drone. – Vou acionar o áudio, mas haverá um pouco de atraso por causa da transmissão em bandas inferiores, menos detectáveis. Acho que vale a pena, senhor.

– Obrigado, Nyah – W'Kabi respondeu, depois se inclinou para cochichar com T'Challa. – Os drones da nova geração do Grupo de Design de Wakanda não apenas terão recepção de áudio e vídeo como também poderão projetar hologramas do centro de comando, para podermos afugentar as pessoas. Serão um salto quântico da nossa tecnologia de segurança atual. – W'Kabi abriu um sorriso raro para o rei. – Estou muito empolgado – sussurrou. – Não conte a ninguém.

T'Challa riu.

– Seu segredo está a salvo, meu amigo.

W'Kabi endireitou-se e, no vozeirão de costume, perguntou ao assistente:

– Quanto tempo para termos imagens do alvo?

– A qualquer segundo, senhor. Estamos recebendo áudio que parece... passos? – Nyah olhou para um técnico vizinho, que tinha acabado de colocar fones de ouvido e ajustava o sinal. – Udo, está ouvindo isso?

– Estou captando, Nyah... e sim, confirmado – disse Udo. Ele olhou para Nyah e deu de ombros. – É exatamente esse o som.

– Cascos, vocês querem dizer – W'Kabi apontou.

– Não, senhor – disse Udo. – É um caminhar humano, não de um animal. Seja lá o que está fazendo esse barulho, está andando em duas pernas.

– Alvo aparecerá em cinco, quatro, três, dois, um – disse Nyah, interrompendo-os, e apontou para o monitor principal.

Todos olharam para a tela, que não mostrava nada que pudesse ser responsável por aqueles baques ritmados. Foi então que uma nuvem esverdeada de poeira ergueu-se no centro da tela, e o imenso Rino apareceu, todo blindado, avançando a toda a velocidade na direção do drone.

– Minha nossa! – Nyah berrou.

Ela puxou os controles para trás, na esperança de tirar o drone da reta, mas era tarde demais. Sem perder o ritmo, Rino saltou no ar. Uma pata imensa acertou o drone num dos lados, e a imagem no monitor girou até o aparelho desabar no chão. A tela piscou, mostrando uma imagem de ponta-cabeça de Rino em sua partida e de seu rastro de fumaça, até que apagou.

A sala ficou em silêncio. Após alguns instantes, Nyah retomou o trabalho.

– Acionando drone Beta e ativando circuitos de autodestruição do drone Alfa, senhor – disse ela para W'Kabi. – Teremos imagens em tempo real novamente num minuto, vossa majestade.

– Obrigado, Nyah – W'Kabi respondeu. E olhou para T'Challa. – Então não é um rinoceronte comum.

– Não, não é – disse T'Challa. – Rino costuma aparecer na Rússia, na Europa e nos Estados Unidos. Sei que é um mercenário, mas o que estará fazendo na África?

– O que ele está fazendo, senhor? – W'Kabi rosnou quando Nyah ativou a transmissão da vídeo do segundo drone. – Está destruindo nossas defesas externas.

Dessa vez, Nyah manteve o drone no alto, dando-lhes uma visão ampla de Rino avançando sem parar contra uma cerca de metal eletrificada. Ele derrubou um pedaço largo da cerca sem nem reparar que ela existia.

– Aquela cerca eletrificada passava corrente suficiente pra alimentar uma cidade pequena por um mês – W'Kabi sussurrou, impressionado, apesar de contrariado.

Rino desacelerou brevemente para livrar-se de um pedaço que ficara preso nele, saltitando no lugar, por um momento, envolvido como estava por uma chuva de faíscas elétricas. Após sacudir-se todo para se soltar da cerca, a besta humana continuou sua travessia furiosa.

– O campo minado vai dar conta dele, senhor – disse uma assistente.

W'Kabi olhou para ela, sem botar fé. Alguns segundos depois, o drone de Nyah perdeu contato com Rino quando este mergulhou no campo minado de quase um quilômetro de extensão que os wakandanos dispuseram ao longo de sua fronteira com Niganda depois da última tentativa de invasão frustrada do país. As ondas de choque das diversas explosões chacoalharam o drone e as imagens por ele transmitidas. Nuvens de detrito e terra ergueram-se no ar, sombreando a visão que se tinha do solo.

– Isso! – disse a assistente, gingando o punho no ar. – Acabou a confusão! Tudo que temos que fazer agora é levar um *hovercraft* pra tirar o que restou da carcaça dele do chão.

W'Kabi aproximou-se da tela principal.

– Se acabou mesmo, por que continuo ouvindo explosões? Não deviam ter parado?

Uma brisa forte percorreu o campo minado, soprando a nuvem de detritos do campo de visão do drone. Rino apareceu, ainda seguindo lentamente seu caminho pelo campo minado. Os explosivos detonavam debaixo de seus pés blindados, mas elas apenas o tiravam alguns centímetros do solo, e ele continuava a avançar. O impacto das pisadas de Rino e as minas que detonavam começaram a acionar os explosivos mais próximos, deixando uma imensa trilha de chamas atrás dele.

Rino ignorava tudo isso, concentrado apenas em marchar em linha reta pelo campo, o mais rápido que podia. Alguns minutos depois, ele já tinha alcançado a periferia do país. O grandalhão parou por um momento para sacar um pano e limpar a terra do visor, depois tornou a trotar.

Assistentes embasbacados não tiravam os olhos da tela, vendo um desenfreado Rino adentrar seu território. Foi W'Kabi quem rompeu esse silêncio incômodo.

– Parece que nada o detém. Se ele continuar nessa trajetória, vai chegar aos subúrbios exteriores da Cidade Dourada em... – W'Kabi consultou um mapa e olhou para T'Challa. – Nesse ritmo, ele chegará a áreas povoadas em menos de quinze minutos.

T'Challa desceu da plataforma central e foi até Nyah, que manobrava seu drone, perseguindo o supervilão blindado. Ele pôs a mão no ombro dela, procurando não perturbar a concentração da jovem.

– Tire seus drones da área, Nyah, e procure qualquer sinal de atividade atrás de Rino. Não quero que você perca seu equipamento sem necessidade.

A jovem olhou para o rei, assentiu e voltou para a tela. T'Challa olhou, então, para W'Kabi.

– Se ele não pode ser detido, teremos que distraí-lo. Organize um ataque aéreo e diga aos intendentes que se certifiquem de que aqueles jatos possuam C-15 na carga. Isso vai atrapalhar o Rino tempo suficiente pra que possamos descobrir o que ele planeja.

W'Kabi ficou injuriado ao consultar um relatório a ele entregue por um assistente.

– Planeja? Pelo que vejo aqui, o Rino é apenas um subordinado, um brutamontes usado por outros para conduzir seus planos... não alguém que se espera que pense em alguma coisa por conta própria.

T'Challa assentiu.

– Desconfio que isso não passe da jogada inicial. O ataque de verdade virá de outro lugar, e é bom estarmos preparados. Enquanto não sabemos de mais nada, porém, vamos atrasar esse Rino.

A sala de concentração apinhada da base aérea cheirava a suor e café frio, mas a capitã Sharifa Ashei, da Força Aérea Real de Wakanda, flagrava-se ansiando por esse aroma cada vez mais com o passar do tempo. Essa sala costumava ser usada para planejar operações, então a mente dela conectara esse cheiro repugnante com ação.

Sharifa sabia que passara tempo demais em solo se estava desejando sentir esse cheiro da sala de reuniões. Voar era tudo para ela. Era praticamente a única coisa que lhe restara depois da morte da mãe, no ano anterior.

A capitã superara muitas dificuldades para ganhar o brevê, incluindo um pai abusivo que acabou se enfiando em Niganda para escapar da punição por ter batido nela e na mãe por tanto tempo. Ela sempre suspeitara que a violência do pai fosse instigada por sua pele clara, o rosto cheio de sardas, os traços nórdicos e os cabelos lisos, dado que o restante da família eram todos orgulhosos donos de uma pele cor de mogno. A mãe sempre insistira que um gene recessivo era o responsável pela cor de pele e pelos traços, mas a jovem nunca pudera checar a informação sem o pai vir incomodar.

Apesar de tudo, a mãe fora o maior apoio de Sharifa ao longo de uma infância complicada. Outras crianças wakandanas a cutucavam por causa da pele queimada de sol e os cabelos enredados, com os quais a mãe nunca sabia lidar, por serem texturas tão diferentes. Mesmo assim, Sharifa erguia a cabeça e ignorava os insultos dos colegas, segurando o choro até chegar em casa. A mãe, que trabalhava em dois empregos para mantê-las na casa dos ancestrais, encontrava a filha quase toda noite chorando no quarto. Antes de partir para o turno da noite, ela ninava Sharifa até dormir, cantando cantigas, lembrando a filha de que a Deusa Pantera amava todos os filhos, independente de sua aparência.

A rejeição constante forçou Sharifa a tornar-se uma criança estudiosa. Já que os colegas de sala nunca a convidavam para suas casas e suas festas, a menina aprendera a divertir-se com a biblioteca que a mãe fazia de tudo para manter sempre bem farta. Quando seu corpo se desenvolveu, Sharifa subitamente passou a receber a atenção dos meninos, embora as meninas continuassem a desprezá-la – nessa época, porque seus namorados não perdiam a chance de olhar para ver Sharifa passar. Mas ela ignorava todos eles. Sharifa preferia o mundo que existia dentro de seus livros – um mundo de pilotos de caça que voavam por cima de tudo, espalhando justiça com metralhadoras e mísseis, incólumes ao mal lá de baixo. Desde cedo ela soube que ser piloto de caça era o seu destino, e deu duro para tirar as notas que lhe permitiriam entrar na Academia da Força Aérea Real.

Sharifa lembrava-se do sorriso enorme da mãe ao vê-la posando para foto com seu uniforme de cadete, e outra vez, anos depois, quando ela foi escolhida para o sobrevoo na coroação do rei T'Challa. Embora o país não precisasse muito dos pilotos de guerra, dadas as políticas isolacionistas do país, Sharifa continuou a treinar pesado para melhorar sua habilidade com o manche, esperando pelo dia em que seu rei a chamaria para proteger o país em seus Quinjets X-16.

Então ela correu vestir o traje de voo e saiu correndo quando foi chamada para a sala de concentração. Quando entrou na pequena sala, fechou os olhos e inalou profundamente, antes de descer os degraus. A sala fora organizada como um pequeno cinema, com fileiras de cadeiras de metal. Sharifa sentou-se na primeira fila e olhou ao redor, para uma sala vazia. Talvez estivesse adiantada.

Alguns segundos depois, o capitão Joey H'Rham apareceu e largou-se na cadeira ao lado dela. Sharifa gostava de H'Rham, mas o cara era um daqueles pilotos que confiavam demais no próprio charme. Ao longo dos anos, ele mandara uma ou outra cantada nela no refeitório dos oficiais, mas ela sempre lhe dava um fora. Não fazia o tipo dela, apesar da pele morena, os ombros musculoso e a cabeça imaculadamente raspada. Seria divertido por um fim de semana, mas um cara desses continuaria aparecendo, sorrindo um sorriso branco e brilhante, querendo mais. Sharifa não estava pronta para ter algo assim na vida.

Por sorte, ele entendera o recado e ficara na dele. Mas ela percebia que ele estava somente dando um tempo, esperando pela oportunidade certa.

– Sabe o que está acontecendo aqui? – ele perguntou, inclinando-se para ela; tinha cheiro de suor misturado a colônia espirrada às pressas.

– Não – ela disse, e fingiu tossir, afastando o nariz do rosto dele. – Você tomou banho antes de se reportar?

Ele deu de ombros.

– Ei, se alguém interrompe a vida social do cara no meio da noite, não tem como querer muita coisa.

Sharifa já tinha uma resposta na ponta da língua, mas o almirante Wekesa Obasanjo, o piloto mais condecorado do país, entrou na sala.

Os dois correram fazer postura de sentido, mas o rude almirante acenou para que relaxassem.

– Não temos tempo a perder, pilotos. Preparem-se e decolem imediatamente. Estamos à beira de um ataque, e os wakandanos dependem de nós para que não ocorra.

– O que vamos enfrentar, senhor? – perguntou H'Rham, todo sério; os pilotos juntaram seus capacetes e puseram-se a caminho do hangar.

– E não vem mais ninguém? – Sharifa acrescentou.

– Vocês dois são os únicos no deque qualificados para guerrilha aérea urbana – disse Wekesa. – Eu mesmo iria, mas, segundo W'Kabi, meu tempo na cabine já se acabou, visto que vou me aposentar ano que vem. Enfim, eu disse a ele e ao rei que, se vocês dois não dão conta, ninguém mais dá. Ah, capitães – Wekesa olhou muito sério para eles. – Vão enfrentar o Rino.

Os pilotos se olharam antes de entrar em seus Quinjets, ambos sendo abastecidos e blindados por técnicos. H'Rham parecia confuso.

– Vamos enfrentar um rinoceronte?

– Não, Rino. Só Rino mesmo – Wekesa corrigiu, sorrindo. – O Pantera Negra quer a ameaça contida antes que avance demais sobre áreas civis, então eu usaria todo truque que posso se fosse vocês. Boa sorte, e que a Deusa Pantera os abençoe.

Minutos depois, H'Rham e Sharifa disparavam para o céu, com seus sensores ampliados em busca do blindado Rino. Os jatos passaram várias vezes por cima da cidade e dos campos circundantes, até que encontraram o alvo. Rino atravessava plantações nos arredores dos subúrbios, em linha direta para a cidade.

Mesmo lá do alto, Rino parecia gigantesco. Ele tirava tratores do caminho e tombava caminhões em vez de dar a volta por eles. Até um touro foi jogado longe, e largado atordoado para trás.

Sharifa rangia os dentes. Crueldade contra animais. Uma pessoa vestida como um não devia fazer uma coisa dessas.

Ela ouviu H'Rham relatar ao centro de comando através de seu comunicador do capacete.

– Alvo avistado. – H'Rham recebera a liderança da missão, tendo alcançado o posto de capitão um ano antes que ela. – Permissão para disparar.

O sistema de comunicação crepitou por um segundo antes de mandarem a resposta.

– Pilotos, aqui quem fala é o rei T'Challa. Vocês têm permissão para atacar. Tentar evitar danos estruturais o máximo que puderem, e não quero civis feridos. Tirando isso, façam o que puderem para detê-lo.

– Sim, vossa majestade – Sharifa respondeu.

Os pilotos acionaram o modo de autoflutuação de seus jatos. Os poderosos propulsores acoplados às asas levantaram poeira e folhas ao redor de Rino. O grandalhão parou e protegeu os olhos dos intensos focos de luz que os dois Quinjets projetaram nele. Os mísseis e as armas das aeronaves entraram em atividade e miraram o solo.

– Alvo na mira, capitão – Sharifa anunciou.

– Certo, capitã. Começar bombardeio em três, dois... – H'Rham contou, com seu Quinjet ao lado do dela.

Antes que pudessem abrir fogo, Sharifa viu o avião de H'Rham girar em pleno ar e começar a despencar para o chão, com uma linha de faíscas brilhando na barriga, como se algo o tivesse arranhado com garras gigantes.

Sharifa reagiu no mesmo instante, disparando seu avião para cima, usando os propulsores verticais, na tentativa de ver o que acontecera com seu parceiro.

– Comando, o capitão H'Rham vai cair! – berrou ela no microfone.

– Ainda não – ela ouviu H'Rham dizer. Ele lutou para manter-se no ar, com os instrumentos pipocando ao fundo. – Capitã, que foi que me atingiu?

– Procurando. – Sharifa analisava seus radares, que não mostravam nada em todos os quadrantes. – Não capto nenhuma outra nave nas redondezas, senhor. Passando pra infravermelho.

Usando os radares de infravermelho do capacete, Sharifa pendeu seu jato e olhou pela lateral da cabine. Ela hesitou e sacudiu a cabeça, não acreditando que o que acabara de ver era real. Depois de um segundo, ela falou.

– Hã, comandante? – disse. – Parece que há um homem num cavalo alado nos atacando com uma espada.

Por um segundo, o canal de comunicação ficou em silêncio.

– Capitã Ashei, você disse cavalo alado? – Wekesa perguntou.

– Sim, senhor. – Sharifa virou seus focos de luz para o objeto, que se aproximava em alta velocidade. – Eu juro, estou vendo um homem em armadura medieval brandindo uma espada preta em cima de um cavalo com asas. Permissão para atacar?

T'Challa reapareceu na conversa.

– Já soltaram as bombas no Rino?

– Ainda não, majestade – ela respondeu, e puxou o jato para mais alto no ar, mantendo-se fora do alcance da espada do cavaleiro.

– Rino é a sua prioridade, capitã. Vocês têm que detê-lo rápido, antes que ele alcance áreas de alta densidade populacional – T'Challa a lembrou. – Desse jeito ele vai alcançar a cidade antes que possamos empregar mais caças.

– Estou quase estabilizando meu avião, majestade – ela ouviu H'Rham berrar no comunicador, e tombou o avião para ver: o jato dele continuava caindo loucamente abaixo dela. – Se a coisa piorar, eu derrubo tudo em cima da cabeça do Rino. Vamos ver se ele vai gostar!

– O que for preciso, capitão. Boa sorte – disse T'Challa, e encerrou a comunicação bruscamente.

Por mais absurdo que fosse tudo aquilo, Sharifa quase caiu no riso.

– Estou indo atrás de um rinoceronte mecânico, e você está sendo atacado por um metido a rei Artur – disse a H'Rham. – Não era bem como achávamos que seria, né?

– Pode crer, gata.

T'Challa largou o microfone e foi até um monitor disponível. A tela mostrava outro ponto avançando rapidamente para a cidade.

– W'Kabi, que é isso?

O chefe de segurança tinha encurralado vários de seus assistentes num canto. Berrando, ele queria saber como um homem num cavalo voador penetrara tanto o território deles sem ser detectado. Os subalternos, tentando explicar como o cavaleiro voava sem ser visto pelos radares, ignoravam suas estações de trabalho. Ainda que o ponto na tela à sua frente demandasse atenção, T'Challa não queria sentar-se, sabendo que não era seu posto nem seu trabalho.

Notando a consternação do rei, Nakia aproximou-se e viu a tela. A pele da guarda-costas ficou pálida quando ela se sentou e estudou as leituras.

– Pelo sangue da Deusa Pantera! – Ela virou e berrou para o chefe de segurança. – W'Kabi, temos mais um invasor!

O chefe de segurança correu para a estação, os olhos escancarados de terror enquanto apertava vários botões.

– Tarde demais pro escudo antimísseis – murmurou ele consigo, de olho nas leituras que iam passando pela tela. – Estou vendo um míssil grande, majestade, classe Kalu, com carga desconhecida. Não detectamos assinatura nuclear, no entanto, graças à Deusa Pantera. Falha de ignição, talvez?

– Não vou desconsiderar nada agora, W'Kabi. Sabe o ponto de origem? – disse T'Challa.

– Niganda, senhor – Nakia sussurrou, agora em pé atrás do rei, trabalhando no tablet. – Estou captando uma trajetória que vai levá-lo direto pra...

Nakia não terminou a frase, pois seu rosto fora tomado por uma expressão de espanto. Ela olhou para Okoye.

– Pra onde, Nakia? – esta perguntou.

– O Grande Monte.

12

SHURI ESTAVA RELATIVAMENTE CONFIANTE de que o irmão não desconfiava de sua audaciosa expedição de pesquisa. Bastava agora conseguir que K'Darte parasse de falar para que os dois pudessem sair do Grande Monte.

Depois de trabalhar por horas, a menina e seu cúmplice estavam arrumando o equipamento que trouxeram. Os testes identificaram uma espécie de oscilação subatômica nas amostras de vibranium puro tiradas da montanha. Fazia uma hora que os dois discutiam as possíveis causas do fenômeno. O jovem cientista não estava tão interessado quanto ela em especular. Ele preferia levar as amostras para o laboratório dele e revisar o trabalho, para então procurar colegas para uma segunda opinião.

Shuri não queria esperar. Sabia que T'Challa a faria pagar pelo que fizera. Dar o máximo de informação possível poderia amolecer o irmão e fazer que ficasse menos decepcionado com o modo com que ela burlara seu decreto real.

Mas as atitudes da dupla acenderam uma pequena chama de aventura no coração de K'Darte, e ele não queria deixá-la apagar. Já começara até a planejar a excursão seguinte, mesmo antes de concluir a primeira.

Foi com certa impaciência que Shuri, enquanto guardava o computador emprestado a ela por Nakia, ouviu o rapaz tagarelar. K'Darte discorria sobre como a operação furtiva no Grande Monte reacendera nele a necessidade de trabalhar em campo, e que ele percebia somente então quanto passara a detestar ficar prezo dentro de um laboratório ou de uma sala de aula.

Sendo bem sincero, insistia ele, na primeira oportunidade K'Darte trocaria o jaleco do laboratório por botas e repelente de mosquito. Depois de obter a permissão da esposa, é claro.

– Não que você precise de um emprego, mas achei que você deu uma parceira muito agradável nesta nossa empreitada, princesa – disse K'Darte, muito espontâneo. Ele carregava um punhado de ferramentas, e as levou de volta ao carrinho motorizado que os levaria pelos túneis. – Talvez, com a persuasão adequada, seu irmão possa ser convencido de posicionar você como líder de projetos geológicos como este.

Shuri sacudiu a cabeça, frustrada. Até mesmo seu cúmplice estava planejando a vida dela para ela – embora a ideia fosse muito tentadora.

– Não acho que T'Challa e minha mãe gostariam de me ver passando a vida toda fuçando na terra – disse ela, ajudando o cientista a enrolar muitos mapas.

– E o que *você* quer, Shuri? – O cientista pôs a mão no ombro dela e a olhou diretamente nos olhos. – Sem querer ofender, mas esse pouco tempo que passamos juntos hoje me mostrou que você tem muito mais aí dentro do que deixar transparecer.

K'Darte ficou calado por um instante. O único ruído que se ouvia naquele túnel escuro era o roçar dos mapas que eles enrolavam e guardavam no carrinho.

– Uma mente enjaulada é uma coisa horrível de se ver, princesa – continuou ele, empilhando o equipamento no fundo do carrinho. – Em algum momento eles terão que admitir que você é uma jovem muito inteligente que tem vontade de aprender. Pra que esconder isso? E mesmo que você não queria trabalhar em campo, há tanto que pode fazer para promover as ciências ou a matemática para as wakandanas. Mesmo numa sociedade progressista como a nossa, às vezes as meninas precisam de um encorajamento especial pra se dedicar às ciências mais densas. Você seria um bom modelo, mesmo que não chegue a tornar-se rainha.

Shuri continuou juntando tudo em silêncio. E pensando no que acabara de ouvir. Talvez seu destino não fosse ser Pantera Negra, e isso já lhe ocorrera antes.

Mas havia mais maneiras de contribuir. Talvez fosse isso que T'Challa tentara falar para ela naquele dia, na academia. Mas por que ela não entendeu na hora? Talvez, apenas talvez, ainda não fosse a hora certa.

Mas agora ela entendia com clareza. E ficou contente.

– Se algum dia sairmos a campo de novo, vamos ter que levar sua esposa junto – brincou ela. – Acho que ela não gostaria de ficarmos sozinhos à noite.

– Peço perdão por ela, vossa majestade. São os hormônios – disse K'Darte, rindo-se, o orgulho evidente no brilho do olhar. – Faz um tempinho que sabemos e não queríamos contar... ela está grávida.

Shuri deu pulos de alegria, batendo palmas, e abraçou o rapaz, que ficou todo envergonhado.

– Parabéns!

K'Darte sorriu e retomou o trabalho.

– Você provavelmente vai ter menos dificuldade de convencer o rei T'Challa a deixá-la trabalhar em campo do que eu de convencer a minha esposa, princesa – admitiu o cientista. Imitando a voz aguda da esposa, ele completou: – Você vai aonde? E até que horas? E com ela? – K'Darte pôs as mãos na cintura e fez careta para Shuri. – E vai me deixar pra trás, parecendo que engoli uma melancia, esperando você voltar?

Shuri caiu no riso com a brincadeira do rapaz, sentindo um grande peso ser-lhe retirado das costas.

– Eu posso dar uma aliviada pra você com a sua esposa se você fizer o mesmo por mim com o meu irmão.

K'Darte sorriu.

– Não acho que são situações parecidas, princesa. Sua família, seus problemas. Mas se o rei perguntar a minha opinião, farei uma bela recomendação sobre você. – O rapaz curvou-se e pegou mais equipamentos para colocar no carrinho. – Bom, agora acabou. Vamos entrar. Com certeza minha esposa deve estar pra lá de preocupada. E você podia ficar conosco pro café da manhã, princesa. Minha esposa não é cientista, mas faz uns belos ovos beneditinos.

Shuri riu e foi pegar uma picareta que ficara de fora. Foi então que um alarme começou a tocar, e sirenes foram acionadas, inundando o túnel num brilho avermelhado. Ela levou as mãos aos ouvidos, muito sensíveis, e voltou correndo para o carrinho. K'Darte estava muito nervoso, agora que a possibilidade de ser pego no flagra nos túneis de acesso proibido tornara-se real.

A menina correu para o cientista e deu-lhe uma chacoalhada de leve, apenas para acalmá-lo. O rapaz ainda estava com cara de louco.

– Pelo visto a nossa excursão não autorizada foi descoberta. Como é que eu vou explicar pra minha esposa que vou ser preso?

– Não se preocupe... eu digo ao meu irmão que foi tudo ideia minha – berrou Shuri, para garantir que o rapaz a ouviria mesmo com o alarde das sirenes. – Ele vai te perdoar se você alegar que eu te chantageei pra fazer isso.

– Mas e a minha esposa? Mentimos pra ela também.

– Nisso, eu não posso te ajudar, meu parceiro. Sua família, seus problemas.

– Engraçadinha – retrucou o rapaz, finalmente mais calmo. – Vou ter basicamente que apelar pra misericórdia da corte. Vamos dar o fora daqui.

Shuri subiu no carrinho e o direcionou para a saída do túnel. Os dois rumavam para lá numa velocidade razoável quando alguma coisa explodiu violentamente acima deles. Um rugido surdo reverberou pela rocha; deu para ouvir os túneis acima desabando, compactando-se uns sobre os outros como dominós caindo em sequência.

O carrinho começou a tremer e chacoalhar quando o chão passou a vacilar debaixo deles. Nacos do teto caíram, forçando Shuri a proteger os olhos da poeira e dos detritos lançados pelas rochas que caíam. Por milagre, o caminho não foi obstruído logo de cara pelo túnel que desabara; somente uma pedra caiu e bateu na cabeça de K'Darte, abrindo um ferimento do qual vazou sangue que se espalhou pelo rosto dele. Shuri fuçou no kit de primeiros socorros do carrinho e entregou ao cientista uma bandagem, o tempo todo sem parar de dirigir, urgindo o veículo adiante, com uma mão só.

Logo já não dava mais para prosseguir. Um pedregulho caíra bem no meio do túnel, na frente deles, e dava espaço para apenas uma pessoa passar. O ribombar cessara, mas criara uma nuvem de poeira que dificultava muito a respiração. Shuri pegou outra bandagem e envolveu na cabeça, protegendo a boca de partículas de rocha que podiam invadir seus pulmões, e saiu do carrinho. K'Darte ainda estava um pouco tonto por causa da pedra; o rapaz gemia em voz baixa, balançando de um lado a outro no assento. Shuri deu a volta no carrinho e foi até ele, checar o ferimento. Parecia coagular corretamente, embora o cientista gemesse de dor.

– Vou ver se podemos dar a volta nessa pedra – disse Shuri, com a voz abafada pela bandagem, mas sentindo confiante de que K'Darte a entenderia.

Ele fez que sim, enrolando uma bandana na cabeça para proteger a boca da poeira. Shuri foi até a pilha de rochas e a testou, empurrando de leve. Umas pedrinhas se soltaram do teto, mas nenhum efeito discernível ocorrera na pedra. Shuri escalou com cuidado a pilha, olhou ali por cima, e ficou aliviada ao ver um caminho relativamente livre no túnel adiante, que dava para uma das cavernas principais – apenas uma luz esquisita projetada nas paredes a deixou receosa.

– Está vendo alguma coisa?

Shuri olhou para trás e viu K'Darte na base da pilha de rochas, parecendo esperançoso.

– Sim, caminho livre. Sobe aqui. Pelo visto vamos ter que continuar a pé.

A menina estendeu a mão para dar impulso ao cientista. Os dois foram pisando com muito cuidado nas pedras, cientes da natureza solta e frágil da pilha. Somente quando pôs os pés no chão, do outro lado, Shuri percebeu que prendera a respiração o tempo todo. Um passo errado poderia ter derrubado ainda mais pedras em cima deles, prendendo-os no subsolo até que Nakia confessasse que a tinha ajudado e enviasse uma equipe de busca.

K'Darte olhou chateado para o desabamento, sem dúvida desejando que tivesse salvado a pesquisa que largaram no carrinho. Mas não era hora de se arrepender. Shuri incitou o cientista na direção da caverna principal, e os dois puseram-se a caminhar.

Alguns minutos depois, quando saíram do túnel para entrar na caverna, foi possível ver a extensão da destruição que tinham somente ouvido lá de baixo. Shuri assoviou quando deu de cara com pedras fumegantes e os restos das vigas de madeira que escoravam as paredes. Mesmo estando dentro de uma imensa caverna que descia uns dois ou três andares no subsolo, dava para ver o céu. Um buraco fora aberto no chão onde estava, revelando os níveis da mina acima, o que tornava impossível a saída. Do alto, o sol da manhã tentava atravessar o que restara da neblina da noite anterior.

Shuri achou que poderia escalar a face aberta de um dos lados do fosso e alcançar o topo, mas quando olhou para K'Darte, ocorreu-lhe que ele jamais conseguiria sair desse jeito – e, por ser orgulhoso, ele ia querer tentar. O jeito seria esperar pelo resgate.

– Olha! – K'Darte apontou para alguma coisa envolta na fumaça. – Uma nave!

Shuri estreitou os olhos na direção para a qual o cientista apontava. Realmente, havia um imenso objeto metálico no centro da caverna.

– Que isso? – ela perguntou, aproximando-se.

K'Darte foi logo atrás.

– Deve ser uma nave tripulada – disse ele, tossindo contra a bandana. – Deve ter sido isso que atingiu a montanha e causou o desabamento. Mas eu achava que o espaço aéreo ao redor Grande Monte fosse restrito.

Shuri parou um pouco longe do objeto.

– Pra mim, parece mais um míssil.

O cientista passou por ela e pôs-se a pressionar as laterais da aeronave, procurando uma abertura.

– K'Darte, tome cuidado.

– Ainda está quente – disse ele. – Faz um tempo... já devia ter começado a esfriar.

O cientista deu a volta na nave, passando as mãos pelo casco.

– Talvez tenha rádio, que podemos usar pra pedir ajuda – disse ele a Shuri, que estava agora atrás da nave.

Conforme se aproximava, K'Darte notou um pequeno botão circular que se movia em sentido anti-horário, como se alguém tentasse soltar um parafuso pelo lado de dentro. Ele se inclinou ali, pôs as duas mãos na nave e empurrou. Uma escotilha abriu para dentro.

– Achei a porta – disse ele, usando a mão para abanar um pouco da fumaça, e enfiou a cabeça dentro da nave. – Oi? – berrou ele, entrando na banheira circular, piscando para acostumar os olhos ao brilho esverdeado que preenchia o interior. – Tem alguém ferido?

Alguns passos adiante, um homem, deitado dentro do míssil, estendeu a mão para K'Darte.

– Ei, senhor, você está bem? – disse o cientista, estendendo a mão para o homem.

Subitamente, o homem agarrou K'Darte pelo braço, e o cientista teve uma sensação horrível de ardência, como se estivesse perto demais de uma fornalha.

– Estou ótimo, camarada – disse o homem, com um forte sotaque russo.

– Mas o que...

K'Darte olhou para o braço. A pele onde o homem o segurava começou a escurecer e rachar, soltando um cheiro forte de carne e pelos queimados que lhe invadiu o nariz. Ele olhou horrorizado para o homem. Os olhos dele pulsavam quando ele puxou o cientista mais para perto.

– Você... você é verde! – ele gaguejou.

O homem ergueu a outra mão e levou-a perto do rosto de K'Darte. Somente o calor que emanava queimou as sobrancelhas do cientista e fez evaporar o suor que lhe brotava na testa.

– E você, morto – zombou o Homem Radioativo, e pressionou a mão no rosto do cientista.

A pele de K'Darte fervilhou e pipocou, mas os gritos finais do cientista foram abafados pelo modo impiedoso com que Igor Stancheck o prendia pela boca. Quando o rapaz finalmente aquietou-se, Stancheck o pegou pelo pescoço e arremessou pela escotilha. O corpo caiu sem cerimônia no chão, soltando fumaça da mistura preta e vermelha acima dos ombros.

Shuri levou a mão à boca, abafando o próprio grito, quando viu o amigo carbonizado e sentiu o fedor da carne queimada no ar. Uma perna verde brilhante saiu pela escotilha, seguida pelo resto de um imenso corpo coberto por um macacão. Ele se espreguiçou e olhou ao redor, através da fumaça e da neblina. Foi então que seus afiados olhos verdes encontraram Shuri.

– Minha primeira morte do dia – disse ele para Shuri, com um sorriso tenebroso, congelando-a no lugar como um veado aterrorizado. – Mas não será a última, meu anjo.

W'Kabi suspirou, aliviado, vendo seus monitores.

– Não captamos sinal algum de explosão no Grande Monte, vossa majestade. Parece que o míssil apenas caiu no chão, causando um desabamento no sota-vento da mina. Não deve ter havido baixas, considerando que a mina foi fechada ontem. – Ele olhou para T'Challa com uma expressão esperançosa. – Talvez tenha falhado.

– Talvez não seja uma bomba. – T'Challa concentrava-se na tela que mostrava a lateral da montanha, agora em ruínas, tamborilando os dedos no queixo. – Removam os guardas do local; preparem equipes de bombeiros e paramédicos.

Foi com certa curiosidade que ele reparou em Nakia e Okoye, que estavam num canto, imersas em intensa discussão. Furiosa, Okoye parecia estar dando uma baita bronca na mais nova, que parecia prestes a cair no choro.

T'Challa estava para aproximar-se e descobrir o que estava acontecendo, mas Nyah, a operadora do drone, o chamou.

– Majestade? Temos imagens da fronteira. Algo que o senhor devia ver.

W'Kabi aproximou-se da tela.

– Pelo sangue da Deusa Pantera – murmurou. – Ponha na tela, Nyah.

O monitor principal da sala mostrava imagens de tanques e tropas. Os nigandanos abriram caminho por entre os restos da cerca eletrificada que Rino destruíra mais cedo, e seguiram pela trilha enegrecida cavada no meio do campo minado.

– Temos imagens de diversos batalhões de tropas nigandanas atravessando a fronteira – avisou o chefe de segurança. – Tanques, veículos blindados, jipes e soldados a pé. Todos na nossa direção.

– E o Rino? Onde está? – perguntou T'Challa.

– Ainda estou de olho nele, majestade – disse a voz do capitão H'Rham pelo comunicador. – Estamos chegando muito perto dos subúrbios mais periféricos. Ele está indo direto para uma área populosa, cheia de civis e militares. Dei uns tiros nele, mas ele os rebate como se fossem moscas. Não quero usar artilharia pesada ainda. Tem muita gente lá.

– Estou bem atrás de você, capitão – disse Sharifa. – Tenha cuidado... estou vendo bastante fumaça saindo do seu motor número dois. E continuo brincando de esconde-esconde com esse cara no cavalo voador. Ele faz de tudo pra escapar toda vez que tento mirar nele.

– Só não deixe que chegue perto de mim, Sharifa. Tenho um presentinho pro Rino. Só preciso que ele vá pra campo aberto.

– Não o perca – ordenou W'Kabi. – Vamos liberar a área.

O chefe virou-se para um dos assistentes logo atrás.

– Pegue todo mundo que não for necessário para a evacuação e tire de perto do Rino. Mande que tapem os buracos na fronteira. Quero aqueles nigandanos detidos antes que alcancem áreas urbanas. Deixe que a força aérea cuide do Rino. – Voltando-se para T'Challa, ele prosseguiu: – Pelo menos agora sabemos quem é um dos líderes.

T'Challa concordou.

– M'Butu. Quantos aviões temos no ar agora?

W'Kabi analisou alguns dados.

– Uma dúzia, majestade, e temos mais a caminho.

T'Challa olhou para W'Kabi e falou baixinho, com a voz ligeiramente distorcida por sua máscara de pantera.

– Eu sei o que tenho que fazer, W'Kabi, e você sabe o que tem que fazer.

As guarda-costas assumiram seus postos, logo atrás dele.

– Mantenha esses dois em cima do Rino e envie o resto para deter aquela coluna de Niganda – ordenou o rei. – Assim que estiver tudo livre, mande H'Rham e Sharifa soltarem suas bombas no Rino, depois retornem à base para recarga e novo ataque. E alguém ligue para M'Butu – rosnou ele.

M'Butu pôs uma uva na boca e mastigou calmamente, inspecionando o suntuoso café da manhã preparado para ele pela *chef*. Porco assado e faisão numa ponta da mesa; panquecas mais tradicionais, frutas sortidas e vinho na outra. E uvas, suas favoritas, pela mesa toda.

Era preciso lembrar-se de agradecer à *chef* por trabalhar tão bem em momento tão penoso. O filho dela durara uma hora inteira depois de consertar o vaso sanitário de Stancheck, respirando pela última vez no pátio, tendo o envenenamento por radiação se espalhado por todo o corpo. M'Butu ordenara que se livrassem do corpo antes que a mãe descobrisse: não havia por que perder alguém tão talentoso por causa de um simples luto. E ele sabia que precisaria de um belo café da manhã neste dia especial.

Até onde ele sabia, a operação ia de vento em popa. Rino produzia uma trilha de destruição por entre as defesas da fronteira de Wakanda, abrindo caminho para que as corajosas tropas nigandanas pudessem reivindicar as riquezas tão injustamente roubadas de seus ancestrais. E agora que Rino alcançara áreas populosas, podia continuar a espalhar o caos, sabendo que T'Challa jamais usaria armamento pesado, enquanto o Cavaleiro Negro atrapalhava os ataques aéreos convencionais.

O míssil de transporte modificado cumprira seu papel, entregando o Homem Radioativo bem no coração do monte de vibranium – em posição ideal para destruir Wakanda por inteiro, caso os demais fracassassem. E havia Klaw, pensou o imperador, pondo mais uma uva na boca.

Os wakandanos teriam ainda de lidar com Klaw.

– Adorado! – Uma jovem apareceu correndo na sala de jantar, toda esbaforida. Ele a açoitara no mês anterior por não andar rápido o bastante. Que bom que tinha aprendido a lição. – Adorado, você recebeu uma ligação urgente de Wakanda. O Pantera Negra deseja falar com o senhor.

– Deseja, é? – M'Butu zombou. – Certamente, vejamos o que o rei tem a dizer. Mande que tragam a ligação para cá. Não permitirei que o meu café da manhã esfrie.

M'Butu mastigava preguiçoso uma coxa de faisão, com uma das pernas apoiada no braço do trono de sua sala de jantar, vendo seus técnicos correrem para ajustar um monitor de vídeo na mesa. Ele limpou pedaços de carne do traje e foi atendido por uma de suas relações públicas, que lhe aplicou base no rosto. Expulsara diversos desses profissionais alguns anos antes, quando assistiu sua primeira entrevista internacional no 60 *minutos* e notara a palidez úmida e o brilho da pele.

Os que sobraram não cometiam mais esse tipo de erro.

Um rapaz trouxe um monitor enorme, com câmera de vídeo em cima, fuçou em alguma coisa atrás dele e o ligou. A tela piscou e ajustou o foco para mostrar uma sala escura. T'Challa estava bem no centro, com traje completo, e seus asseclas zanzavam de um lado a outro atrás dele.

M'Butu riu quando o garoto apontou para ele, indicando que podia falar.

– T'Challa – ele começou. – Como vai você nesta manhã gloriosa?

T'Challa ficou apenas olhando para a tela, mirando os olhos brancos do Pantera Negra em M'Butu. Sem dizer nada, ele apertou um botão na lateral da máscara, e a porção frontal abriu-se. Agora o imperador podia ver a fúria escancarada no rosto do rapaz.

– Só queria agradecer-lhe, M'Butu – disse T'Challa.

– Por quê? A coroa já estava pesada demais na sua cabeça, jovem rei?

T'Challa continuou a falar como se M'Butu não tivesse retorquido.

– Como você sabia, e no que dependia, Wakanda não interfere nos assuntos de outros governos, por mais imundos que sejam. Então nós aturamos a podridão do seu regime ao nosso lado por tanto tempo. Nós esperávamos que o seu povo, que sofreu sob o seu reino de terror, teria se sublevado e decepado a sua cabeça por conta própria. Mas agora você nos deu desculpa para que nós mesmos façamos isso.

M'Butu inclinou-se para a câmera e cuspiu uma semente de uva.

– Você não é metade do homem que foi seu pai, T'Challa, e Klaw o matou. Agora ele está vindo atrás de você. Eu vou cuspir nas ruínas do seu precioso reino muito em breve!

M'Butu passou a mão na garganta como uma faca imaginária, e a imagem apagou. Curvando-se para a mesa, pegou mais uma uva do cacho e jogou na boca.

– Me saí muito bem – disse a si mesmo.

Ninguém na sala teve coragem de contrariar.

– Klaw! – W'Kabi disse, pensativo. – Então agora sabemos quem é o verdadeiro inimigo.

T'Challa acionou a placa do rosto, fechando-se mais uma vez para o mundo.

– Prepare minha moto a jato. Vou falar com M'Butu.

W'Kabi olhou para ele, confuso.

– Majestade? Vai deixar Wakanda... agora? – O chefe de segurança não parecia nada contente com a história. – Mas precisamos de você aqui.

T'Challa encarou W'Kabi.

– Majestade, não deixe que suas emoções controlem suas atitudes. – W'Kabi deu um passo à frente e bloqueou o caminho do rei. – É isso que eles querem.

Okoye empurrou W'Kabi, quase rosnando, e Nakia o ameaçou com um machado que tirou da bainha e levou direto ao pescoço dele. A sala ficou em silêncio, até que o chefe se afastou lentamente. T'Challa acenou para acalmar as Dora Milaje e subiu uma escadaria.

– Emoções? – Ele parou e olhou para trás antes de sair. – Estou contente. Finalmente sei onde estão todos os nossos inimigos – disse ele, e desapareceu na luz.

T'Challa passou a mão por sua moto a jato customizada e a preparou para partir para Niganda.

Enquanto ele se preparava, Okoye e Nakia apenas o observavam, num canto do hangar. Os olhos da mais nova estavam avermelhados, como se andasse chorando, e a expressão pétrea de Okoye estava mais dura que o habitual, se é que era possível. Nenhuma das duas dissera nada ao rei enquanto observavam seus preparativos. T'Challa esperava que elas compreendessem que não havia espaço para nenhuma na moto, e não havia tempo de preparar nenhum dos demais veículos nos quais os engenheiros andavam trabalhando.

Apesar do que o rei dissera a W'Kabi, tratava-se mesmo de questão pessoal. Até o final do dia, ele esperava ter resolvido permanentemente dois importantes assuntos inconclusos. Tinha total confiança na habilidade de Wakanda de repelir as tropas nigandanas e os supervilões invasores, então não se preocupava com seu povo. Por outro lado, era hora do reino de M'Butu ser encerrado. Como Wakanda podia justificar a melhoria das vidas de pessoas além de vastos oceanos enquanto seus irmãos e irmãs, a poucos quilômetros dali, viviam em tal sordidez?

Não, era hora de M'Butu sair de cena – querendo ou não. Na verdade, T'Challa torcia para que o imperador se revoltasse e lhe desse motivo para ser eliminado. No melhor dos cenários possíveis, M'Butu teria planejado que Klaw fosse sua última linha de defesa em Niganda, e T'Challa poderia matar dois coelhos com uma paulada só.

Ele enrolou um de seus chicotes eletrificados e o guardou no último espaço livre, depois fechou o compartimento. Passou a perna por cima do banco, agarrou os guidões e ativou o motor de íons. O motor, muito apropriadamente, rosnou.

– *Adoradas* – disse o Pantera Negra, depois que desmontou, a caminho de Nakia e Okoye.

Antes, porém, Okoye o surpreendeu, erguendo a mão para calá-lo. Quando a moça se aproximou, o rei viu a luminosidade feroz nos olhos dela, bem como a determinação no rosto. As mãos estavam cerradas, e ela quase tremia de raiva.

– *Não nos diga que devemos ficar para trás quando vai lutar pelo nosso reino, Amado. Não faça isso* – sussurrou ela, muito feroz. – *Se vai acabar com a sua vida, não nos deixe com a desonra de não ter estado ao seu lado quando partiu para encontrar-se com a Deusa Pantera. Eu não viverei como Amare vive, com a vergonha de ter sobrevivido, quando seu Amado não.*

T'Challa sacudiu a cabeça.

– *Não posso levar vocês, Okoye. Partirei esta manhã, e não posso atrasar nem um pouco. Eu as deixo com minha mais preciosa posse: que protejam a Rainha Mãe e a princesa. Protejam o palácio e aguardem o meu retorno, Adoradas. É isso que cabe a vocês.*

– *Não podemos, Amado. Shuri não está no palácio.* – Nakia tremia e olhava para o piso do hangar; pelo visto a confissão lhe custava muito caro. – *A princesa está no Grande Monte.*

T'Challa dirigiu-se até Nakia e levantou-lhe o queixo a fim de olhá-la nos olhos:

– *Onde está a princesa, Nakia?*

– Ela se forçou a olhar diretamente nos olhos brancos da máscara de pantera do rei. – *O Grande Monte, Amado. Ela partiu ontem à noite e ainda não retornou ao palácio.*

– *E você sabe disso como, Nakia?*

T'Challa abriu a máscara e encarou a jovem, evidentemente sentindo-se traído.

– *Ela pediu que eu guardasse segredo e a ajudasse a investigar o problema do vibranium.* – Nakia parecia não arrependida. – *Eu ajudei. As Dora Milaje são fiéis aos desejos do rei e sua família, mesmo quando o rei não valoriza o nosso trabalho.*

– *Entendi* – T'Challa rosnou em wakandano. – *Discutiremos isso depois.*

T'Challa abriu o comunicador, ajustou o fone no ouvido e apertou vários botões num aparelho de mão para obter a conexão.

– Shuri? Shuri? – disse ele no fone.

Ouviu-se apenas estática na linha. T'Challa ouviu também passos suaves e um roçar de tecido. Depois um respirar desesperado, como se alguém tivesse a mão cobrindo a boca, tentando não fazer barulho.

– T'Challa? Shhh – Shuri finalmente respondeu, com mais estática crepitando no fundo.

– Shuri, você está bem? – T'Challa perguntou, falando baixo. – Está presa no desabamento?

– T'Challa – Shuri sussurrou, desesperada. Sua voz ecoava um pouco. – Desculpe por te desobedecer, meu irmão. Não culpe a Nakia... eu a forcei a ajudar.

T'Challa olhou para Nakia, que ainda estava em postura de alerta.

– Eu lidarei com tudo isso mais tarde. Qual o problema? Você consegue sair?

– O míssil destruiu o elevador e a escadaria, e desabou diversos túneis. Não sei o que restou.

– Por que está sussurrando? Não pode falar alto?

– Não! Fale mais baixo – ela pediu. – Estou me escondendo de um cara russo de pele verde. Ele está zanzando por aqui, falando sozinho o que vai fazer quando me pegar.

– Um homem verde? – Nakia perguntou.

T'Challa pediu a ela que se aproximasse.

– Um russo verde dentro do Grande Monte – sussurrou ele para a guarda-costas, que correu sacar o tablet. – Pesquise.

Nakia começou a digitar furiosamente.

– Ele diz que é o Homem Radioativo – disse Shuri, quase chorando. – T'Challa... eu o vi derreter o rosto de K'Darte.

– Você o levou aí dentro com você? – disse T'Challa, muito sério. – Ah, Shuri...

Nakia tocou o rei no ombro e levou o tablet para que ele pudesse ler o relatório.

– Igor Stancheck, o Homem Radioativo – ele leu para Shuri. – Exposto a radiação, pele verde brilhante, poder de manipular radiação por todo o espectro. Pode emitir como calor, radiação pura e luz hipnótica.

– Isso, isso. Você pode vir me buscar, T'Challa? Preciso de ajuda.

O rei soltou um suspiro demorado e desligou o aparelho. Por um segundo, apenas ficou de olhos fechados, mas logo se pôs a zanzar pelo hangar. Não seria fácil decidir. Se ele não fosse a Niganda, as tropas e os mercenários superpoderosos de M'Butu lutariam até o último homem, matando inúmeros wakandanos. Mas, se ele deixasse Shuri, e algo lhe acontecesse, ele jamais se perdoaria. De um jeito ou de outro, alguém estaria em risco.

Ele tornou a ligar a comunicação.

– Shuri, o reino está sob ataque, mas eu garanto que a ajuda vai chegar. Fique o mais distante que puder desse Stancheck. Quieta como a noite, ágil como o antílope. Lembra?

– Anda logo, T'Challa – Shuri sussurrou pela última vez, e desligou.

T'Challa baixou os olhos, o desespero evidente no rosto. Quando olhou para a frente, Nakia e Okoye recuaram sem nem perceber. A determinação no olhar do rei o fazia reluzir, e uma vibração animalesca parecia irradiar do corpo dele.

– *Vocês querem ordens, Adoradas? Eis as suas ordens* – ele disse baixinho, num tom de voz que emanava poder. – *Existem apenas três pessoas que Klaw não conseguiu matar: minha irmã, minha mãe e eu. Ele vai querer atacar o palácio em algum momento, e eu não deixarei minha mãe indefesa. Okoye, você defenderá a Rainha Mãe. Chame meu tio e o resto das suas irmãs, se precisar. Mas cabe a você, uma das maiores guerreiras do meu reino, protegê-la. Okoye* – T'Challa alertou, falando com um rosnado discreto encrespando a voz –, *se minha mãe morrer e você sobreviver, vai responder diretamente a mim. E eu não serei bondoso como foram com a sua general.*

Okoye assentiu, então o rei virou-se para a parceira dela.

– Nakia, você irá ao Grande Monte. Seu objetivo é defender a princesa. Mantenha-a viva e a salvo, não importa como. Você a colocou lá, agora terá que tirar. Esta noite, vocês serão os punhos da pantera. A ponta da lança sagrada. A Deusa Pantera me disse que eu devo confiar naqueles que amo para que seja feito o necessário. Eu não abandonarei a minha missão, Adoradas. Não façam o mesmo com as suas.

– *T'Challa* – Nakia sussurrou com muito respeito, baixando-se num dos joelhos. – *Eu não o decepcionarei, Amado*.

Okoye fez a mesma postura.

– *T'Challa. Eu não o decepcionarei, Amado.*

O Pantera Negra assentiu, subiu na moto e acionou o motor. Após baixar a placa do rosto, olhou mais uma vez para as duas guerreiras e saiu feito um foguete para um dia ensolarado.

13

O VENTO AÇOITAVA A ARMADURA DO PANTERA NEGRA em sua moto voadora, a toda a velocidade, em direção a Niganda, ao palácio de M'Butu. O dia prometia ser quente e claro, com poucas nuvens no céu. As casas e campos de Wakanda passavam num borrão abaixo dele e da moto, que voava praticamente rasgando o ar. Embora continuasse a monitorar as diversa batalhas que ocorriam no reino através dos comunicadores do elmo, T'Challa sentia-se grato por esses poucos momentos de solidão para ponderar sobre os acontecimentos da noite anterior.

Ele via uma fumaça preta densa erguendo-se adiante, onde forças aéreas e terrestres de Wakanda enfrentavam não apenas os invasores de sempre, as forças armadas nigandanas, mas também a dupla de mercenários superpoderosos contratados por M'Butu para escoltar suas tropas até o reino vizinho.

O blindado Rino e o fanático Cavaleiro Negro, voando em seu cavalo alado, atuavam como a vanguarda da invasão de Niganda, enviados para anular as defesas de Wakanda e distraí-los do segundo ataque: um míssil que transportara o mortal Homem Radioativo ao Grande Monte, a única fonte de vibranium do país.

T'Challa ainda tinha de descobrir por que M'Butu e Klaw – a mão invisível por trás das atividades desse dia – queriam o Homem Radioativo dentro do Grande Monte. Talvez ele planejasse irradiar a montanha, tornando-a mais difícil de minerar, o que botaria a economia de Wakanda dentro de um verdadeiro caos.

Não se tratava de ataque contra a família real, que T'Challa esperava ser o objetivo principal de Klaw. O fato de a princesa Shuri ter passado a noite nas minas de vibranium e estar nesse momento presa lá dentro com o russo era apenas uma terrível coincidência, não um plano muito bem forjado. Ninguém, nem mesmo T'Challa, previra que a irmã dele desobedeceria a suas ordens diretas para entrar nas minas para conduzir uma pesquisa científica – e com a ajuda das Dora Milaje!

Não, T'Challa pensava, forçando sua moto à capacidade máxima do motor, tem de haver mais neste ataque do que o que está imediatamente aparente.

Era preciso encontrar Klaw. M'Butu era cruel e oportunista, mas não tinha a mente de um estrategista. O verdadeiro oponente ainda estava por dar a cara, e por isso o Pantera Negra precisava forçar a mão.

Tão profunda era a concentração de T'Challa que ele quase não deu atenção aos bipes dos alarmes de seus radares de proximidade, que o avisavam para mudar de trajetória. Ele se inclinou para o lado para ver o que poderia estar se aproximando por esse ângulo. E então ele viu.

– Pelo sangue da Deusa Pantera! – T'Challa exclamou, pondo imediatamente a moto para mergulhar.

Uma geladeira passou voando por cima dele, seguida rapidamente pelo freezer que fazia par.

Rino devia estar por perto – e frustrado porque os Quinjets enviados para contê-lo não estavam ao alcance. T'Challa direcionou a moto para o solo. Hora de pôr fim nessa bagunça.

Alguns segundos depois, ele sobrevoava as copas das árvores, tentando ter uma noção do que acontecia abaixo. Para tanto, ajustou o comunicador do elmo para a frequência dos pilotos. Os dois reclamavam, quicando e entrelaçando suas naves, lançando mão de todo truque que podiam para deter Rino e esquivar-se dos ataques do Cavaleiro Negro.

As aeronaves acionadas para dar conta de Rino tinham encurralado o vilão numa rua sem saída. As casas simples e mal decoradas da classe média tinham sido evacuadas, e os jatos abriam fogo, na tentativa de impedir que Rino avançasse ainda mais. A estrada de asfalto que dava para a rua circular estava toda furada de tiros.

Os pilotos – Sharifa e H'Rham – obtiveram pequeno sucesso, mas Rino conseguira abrigar-se e proteger-se das balas dentro de uma garagem. Frustrado com os pilotos, o vilão pusera-se a bombardeá-los com tudo em que pudesse pôr as mãos. Aí estava a explicação para o conjunto de geladeira e freezer.

– Opa, lá vem a pia da cozinha! – brincou H'Rham, puxando seu avião para cima, esquivando-se de mais um míssil de Rino.

O vilão rugiu para os aviões e voltou para as ruínas da residência.

– Preste atenção, idiota! – censurou-o Sharifa, que também pilotava. – Cavalo voador atrás de você!

Ela puxou a nave com tudo e mirou o cavalo voador e seu cavaleiro, cobrindo-os com um voleio de balas. O cavalo esquivou-se e saiu voando com graça, mas a manobra forçou o Cavaleiro Negro a sair do alcance, não podendo mais atacar nenhum dos jatos.

O ar ficou livre por um momento. Os pilotos puseram seus Quinjets no modo de flutuação e circularam a rua sem saída. Para tentar atrair Rino de onde se escondia, abriram fogo nas paredes ao redor.

T'Challa, porém, tinha um plano melhor.

– Pilotos, aqui é o Pantera Negra – disse ele pelo rádio. – Usem seus mísseis pra tirá-lo do esconderijo. Deixem o resto comigo.

– Sim, senhor – Sharifa respondeu, levando sua nave mais para cima, para mirar melhor. – Míssil pronto e disparado!

A explosão derrubou o teto da casa de Rino, forçando-o a sair correndo para a garagem para evitar os destroços que caíram. Assim que viu o vilão blindado, T'Challa começou seu bombardeio, preparando um míssil especial e mergulhando dos ares.

Rino apenas riu quando a moto de T'Challa desceu por entre os dois Quinjets na direção dele.

– Veio me dar um presente, miauzinho? – Rino bateu no peito. – Balas não me ferem; mísseis só fazem cócegas. Como dizem por aqui... Qual é, camarada?

T'Challa sorriu por detrás da máscara.

– Gás do sono.

Um míssil especial brotou de debaixo da moto e explodiu no solo, em frente ao Rino. T'Challa virou a moto para o alto de novo, e uma nuvem esverdeada ampliou-se e envolveu o russo. Manobrando para dar voltas em torno dele, os Quinjets usaram seus estabilizadores de voo para manter a nuvem girando.

T'Challa fez uma curva e olhou para Rino, que caiu lentamente sobre um dos joelhos, com as mãos na garganta.

– Não vale – disse ele, engasgando, tentando levantar-se e escapar da nuvem de gás. – Isso... isso foi trapaça.

– Como dizem por aqui... *Punk* – T'Challa disse baixinho.

Rino caiu de cara no chão. O rei então manobrou a moto e parou logo acima do vilão derrotado.

– W'Kabi – ele chamou o centro de comando no rádio. – Um já tombou. Traga uma jaula de contenção de vibranium pra esse aqui, e rápido. Não sei quanto tempo o gás vai mantê-lo apagado. Capitão H'Rham? Disperse esse gás pra mim, por favor. Não queremos que nossos soldados peguem no sono no meio do expediente, certo?

Enquanto dava a volta na moto, T'Challa ouviu o piloto e soube que ele gostara da brincadeira.

– Não, senhor, com certeza. Descendo agora mesmo.

O jato manobrou de volta para Rino, com o nariz ligeiramente tombado no ar. Os propulsores da nave empurraram a nuvem dali.

– O céu deve ficar limpo em cinco, majestade.

– H'Rham! Cuidado! – disse Sharifa, mas tarde demais.

O Cavaleiro Negro, voando contra o sol, passou de rasante no Quinjet e fatiou a asa com a espada, causando uma explosão gigantesca.

– Não acredito nisso – H'Rham gritou, lutando para manter o avião no ar. – Ele me pegou. Vou cair!

O Pantera Negra pôde apenas ficar olhando, horrorizado, vendo H'Rham tentando manter o controle de seu Quinjet desgovernado. O jato vacilava deito um pássaro morrendo. Alguns segundos depois, ele mergulhou de frente numa casa próxima, erguendo fumaça, chamas e detrito no ar. T'Challa sentiu a onda de choque no mesmo instante em que a casa foi engolida por uma imensa explosão, pondo fim à vida do piloto.

– H'Rham! Não! – Sharifa gritou, apontando a nave para a casa em chamas.

– Capitã Sharifa, pare. Não adianta – T'Challa disse. – Não há nada que possamos fazer.

Sharifa viu o metal retorcido do Quinjet afundado no meio das ruínas da casa. Quase cedeu ao choro, mas enfrentou bravamente as lágrimas. H'Rham era um idiota, mas piloto nenhum merecia morrer desse jeito.

– Nada, majestade, a não ser vingá-lo – ela rosnou, procurando o Cavaleiro Negro, que sumira.

– Capitã, tenho outra missão pra você – T'Challa correu dizer, levando sua moto para perto da cabine, o tempo todo olhando ao redor para ter certeza de que o cavaleiro não estava por perto. – Deixe o cavaleiro para mim, e eu prometo que seu colega será vingado. Por ora, seu reino precisa dos seus serviços.

Sharifa olhava para o Pantera Negra com olhos marejados, vendo a fumaça da pira funeral de H'Rham espiralando atrás dele. *Pros diabos*, pensou ela.

– Prometa que ele vai pagar – ela sussurrou.

– Eu prometo. Mas agora preciso que você faça isto...

Valinor batia confiante suas asas, levando seu Cavaleiro Negro para longe da batalha, mantendo-se pouco acima das casas suburbanas, parques e campos, não sendo, assim, detectados pelos radares wakandanos. A evacuação do povo servira muito bem aos atacantes, pois atrasara os relatos de testemunhas de seu progresso em direção aos inimigos. Isso dava ao cavaleiro mais oportunidade de alcançar seus objetivos antes que qualquer defesa considerável pudesse ser organizada contra ele.

O cavalo alado, cujas narinas soltavam vapor quente no ar fresco da manhã, podia mover-se muito mais rápido agora que não tinham mais que proteger Rino. O cavaleiro ainda estava chocado por ter visto o vilão blindado derrotado pelos pagãos.

E era com surpresa que ele se percebeu entristecido pela morte desnecessária e não planejada do piloto. O pagão não tivera chance alguma de confessar seus pecados e receber o perdão por sua idolatria. Mas a dor do cavaleiro vinha temperada pela ideia de que o homem era um soldado e morrera seguindo ordens. Ele sabia o conforto que isso concedia à pessoa, sendo ele também soldado profissional.

Mas era também clérigo, e era responsabilidade sua levar a luz do Senhor a essas pessoas através de quaisquer meios necessários. Violência e morte eram uma pena, mas os wakandanos haviam sido deturpados por seus líderes adoradores de bichos por tempo demais. Klaw lhe prometera a chance de converter o máximo que pudesse, e o cavaleiro tinha um monte de ideias de como subverter aquelas tradições e celebrações. Estava contente com isso. Talvez esse dia virasse um feriado de liberdade religiosa.

Mas primeiro ele precisava completar sua missão corrente. Agora, com Rino caído, ele tinha de alcançar a montanha de vibranium o quanto antes.

Logo à frente dele, o Grande Monte já aparecia. Um puxão nas rédeas, e Valinor desceu e circulou por entre as nuvens mais baixas. A mata ao redor da montanha dificultava a visão do cavaleiro. Ele apertou bem os olhos para enxergar através da neblina, tentando avistar o míssil transportador do Homem Radioativo.

M'Butu e Klaw precisavam ter certeza de que Stancheck conseguira entrar na montanha, mas a comunicação por rádio seria complicada por causa da radiação interna do homem e da profundeza das minas. O Cavaleiro Negro viu um buraco fumacento numa das faces da montanha e supôs que o míssil tinha batido ali e mergulhado para o fundo, mas não havia sinal aparente de vida.

Tendo sido avisado do alcance dos poderes radioativos do sujeito, o cavaleiro não queria levar sua montaria perto demais da cratera, mas sabia que não teria escolha se quisesse realmente concluir sua missão. Ele deu um tapa no pescoço do cavalo, que começou a descer lentamente.

– Renda-se! – alguém berrou.

O Pantera Negra mergulhava dos ares logo atrás do cavaleiro, nas costas de um equipamento mecânico de voo. O cavaleiro ficou confuso. No caos que fora seu ataque contra as aeronaves, ele não prestara atenção ao veículo do rei. Apenas um pagão para usar uma criação do homem em vez de uma das maravilhas de Deus, como Valinor.

– Dê o seu melhor, crápula!

O cavaleiro tirou sua espada de ébano da bainha num gesto ameaçador e apontou-a ao homem que se aproximava. Valinor relinchou e girou no ar, elevando o cavaleiro em direção ao oponente.

O Pantera parou de descer, e parecia rir quando acionou um interruptor num dos guidões.

– Você me chamou de crápula? – ele brincou, e disparou um míssil contra Valinor.

O Cavaleiro Negro ignorou a provocação e pendeu para a frente, fazendo o cavalo passar por baixo do projétil. No último segundo, ergueu a mão e partiu o míssil em dois quando este passou de raspão em cima de sua cabeça. Os pedaços despencaram do alto, para a mata abaixo, pousando segundos depois com uma explosão abafada.

O Cavaleiro Negro encarou T'Challa triunfante, brandindo a espada.

– Viu a velocidade e a força que Deus me dá?

Valinor ergueu-se nas patas traseiras, como se pousado numa plataforma invisível em pleno ar, e relinchou, desafiando T'Challa.

O Pantera Negra ficou pairando por um momento, aparentemente contemplando as palavras do cavaleiro.

– Eu vejo uma armadura de metal, um cavalo geneticamente modificado e uma espada encantada... nada disso me parece muito sagrado.

Com outro botão que acionou no painel de controle, a moto desceu como se os motores tivessem sido desligados. Em seguida o Pantera voou num arco para trás do cavaleiro, mais rápido do que homem e cavalo pudessem reagir, e disparou um gancho da barriga da moto invertida, que serpeou pelo ar escuro da noite. Antes que o cavaleiro pudesse brandir a espada, um grampo magnético na ponta do gancho prendeu-se à armadura dele.

O Pantera religou os motores e disparou para o alto, arrancando o Cavaleiro Negro da sela sem a menor cerimônia, deixando para trás Valinor muito confuso, batendo as asas a esmo. O cavaleiro, açoitado pelo vento, tentou girar e usar a espada para cortar o cabo, mas T'Challa ficava gingando a moto para mantê-lo sem equilíbrio.

– Eu não faria isso se fosse você – disse-lhe o rei, subindo cada vez mais. – A não ser que queira confiar que a sua armadura vai ajudá-lo a sobreviver a uma queda livre de uns duzentos metros.

T'Challa continuou voando, cada vez mais rápido, em círculos, batendo o cavaleiro daqui para lá na ponta do cabo.

– Alguns minutos atrás, você disse que Deus estava do seu lado – disse o Pantera num tom muito amigável. – Agora que está perdendo, foi porque Deus o abandonou?

– Blasfêmia! – o cavaleiro berrou de volta.

– Foi só uma pergunta filosófica – T'Challa respondeu, aumentando a velocidade em direção ao Grande Monte. – Tem outra coisa me incomodando: vocês, cristãos, gostam de dizer que nenhuma arma apontada contra vocês acaba prosperando. Parece que as minhas armas estão se saindo muito bem, não acha?

– Não... não é esse o significado – ralhou o cavaleiro.

T'Challa deu de ombros.

– Só estava aqui pensando.

Adiante, o Pantera Negra avistou o cavalo alado, ainda circulando o ponto no qual o deixaram, aguardando as ordens do mestre. T'Challa apontou a moto para o cavalo, girando o cavaleiro para que este pudesse ver de relance seu fiel alazão.

Imediatamente, o rei puxou o cavaleiro para o outro lado e fez sua moto mergulhar quase na vertical, bem na direção do animal.

– Bom, essa conversa até que foi interessante, mas tenho outras coisas a fazer antes que anoiteça – ele gritou para o cavaleiro. – Agora, largue a espada ou explodo seu cavalo em pedaços.

O Cavaleiro Negro entrou em pânico. Congelado, apenas sua capa se movia, debatendo-se em volta dele.

– Você... não faria isso.

O Pantera Negra baixou a voz para um tom de ameaça, agora ainda mais perto do cavalo.

– Ah, não? Você e seus amigos me custaram pelo menos uma vida hoje, um piloto muito promissor. Sem contar os homens e mulheres em campo, defendendo Wakanda de seu amigo M'Butu, e os que morreram no Grande Monte. Todo esse sangue é culpa sua. Em comparação com isso, a vida de um maldito cavalo não significa nada pra mim. Moto, entrar em modo autônomo – disse T'Challa ao aproximar-se do cavalo.

– Confirmado, majestade – respondeu o computador de bordo. – Controles kimoyo ativados.

– Alvo: anomalia orgânica vinte metros à frente; preparar mísseis, teleguiados e explosão solar. Confirmar quando pronto.

– Alvo: anomalia orgânica. Contagem regressiva para trava na mira: vinte, dezenove, dezoito... – começou a contar o computador.

O Cavaleiro Negro passou a se debater freneticamente.

– Seu selvagem! – berrou ele. – Vai matar um animal inocente!

– Típico europeu, mais preocupado com um animal do que com outro humano, que você estava prestes a mergulhar sem problema algum numa guerra que poderia custar a vida de milhares – disse T'Challa numa voz gélida. – Bom, você trouxe seu cavalo ao campo de guerra, e pode até salvá-lo, já que se importa tanto com ele. Quanto a mim, eu considero toda vida sagrada, menos as dos meus animais. Então, se você se importa mesmo...

– Pare, pare! – berrou o Cavaleiro Negro. – Eu me rendo! Não atire!

– Largue a espada – T'Challa ordenou. Ele tinha virado a moto, e voava agora na direção oposta, sem tirar os olhos de tão indesejado passageiro. – E rápido.

O Cavaleiro Negro largou a cabeça, finalmente derrotado. Flexionando o punho, ele soltou sua espada de ébano, que desceu para a cratera. Ele e T'Challa viram a arma cair até desaparecer no solo.

– Kimoyo, cancelar sequência de disparos. Confirmar – disse o Pantera.

Ele deu uma olhada no Cavaleiro Negro, largado na ponta do cabo, depois se virou e agarrou os guidões. Por um segundo, com o Grande Monte ali na frente, o desejo de encontrar a irmã quase o dominou, mas a segurança e o bem-estar do povo deviam ser sempre sua prioridade. *Que a Deusa Pantera a proteja, minha irmã.*

– Agora, senhor cavaleiro, vamos dar uma voltinha. – O Pantera Negra apontou a moto para Niganda. – Preciso ter uma palavrinha com o seu chefe.

Ross entrou na apinhada sala de conferência do Pentágono, abrindo caminho entre um bando de executivos e assistentes, ajeitando a gravata. Bastou olhar uma vez para Reece para entender que agora outra pessoa estava para dar o *show*. Matigan bateu uma caneca de café na mesa para chamar a atenção de todos, depois a passou para sua assistente, a tenente Wilson, e apontou para a máquina, querendo que ela trouxesse mais.

– O que está acontecendo? – perguntou Ross, sentando-se numa cadeira ao lado de Reece.

Ela tamborilava unhas muito bem cuidadas sobre a mesa, com uma cara de desgosto que não se desfazia por nada. Quando se aproximou do rapaz, o cheiro forte de lilases nos cabelos dela o surpreendeu. Ross reparou que os dois jamais estiveram tão próximos assim. Ela sempre ocupara a ponta da mesa; ele sempre se sentara do outro lado, junto dos demais analistas.

Havia uma nova organização social, pelo visto, e ela perdera para Matigan. Washington funcionava desse jeito mesmo, ele sabia. Os altos e baixos eram frequentes e furiosos no mundo da política.

Reece fora boa para ele, e ainda era uma grande aliada. Ross não tinha muitos destes – não podia recusar nenhum. Ele pegou um jarro de água e serviu dois copos.

– Houve um ataque em Wakanda – disse ela, sem nunca tirar os olhos de Matigan. – Prepare-se.

Ross girou-se na cadeira e olhou de volta para ela, muito confuso.

– Preparar para o que?

– Senhoras e senhores, um minuto da sua atenção, por favor.

Matigan ficou pigarreando, esperando que os demais se calassem. Ross deu uma olhada nos presentes; além de Matigan, Reece e Wilson, não conhecia nenhuma daquelas pessoas. Não fazia ideia de como tinham conseguido entrar no Pentágono nesse horário.

– Temos informações importantes sobre um conflito em andamento, possivelmente um estado de guerra, entre Wakanda e Niganda neste exato momento – prosseguiu Matigan. – Nossa inteligência informa que uma pequena tropa partiu de Niganda, tendo usado o país como base de lançamento de uma invasão em Wakanda.

O general virou de costas e apontou para uma foto de M'Butu projetada na tela atrás de si.

– M'Butu é um idiota que mal consegue alimentar o próprio povo sem apoio estrangeiro, então temos quase certeza de que os nigandanos não têm pé para realizar a operação por conta própria.

Reece inclinou-se à frente.

– Então quem está por trás, William?

Matigan olhou para o homem sentado à sua esquerda. Ele mordia um palito de dente e sorria como um gato que tinha acabado de devorar um canário.

– Nossas... fontes indicam que os homens estão sendo liderados por mercenários profissionais contratados por um tal Ulysses Klaw, um notório mercenário belga – disse o homem.

Matigan bateu as duas mãos na mesa e olhou diretamente para Ross, que dava um gole em seu copo d'água.

– Não podemos de jeito nenhum deixar um bando de pasteleiros tomarem nosso lugar em Wakanda, gente – insistiu Matigan. – Precisamos enviar tropas para ajudar nossos aliados wakandanos agora mesmo. Ross, quero você no próximo avião.

Ross cuspiu a água que tinha acabado de pôr na boca. Reece franziu o cenho.

– Avião? – exclamou ele. – Pra onde?

– Pro nosso grupo de cargueiros na costa da África, filho. Hora de agir ou agir. – Matigan sorriu. – A Dra. Reece diz que você é o *expert*. Junte-se a alguma equipe e vá lá botar esse conhecimento em uso, pra variar. Quero que nossas tropas saibam aonde estão indo e o que vão fazer quando dermos cobertura a nossos corajosos aliados wakandanos. Dispensados – concluiu ele, e olhou para os demais na mesa. – Ross, não perca o voo.

A sala esvaziou-se, deixando Reece e Ross sozinhos na mesa.

– Dra. Reece – ele gaguejou –, eu não sou nem um pouco do tipo que sai a campo. O que esse cara tem na cabeça?

Reece lançou-lhe um olhar austero.

– Creio que ele acha que deu uma rasteira em mim, e agora vai dar uma rasteira em você, te colocando em algum lugar em que nem ele nem ninguém da administração ou da imprensa ouça seus conselhos. Não dá pra correr reclamar de alguma coisa com a Casa Branca ou a CNN do meio do oceano, certo? E o pior de tudo é que ele tem razão, mas pelos motivos errados. Nossos soldados precisarão da sua *expertise* se puserem um pé que seja em Wakanda sem ser convidados. – Reece suspirou. – O melhor que podemos fazer agora, e isso vale principalmente pra você, é tentar impedir que essa situação exploda nas nossas caras.

Ross olhou para as mãos e enfrentou a vontade que deu de começar a roer as unhas – hábito que pensava ter superado anos antes.

– Vou tentar – prometeu.

M'Butu vinha tentando fazer uma ligação para seus benfeitores desde a conversa que tivera com T'Challa, mas os wakandanos estavam conseguindo, de algum modo, bloquear suas linhas telefônicas, seus satélites receptores, a internet e o sinal de televisão a cabo do palácio. Então, a não ser pelo que lhe contavam pessoalmente alguns contrabandistas nada confiáveis, ele não fazia ideia de como se desenrolava seu ataque contra o reino vizinho.

Frustrado, o imperador se retirara para seu escritório, levando consigo mais de suas uvas, batera a porta e a trancara. Por meio do comunicador, ordenara aos funcionários que o deixassem em paz enquanto não tivessem notícias reais de sua vitória – algo que esperava acontecer muito em breve.

Seria um ótimo dia – isso ele insistia em repetir para si mesmo, zanzando de um canto a outro. Adorava esse escritório. As janelas de vidro, do chão ao teto, com seu isolamento acústico, mantinham o mundo lá fora e, no entanto, lhe permitiam ficar de olho no povo, lá embaixo, que existia para fazer a vontade dele. Uma parte de seu melhor trabalho fora feito ali, desde interrogar rebeldes a treinar os criados a editar os erros dos jornais escritos incorretamente pelos jornalistas locais. O imperador olhou para o chicote guardado na parede e suspirou. Bons tempos, aqueles.

M'Butu esperava receber logo as boas notícias. O plano era genial. Rino e o clérigo cuidariam do trabalho pesado de abrir caminho por entre as defesas wakandanas para as tropas dele, enquanto Batroc e Klaw eliminavam a família real. O Homem Radioativo colocaria o resto do mundo para rezar, ameaçando destruir o monte de vibranium, enquanto M'Butu organizava seu governo improvisado e se preparava para abrir as portas do país para o comércio e a religião.

Todos saem ganhando, pensou ele, pegando uma jarra de xerez e uma taça da mesa, e reclinando-se na cadeira. E o melhor de tudo, o mundo se livraria de um rei-gato pretensioso, arrogante e metido a certinho.

M'Butu não era nenhum bobo. Os nigandanos já haviam tentado invadir Wakanda e falharam, então havia a possibilidade de os mercenários fracassarem. Caso isso acontecesse, M'Butu tinha organizado tudo para recuperar sua reputação junto da comunidade internacional. Perder suas tropas seria uma tristeza, mas seu pessoal já preparava o discurso que ele proferiria nas Nações Unidas alegando que se tratava de um grupo dissidente sob a influência de mercenários europeus. Qualquer um que sobrevivesse, ele mesmo daria cabo, garantindo então que não haveria mais ninguém para apresentar uma história diferente da sua.

E quanto aos mercenários superpoderosos que estavam no seu território, eles perguntariam. A resposta? Como ele poderia saber o que acontecia em cada canto do reino? Por acaso os Estados Unidos controlavam cada mutante, inumano e indivíduo com poderes dentro de suas fronteiras? Como o mundo poderia esperar que um pobre presidente africano conseguisse fazer isso quando a mais poderosa nação do mundo não conseguia?

O lançamento do míssil? Um triste equívoco... não, um terrível engano cometido por suas tropas mais jovens. Estavam tentando retomar de mercenários um complexo de mísseis perto do palácio, mas infelizmente era tarde de mais para impedir os mercenários – ou melhor, terroristas! – de lançar o projétil contra seus honrados vizinhos. Ele esperava não ter havido grandes perdas em Wakanda, oferecia-lhes suas mais sinceras desculpas e prometia usar cada recurso disponível para a guerra contra o terrorismo.

M'Butu enfiou mais um montão de uvas na boca. Já conhecia toda a rotina necessária – e, francamente, achava que conduzia tudo muito bem. Mas dessa vez não seria preciso pedir desculpas, porque esse plano não tinha erro. Ao cair da noite, ele estaria em Wakanda, sentado no trono daquele pretensioso.

Que vida boa, pensou M'Butu, caminhando para suas janelas, vendo o povo correndo daqui para lá. Muita gente vinha correndo no pátio, apontando para ele. M'Butu não podia ouvir o que diziam, mas a expressão naqueles rostos deixava tudo muito claro. O povo o via e sentia medo.

Medo e respeito eram coisas boas, e ele as merecia. Sim, esse seria um dia dos bons. Quando M'Butu pôs mais uma uva na boca, a janela estilhaçou.

Lascas de vidro fincaram no rosto de M'Butu, e em questão de segundos uma criatura de capa preta o empurrou para cima da mesa, fazendo-o cair esparramado no chão. Ele tentou tirar aquela armadura pesada de cima, mas o corpo ali dentro parecia feito de aço, imóvel. Pequenos pedaços de vidro perfuravam as mãos do imperador toda vez que ele tentava se proteger.

Quase sem querer, M'Butu parou para desenrolar a capa do corpo do oponente. Os olhos fixos do Cavaleiro Negro o espiaram através da fenda de seu elmo medieval. Então a cabeça do homem pendeu de lado, e vazou baba da boca para o queixo barbado.

A prova evidente do fracasso do cavaleiro deixou M'Butu furioso e revigorado. Ele conseguiu rolar o corpo do cavaleiro de cima do seu e se levantou. Será que não dava para confiar em ninguém? *As janelas*, pensou ele, indignado, *deviam ser à prova de balas*. Isso certamente significava à prova de corpos também, não é mesmo?

Parte de M'Butu quis rir da situação. *Que tipo de coisas passa pela mente quando estamos de frente para a morte!* E foi a morte o que ele viu nos olhos brancos da máscara do Pantera Negra quando o wakandano desceu graciosamente por um cabo e entrou no escritório do imperador de Niganda.

M'Butu nunca tinha visto T'Challa em seu traje de pantera. Ele teve que admirar a graça com que o Pantera Negra foi capaz de caminhar por cima do vidro estilhaçado, dando a volta na mesa para encará-lo.

T'Challa fechou os punhos e garras prateadas se estenderam lentamente dos dedos dele. A mente de M'Butu voltou a funcionar. O maldito Pantera não disse nada, apenas foi vindo, se aproximando de M'Butu – que, mesmo sem querer, sentia um frio na barriga, e as uvas girando ali dentro do estômago.

O wakandano estendeu a mão para a mesa de M'Butu e a arrastou pela superfície, deixando quatro sulcos profundos por onde passou. O imperador imaginou T'Challa lambendo caninos muito afiados por detrás da máscara, ansioso por meter os dentes em seu pescoço largo como uma pantera faria a uma gazela. Ele sentiu os pelos se ouriçarem na nuca, e soube que fugir seria inútil.

Encarando a morte de frente, M'Butu concluiu que devia mostrar a T'Challa o que era coragem de verdade.

– O expediente já acabou, T'Challa – ele conseguiu gaguejar, e muito bravamente, em sua opinião.

O braço de T'Challa moveu-se tão rápido que M'Butu nem viu, e deixou uma sensação quente e pulsante em sua bochecha. M'Butu correu levar a mão ao rosto, e sentiu o sangue molhar seus dedos e pingar no carpete de arminho. Mais um lampejo das garras, e quatro cortes idênticos jorravam sangue escarlate no outro lado do rosto.

– Não vou falar nada, moleque – M'Butu exclamou, por entre sangue e dor. – Alguém virá me buscar.

O Pantera Negra olhou para a mão. Suas garras prateadas estavam pintada de vermelho, cobertas pelo sangue de M'Butu. As fendas brancas que eram seus olhos miraram o imperador mais uma vez, que pôde imaginar o sorriso de satisfação no rosto de T'Challa. Sem aviso, ele avançou e trouxe as oito garras da testa de M'Butu até o queixo, fazendo-o gritar terrivelmente.

– O que vai encontrar quando chegar? – T'Challa perguntou tranquilamente, em sua voz metálica.

Em seguida jogou M'Butu no chão e partiu para cima dele, rasgando o nigandano pelo peito, barriga e braços. O gordão se debatia desesperadamente.

Após alguns segundos, T'Challa pôs M'Butu de pé e o ergueu no ar, envolvendo o pescoço dele com as garras. M'Butu batia os pés debilmente. O sangue jorrava de seu rosto, escorrendo pelo peito, braços e pernas. Ele quase perdeu a consciência de tanta dor.

M'Butu abriu os olhos ensanguentados e viu a expressão de horror no próprio rosto refletida numa das janelas altas que escaparam da destruição. Ver-se assim, chorando, com dor, a expressão que ele suscitara nos rostos de muitos do seu próprio povo nessa mesma sala, esmagou suas forças tanto quanto a dor que o Pantera lhe infligia.

– Nos poucos segundos que lhe restam, você precisa tomar uma decisão – disse o Pantera Negra, o rosto pendido de lado ao espremer cada vez mais o pescoço do imperador. – Pode ficar em silêncio e morrer. Ou...

Ele largou M'Butu, que caiu de quatro no chão. Ele olhou para T'Challa, pensando desesperadamente em como escapar da situação. Muita gente implorava quando de cara com a morte, ele o sabia, e às vezes dava certo. Antes que conseguisse pôr para funcionar a voz, no entanto, o imperador lembrou-se do que fizera na última vez em que alguém implorara pela vida: metera-lhe uma bala na nuca.

Ele cuspiu sangue no chão e viu formar uma poça debaixo de si. Jamais lhe ocorrera que poderia um dia estar ajoelhado no piso de sua própria sala tentando desesperadamente arranjar um jeito de sobreviver ao destino em que suas maquinações o puseram.

T'Challa agachou, enfiou as garras debaixo do queixo de M'Butu e o forçou a erguer o rosto.

– Ou pode me dizer onde está Klaw, e eu o deixo com o que resta dessa sua vida inútil... por enquanto.

Os olhos brancos da máscara do Pantera Negra preencheram toda a existência de M'Butu, que continha um grito de agonia.

– Escolha – T'Challa rosnou.

M'Butu escolheu falar.

14

SHURI PROCURAVA DESESPERADAMENTE por apoio numa pilha de destroços caídos no túnel, respirando com dificuldade e com os olhos marejados.

Talvez se alcançasse o topo ela conseguiria escapar do homem que a perseguia, cujo riso zombeteiro ela ainda escutava ecoando no escuro atrás de si. Quando chegou ao topo do pequeno morro, olhou para trás, na esperança de não ver nada além da escuridão. A pilha desmoronava com o peso dela, derrubando pedras que caíam e batiam nos pés dela. Shuri grudou-se na pilha e olhou por cima do topo, limpando suor e terra dos olhos.

Por favor, por favor, diga que ele ficou para trás.

Porém, lá estava ele: o brilho verde esquisito do Homem Radioativo, pulsando e bruxuleando por entre a nuvem de poeira, sobrepujando as luzes de emergência do túnel. Dava para ouvir os passos pesados, o crepitar da aura e, pior de tudo, o riso sarcástico do homem que caminhava sem erro na direção de onde ela se escondera.

– Cadê você, mocinha? – Igor Stancheck provocou, passando a mão pela parede do túnel. – Ainda não se cansou?

O fato era que Shuri estava ficando mesmo cansada.

Estava fugindo desde que falara pela última vez com T'Challa, sempre com o Homem Radioativo na cola. De algum modo, ele sempre a encontrava, mesmo com toda a tentativa da menina de abafar a voz, o cheiro e a respiração atrás de rochas e paredes, e dentro de reentrâncias. O desabamento da mina transformara o complexo subterrâneo num labirinto que Shuri desconhecia. Agora ela tinha que lidar com passagens apertadas, quedas bruscas e escadas quebradas que não davam em lugar nenhum.

O irmão lhe implorara que se salvasse, e Shuri estava fazendo o melhor que podia. Era menor, mais rápida, mais leve, e cobria maiores distâncias. Não fossem as habilidades radioativas de Stancheck, Shuri teria tentado empregar suas artes marciais contra o robusto russo, bastante certa de que o venceria num confronto.

Mas brincar de gato e rato dentro de uma montanha que se tornara completamente desconhecida com um russo verde de toque fatal e uma aparente habilidade psíquica de localizá-la facilmente? *Assim fica muito mais difícil*, pensou Shuri. Ela passou por cima da pilha e deslizou para o chão; as pedras abriram feridas novas nas pernas dela.

T'Challa, cadê você?

Quando pousou no solo, a brisa subterrânea trouxe um cheiro de pedra queimando pelas frestas da pilha. Como ela vira antes, o Homem Radioativo estava usando seu toque letal para superaquecer as moléculas das pedras, literalmente derretendo-as para abrir caminho em direção à menina. Em questão de um minuto, o russo do sotaque carregado alcançaria o outro lado, não tendo exercido nem uma gota de energia física para escalar, como ela tivera que fazer.

Assim, Shuri foi entrando cada vez mais afundo na montanha, na esperança de que a escuridão a protegeria – ou pelo menos lhe daria uma vantagem contra o Homem Radioativo e suas rajadas mortais. Foi de propósito que ela se distanciou da cratera na qual o vilão desabara no Grande Monte em seu foguete feito sob medida. Com seu treinamento, Shuri poderia ter escalado a cratera facilmente em direção à ampla abertura – e à liberdade –, mas tinha certeza de que o Homem Radioativo a teria fritado como dentro de um micro-ondas, largando seu corpo fumegante e tostado para trás.

Então Shuri fugiu.

– Você vai morrer devagarinho, princesa – disse Stancheck detrás de uma placa derretida, que projetava luzes em tons de vermelho e amarelo nas paredes do túnel, atrás de Shuri. – Não rápido como o seu amigo; lentamente, dolorosamente, porque você merece, sua porca burguesa.

O Homem Radioativo atravessava a rocha derretida, insensível ao calor. Ele pôs-se a falar para as sombras nas quais Shuri desaparecera, como se não desse a mínima para o fato de ela ter fugido para as entranhas da mina.

– Você vai morrer sozinha num hospital... com dentes podres, a pele soltando, o cabelo caindo... seu corpo vai te devorar de dentro pra fora – ele prometia. – A dor vai ficar aumentar tanto que você vai implorar pra alguém pôr um fim nisso. Não tem como fugir da minha radiação pra sempre, docinho. Seja boazinha, e talvez eu acabe com a sua vida mais rápido, em vez de te entregar pro M'Butu. Agora, se você me forçar a correr...

Shuri começou a correr mais rápido ainda, passando por curvas e cavernas que nunca tinha visto. Os túneis desciam, depois subiam, desciam de novo; logo ela se sentiu perdida e desorientada. Mas a cada curva que fazia, sempre que andava em círculos, a cada bifurcação que encontrava, o Homem Radioativo aparecia logo atrás, sem dificuldade.

– Quer saber como eu encontro você assim tão fácil, princesa? – disse ele. – Você sabia que o corpo humano absorve e emite radiação em pequenas quantidades? Eu enxergo essa radiação. Ela brilha como um farol dentro desta mina escura. Não tem como você fugir, docinho.

Shuri entrou num corredor e subiu na escada do fosso de um elevador acima do túnel do qual ela acabara de fugir. Alguns andares acima, ela encontrou outra parede desabada – mas dessa vez as pedras estavam espalhadas no chão, muitas delas maiores, caídas perto do fosso.

– Hora de parar de fugir – Shuri murmurou consigo.

Ela agachou e pressionou a pedra mais pesada que podia mover. Esforçando-se sob aquele peso todo, empurrou a imensa rocha até o topo da escada, lembrando-se com gratidão dos milhares de exercícios que Zuri a forçara a fazer. Lá em baixo, o brilho do Homem Radioativo foi ficando cada vez mais intenso no corredor.

– Docinho, vou te matar rápido se você for boazinha – provocou o Homem Radioativo. Quando parou debaixo do fosso, ele olhou para cima e pôs as mãos na escada. – Me mostraram a última vez em que você apareceu no TMZ. Aquele vestido preto frente única com plumas estava terrível. Você devia me agradecer por acabar com essa sua vida de famosa.

Shuri olhou para o homem brilhante em meio à escuridão: ele já tinha escalado metade da escada.

– Vou dar esse toque nos meus estilistas – disse ela, e empurrou a pedra para o fosso.

A pedra desceu a toda a velocidade sobre o Homem Radioativo, que percebeu o perigo tarde demais. Quando ele ergueu a mão para explodi-la com uma rajada, a pedra acertou-lhe bem no nariz, esmagando ossos e fazendo jorrar sangue verde. Shuri sorriu ao ver o homem desabar fosso abaixo, agitando os braços.

A base do fosso ficava poucos andares abaixo. Shuri apertou bem os olhos para ver se, como ela esperava, o vilão estava todo quebrado no chão. Embora fosse difícil de enxergar através da nuvem de poeira erguida pelo impacto do Homem Radioativo, a queda devia ter sido suficiente para incapacitá-lo. Virando o ouvido para baixo, ela não ouviu nada além do tilintar de algumas pedras. Mais esperançosa, Shuri limpou o suor da testa e suspirou – foi então que ouviu ao longe o Homem Radioativo soltar um palavrão em meio aos destroços.

– Droga – ela murmurou. – Ainda está vivo?

Stancheck pôs-se a checar o corpo, para ver se tudo ainda funcionava. Shuri puxou a cabeça para trás quando o homem cuspiu sangue pela boca e o nariz. Ele apertou o peito e gemeu – pelo visto, tinha uma ou outra costela rachada ou quebrada.

– *Kagouo chyorta* – ele rosnou, levantando-se com dificuldade, e olhou com ódio para Shuri, que se jogou para trás quando ele disparou uma rajada fervilhante contra ela.

– Pronto – disse ele. – Você nunca mais vai ver o sol, princesa. Tentou me matar; agora eu te mato.

– Só se puder me pegar, Igor – Shuri gritou de volta, para o fosso.

Então a menina desatou a correr. Adiante, uma placa indicando a saída piscava e soltava faíscas na parede. Ela entrou voando nesse corredor, na esperança de que a levaria de volta à caverna principal, com o foguete. Com o Homem Radioativo muitos andares abaixo, daria para ela avançar bastante a caminho da saída antes que ele se aproximasse de novo.

Se nada mais der errado. T'Challa, acho bom que você esteja salvando o mundo, em vez de vir aqui me salvar!

– Como assim, ainda não foram resgatar a minha filha? – Ramonda ralhou, saltando da cama, ainda de pantufas, para vestir um roupão por cima da camisola.

– Não se preocupe, Ramonda, há uma operação em andamento para resgatar a princesa. – Um impassível S'Yan observava a Rainha Mãe do outro lado do quarto. – O rei falou pessoalmente comigo e me mandou ficar de olho em você enquanto as Dora Milaje não se mobilizam para organizar a sua proteção. Talvez você ainda não saiba o que ocorreu enquanto você dormia, Ramonda, mas o reino está sob ataque. Homens e mulheres estão morrendo lá fora para manter nossas fronteiras intactas. E, em vez de estar lá lutando junto das tropas que comandei pela última década, enquanto regente, estou aqui com você, de babá. Não gostaria de estar aqui mais do que você gostaria que eu estivesse, Ramonda. Mas meu rei, seu filho, ordenou-me que cuidasse da sua proteção e não tirasse os olhos de você. E não pretendo abandonar meus deveres para com meu senhor neste momento, não importa o que você diga. – S'Yan olhava-a furioso. – Devo isso à memória do meu finado irmão.

Ramonda ficou encarando S'Yan por um instante, mas logo suavizou a expressão.

– Perdoe as emoções de uma mãe preocupada com seus filhos, S'Yan. O que está sendo feito pela proteção do meu filho?

– Não é função do rei de Wakanda ser protegido, Ramonda, mas ser esperto – S'Yan disse calmamente. – T'Challa disse que tem um plano para manter o máximo de wakandanos vivos, contanto que confiássemos nele e lhe obedecêssemos. E é isso que estamos fazendo.

– E que parte desse plano envolve salvar a irmã dele? – Ramonda perguntou. – Já perdi uma pessoa da minha família. Não pretendo perder mais ninguém.

S'Yan foi até as portas e pegou uma lança repousada na parede, onde a deixara. Ele gingou a arma com maestria, dando estocadas e golpes em oponentes imaginários.

– O rei também não. Ele delegou o resgate da irmã à Dora Milaje em que ele mais confia, assim como as colocou para cuidar de você. Temos duas delas em frente à porta da sua suíte, de guarda, enquanto Amare e Okoye preparam um plano de defesa geral para o complexo. Engraçado: todos os nossos planos contavam com o rei dentro do palácio, e não lá fora, perseguindo a pessoa que está causando problemas.

Ramonda caminhou furiosamente até a porta, apenas para encontrá-la impossível de ser aberta. Puxou com mais força, mas não adiantou.

Virando-se para S'Yan, Ramonda pôs as mãos na cintura e olhou feio para ele.

– Deixe-me sair daqui, S'Yan. Nosso povo... *e os meus filhos*... estão em perigo, e você espere que eu fique aqui no meu quarto esperando para receber notícias? Eu sei lutar como qualquer outra.

– Não, majestade – respondeu ele calmamente. – T'Challa mencionou que talvez você tentasse alguma coisa e ordenou que seus aposentos fossem lacrados. Ninguém entra; ninguém sai.

Ramonda endireitou as costas e se aproximou de S'Yan, para encará-lo bem nos olhos.

– Eu sou a mãe do rei, S'Yan – disse ela numa voz gelada. – Você não é mais meu superior, e estou dando uma ordem direta. *Eu quero sair*.

Um sorriso discreto formou-se no rosto de S'Yan, que encarava a rainha de volta.

– Sabe de uma coisa? Faz anos que espero por este momento. Você nunca gostou do fato de que o país me escolheu pra ser regente, em vez de deixá-la governar como rainha, como achava que era seu direito. Mas você não sabe do que eu abri mão por este país, as noites solitárias em que eu largava a minha esposa, que estava para morrer, para cuidar dos assuntos do país, enquanto você ficava chorando no quarto. Do relacionamento com meu filho, que quase não existiu, porque ele fugiu pra Nova York, pra não ser embaixador de Wakanda nas Nações Unidas, só pra ficar longe de mim, porque eu não fazia campanha para que ele fosse o próximo regente de Wakanda, em vez de T'Challa ou Shuri.

S'Yan meteu o dedo na cara de Ramonda.

– E o tempo todo sabendo que a Deusa Pantera tinha me escolhido para nada além de cuidar dos outros. Você não sabe como é ser ignorado pelo seu deus, Ramonda. Mesmo você dando tudo de si pra provar seu valor...

S'Yan hesitou e afastou-se de Ramonda.

– Seu rei... o *nosso* rei... o escolhido da Deusa Pantera, ordenou-lhe que fique nos seus aposentos, Ramonda. Querendo ou não, você vai ficar aqui. – S'Yan abriu um sorriso enorme e empunhou a lança com mais força ainda. – A não ser que ache que consegue me tirar do caminho.

Ramonda encarava S'Yan com expressão pétrea, mas a raiva evidente no olhar.

– O seu sacrifício – ela rosnou – foi muito apreciado, S'Yan. Eu entendo que deve ter sido difícil governar uma das maiores civilizações deste planeta enquanto eu sofria pela morte horrenda do meu marido. E eu não posso falar pela Deusa Pantera, mas acho que você teria sido um bom rei. Porém, não foi esse o seu destino. Isso coube ao meu filho, que está lá fora neste momento, lutando pelo nosso povo, enquanto o seu filho está a salvo em Nova York. Nós somos sobreviventes, S'Yan, você e eu... seguimos adiante sem nunca ter ouvido uma palavra da nossa deusa. Mas isso não faz dos nossos esforços menos importantes. Podemos lutar pelo que acreditamos tanto quanto os outros, mas não daqui de dentro. Eu vou proteger o meu filho, a minha filha e o nosso povo, e você vai ter que me nocautear pra me impedir.

Ramonda foi até um monitor pendurado na parede. Bastou apertar um botão, e o rosto de um agente de comunicação de Wakanda apareceu. O homem ficou pálido ao ver a expressão da rainha, mas correu disfarçar o sentimento.

– Majestade – disse ele.

– Deixe-me sair daqui, agente – disse Ramonda, olhando feio para S'Yan.

– Hããã... – disse o agente, parecendo profundamente incomodado com o olhar férreo da rainha. – Perdoe-me, vossa alteza, mas mantê-la em segurança numa situação de crise é prioridade. Você não pode sair do quarto sem ordem expressa do...

– Pantera Negra – disse ela. – Bom, então o coloque na linha. Quero sair daqui.

– Sim, senhora.

O guarda pegou um telefone, mas perante o olhar abismado de Ramonda, uma corda fina e reluzente caiu sobre os ombros dele e puxou-o para trás. O homem correu levar as mãos ao pescoço, gemendo e lutando, debatendo-se na cadeira. Em questão de segundos, os olhos dele giraram nas órbitas, e sua cabeça pendeu de lado.

Ramonda viu, horrorizada, o agente ser violentamente arrancado da cadeira e tirado do enquadre. Um francês de bigode fino e óculos escuros sentou-se e sorriu para ela.

– Não se preocupe, madame, vamos abrir a porta para você no momento certo – disse Batroc, brincando com uma granada na mão.

– S'Yan! – Ramonda berrou, quase caindo ao afastar-se da tela.

S'Yan correu para Ramonda, agarrou-a quando ela tropeçou e a jogou longe do monitor, para a cama. Depois saltou por cima dela, protegendo o corpo dela com o seu.

A explosão arrancou a porta das dobradiças, abafando os gritos das guerreiras que ali estavam. Fumaça e sangue inundaram a suíte da rainha, e pedaços de madeira e concreto cobriram o piso e a cama. Ao lado dela, S'Yan estava tonto, tentando recobrar os sentidos, largado no chão.

Ele a pegou pelo braço para escondê-la do invasor, mas Ramonda tinha que saber quem era, então olhou por cima do colchão, tomada de medo.

Em meio à fumaceira, entrando com cuidado para não pisar nos destroços, apareceu um homem que Ramonda não via fazia anos – embora aquele rosto a perseguisse em pesadelos de gelar o coração.

Klaw assimilou os arredores numa postura majestosa, adentrando a suíte da rainha. Ao vê-la atrás da cama, ergueu o braço direito e flexionou os dedos, fazendo crepitar eletricidade ameaçadora entre suas próteses biônicas. Batroc chegou correndo atrás dele, com um sorriso emplastado no rosto.

– Vossa alteza – disse Klaw, e curvou-se debochadamente para ela. – Há quanto tempo. Temos assuntos a tratar, você e eu.

15

O PANTERA NEGRA ARRASTOU M'BUTU até o centro do escritório, rolou de costas e virou a cabeça dele para o lado, de modo que o sangue não acumulasse na boca e o fizesse engasgar por acidente. M'Butu vomitara cada segredo de que se lembrara quando se vira prestes a morrer – T'Challa não tinha um motivo digno para matá-lo, a não ser por prazer.

Andava ansiando por fazer isso, na verdade. Contudo, não tinha tempo para questões pessoais. Ele ativou o comunicador e mandou uma mensagem urgente para seus comandantes.

– W'Kabi, temos invasores no palácio – avisou ele ao chefe de segurança, cujo rosto foi o primeiro a aparecer na tela.

– No palácio? Impossível!

W'Kabi ainda estava no centro de comando, coordenando as tropas wakandanas no confronto com os invasores nigandanos.

– Mas temos. – T'Challa abriu o elmo para que W'Kabi visse a seriedade com que falava. E apontou para o homem largado no tapete, aos prantos. – M'Butu me contou tudo, da invasão, de Rino, e de onde está Klaw. Mande todos que puder para o quarto da rainha. É lá que vão atacar agora.

W'Kabi berrou ordens para os presentes no centro de comando, que se puseram freneticamente a executar.

– Nyah, passe os controles para o seu substituto e mande todas as tropas disponíveis para a ala real do palácio. – Quando voltou a falar com o rei, a voz do comandante soou muito mais branda e íntima. – Como é que conseguiram entrar no palácio?

– Não temos que saber, como conseguiram entrar, mas o que estão planejando agora que já entraram – disse T'Challa. – Infelizmente, apesar disso tudo, temos problemas maiores com que lidar no momento. W'Kabi...

– Sim, meu rei.

– Prepare um dos nossos mísseis termonucleares de precisão. Basta um de rendimento menor. O alvo... – T'Challa disse, tristemente – ... mire no Grande Monte.

W'Kabi quase largou o comunicador quando T'Challa disse isso.

– Senhor, dentro de Wakanda?

O rei fez que sim.

– Sim, dentro do monte em si. Eles descobriram um jeito de usar radiação para causar terremotos no depósito de vibranium; explosões, se usarem dose suficiente. Foi por isso que M'Butu e Klaw mandaram o Homem Radioativo pra dentro da montanha, para mantê-la refém ou destruir o país. Não podemos deixar que aconteça, W'Kabi.

Inconformado, W'Kabi foi até um canto onde ninguém poderia ouvi-lo suplicar sussurrando.

– Majestade, tem de haver outro jeito. Sua irmã...

– Ainda está dentro do Grande Monte, eu sei – T'Challa concluiu. – Mas Shuri seria a primeira a dizer que, se a escolha fosse entre a morte dela ou do resto do país, seria a morte dela. Meu amigo, posso contar com você? O rei tem autoridade para o lançamento, mas preciso de ratificação. E entenda que este talvez seja o único jeito de salvar nosso país agora, e no futuro. Posso contar com você?

W'Kabi virou-se e encostou o rosto na parede, para que sua equipe não visse as lágrimas juntando em seus olhos.

– Sim, majestade – sussurrou ele. – Agora e sempre. Dê a ordem, e eu obedecerei.

– Ótimo – disse T'Challa, retornando à janela quebrada e ao cabo que levava até sua moto voadora. – Discutiremos os detalhes quando eu chegar ao palácio e...

T'Challa parou quando ouviu uma voz fria interromper seus pensamentos.

– Já vai embora, T'Challa? – Klaw o provocou, tendo surgido numa tela na mesa de M'Butu, após romper os bloqueios de segurança dos sistemas de Wakanda. – Ora, pelo visto nós quase nos cruzamos no caminho. Aí está você no palácio presidencial de Niganda, e cá estou eu, no banheiro da sua mãe. Imagine só!

– Klaw. – T'Challa baixou a placa do rosto ao se virar para o monitor.

Klaw sufocava a rainha com uma das mãos e a ameaçava com a outra, que zumbia e vibrava a centímetros do rosto dela. Ramonda tentava manter a pose, subjugada que estava pelos atacantes, mas T'Challa enxergava o medo nos olhos dela.

– W'Kabi – ele sussurrou –, já está sabendo da violação de segurança nos aposentos da minha mãe? Onde estão S'Yan e as Dora Milaje?

Klaw puxou Ramonda para perto da tela e riu.

– Eu posso ouvir você, sabia? E se está preocupado com aquele velho que estava aqui antes de nós, bem...

Klaw virou a câmera para mostrar Batroc segurando uma perna seccionada. O topo fora fatiado perfeitamente e ainda fumegava do contato com a ferramenta de corte a laser. Klaw agitou o dedo mindinho, que ainda esfriava e emitia tufos de fumaça.

– Acho que ele vai ter que se virar sem uma das pernas.

Batroc caiu no riso e largou a perna ao lado de uma lança partida. S'Yan gemia e se contorcia no chão, agarrado ao toco na virilha.

– Agora – Klaw ordenou com arrogância –, deixe-me falar com M'Butu.

O Pantera virou a câmera e a apontou para o chão, focando o homem que sangrava e soluçava, acovardado ali. T'Challa foi até ele, levantou-o e mostrou o rosto destruído e o peito encharcado de sangue.

Klaw assoviou.

– Isso aí é o imperador? Mal dá pra reconhecer.

O Pantera Negra largou o imperador, que caiu no chão com um baque. M'Butu soltou um gemido esganiçado de dor.

– Ele continua bem vivo; muito melhor do que você vai estar, assassino.

Klaw chacoalhou Ramonda, fazendo-a gemer de dor.

– Você não tem vantagem nenhuma, T'Challa. Eu tenho a sua mãe, e tenho o seu reino. Chega de falar grosso, ou vai perdê-la também.

Apesar da dor, Ramonda juntou coragem e lançou um olhar ferrenho para a tela.

– Eu já vivi bastante, filho – ela disse entredentes. – Morrerei lutando. Faça o que tiver que fazer pra salvar Wakanda.

Klaw zombou dela, puxando seu rosto para perto.

– Mulher tão corajosa. Lembro-me de você ser assim em Bilderberg, majestade. Essa coragem toda no tiroteio. Fiquei impressionado – disse ele, e deu-lhe um selinho no rosto, antes que ela pudesse recuar.

– Já pra você, ó rei de Wakanda, não vai ser tão simples. Temos mais reféns além da sua mãe. – Com um sorriso maléfico, Klaw pôs um aparelho no rosto e ligou. – Vou mostrar.

o———o

Igor Stancheck havia subido vários andares no fosso do elevador, resmungando consigo, quando o comunicador vibrou. Com sangue verde pingando das mãos, ele subiu mais alguns degraus até chegar a um espaço aberto e se largou ali, para somente então apertar um botão e atender.

– Igor, aqui é Klaw.

O equipamento crepitou e chiou, mas o Homem Radioativo ignorou as interrupções. Com seus poderes, era muita sorte ter cobertura. Stancheck cuspiu uma bolota enorme de sangue e falou, avaliando as costelas doloridas curvando um pouco o tronco. O movimento fê-lo sentir uma dor aguda na barriga.

– Claro que é você – respondeu ele, muito mal-humorado, em meio aos gemidos. – Quem mais seria?

Klaw hesitou, percebendo que o russo estava sofrendo à beça.

– Está tudo bem aí embaixo? Tudo no esquema?

– *Da, da* – Stancheck murmurou. Quando esticou as costas, não pôde conter mais um gemido baixo de dor. – A princesa está aqui na montanha, Klaw. Jogou uma pedra na minha cabeça, então agora vai morrer por isso. Tudo bem pra você?

– Ouviu isso, T'Challa? – disse Klaw, agora mais calmo. – Estou aqui com a sua mãe, meu sócio está lá com a sua irmã, e tem mais essa pra resolver. – Depois, mais alto: – Dá uma sacudida nas coisas aí, Igor. Só um pouquinho... pra dar o recado.

– *Da, da*, só um minuto.

Stancheck levantou-se, gemendo sob os protestos do corpo. Fechou os olhos, esticou os braços, e concentrou-se naquela parte da mente em que sentia o vibranium. Seus olhos rolaram para dentro e ele rangeu os dentes quando encontrou a frequência. Respirando fundo, puxou com tudo uma faixa imaginária.

Ao abrir os olhos, o russo já começava a sentir as vibrações debaixo dos pés. A montanha começou a balançar e sacudir. Se desse sorte, a mina derrubaria uma pedra em cima da cabeça daquela maldita Shuri antes que ela pudesse fugir para longe.

Shuri corria o mais rápido que podia pelos túneis, tentando aproveitar ao máximo a vantagem duramente conquistada. O terreno começava a lhe parecer familiar, e ela sentia o ar fresco descendo aos montes pelos túneis.

Tão perto. Tão perto.

Shuri entrou num corredor e viu a luz do dia. Empolgada, deu mais um gás na corrida. As pedras rolaram sob os pés dela quando ela entrou na câmara principal, recebida pelo sol matinal que descia pelo buraco enorme aberto na montanha. Tudo estava exatamente como ela tinha deixado quando começara sua eterna fuga no Homem Radioativo.

Exausta, Shuri ajoelhou no chão, esforçando-se para controlar a respiração. Pingava suor da testa. Ofegante, ela olhou ao redor, por toda a câmara, até o ponto no qual o Homem Radioativo aparecera pela primeira vez, perto do míssil. Para sua tristeza, viu também o corpo de K'Darte.

Conforme diminuiu a exaustão, a raiva dentro dela avolumou-se. O cientista não merecera nada daquilo. K'Darte, a esposa e o bebê que ele não chegaria a ver mereciam ser vingados. E o Homem Radioativo merecia a morte.

Porém, seu lado mais racional – falando com a voz de T'Challa, como sempre – alertava-a de que primeiro ela tinha de sair dali e encontrar uma arma que poderia destruir Igor Stancheck. *Então por que você ainda não deu o fora daqui?*

Shuri tinha dado dois passos em direção à parede da caverna quando o rugido de propulsores ecoou lá do alto, e um vento entrecortado soprou poeira e detritos em cima da cabeça dela. Cobrindo os olhos, Shuri olhou para cima. Pela primeira vez desde que começaram os terremotos, ela sorriu.

Descendo pela cratera denteada no topo do Grande Monte vinha um Quinjet destramente pilotado por uma mulher de olhar intenso. Ela puxou a nave de um lado a outro, evitando minuciosamente as laterais rochosas. Os propulsores horizontais nas asas da aeronave trocavam de intensidade conforme ela a tombava nos momentos certos para manobrar pela abertura.

Em meio à descida, os poderosos focos de luz da nave iluminaram a caverna em busca de sinais de vida. Shuri começou a pular, depois saiu correndo sobre pedras caídas no centro da caverna, acenando e gritando.

Os alto-falantes do Quinjet foram acionados. Shuri olhou para ele admirada, ouvindo a voz que dele ressoou.

– *Princesa Shuri?* Graças à Deusa Pantera você está bem – disse uma voz muito animada. – Sou eu, Nakia! Amada... o rei nos enviou, eu e a capitã Sharifa, para tirar você daqui o quanto antes.

Por entre as luzes fortes, Shuri viu Nakia sentada atrás do piloto, com um sorriso daqueles no rosto.

– Espere um pouquinho, que vamos baixar o jato. Sharifa disse que vai ser apertado, mas vamos conseguir. Afaste-se do local de pouso, não queremos descer em cima de você – brincou Nakia. – Ah, e não me deixe esquecer. T'Challa me mandou pegar algo que talvez você queira usar, se precisarmos. Vamos falar sobre isso aqui no avião.

Shuri recuou alguns passos e largou-se de joelhos no chão, acompanhando dali a descida vagarosa do avião. *Está quase acabando*, pensou ela, de olhos fechados. Uma vez que saíssem do Grande Monte, T'Challa enviaria uma equipe de soldados blindados – ou talvez um daqueles robôs novos dos quais o conselho de ciências vinha falando – para detonar o Homem Radioativo e fazê-lo pagar por seus atos.

Ela foi a primeira a sentir o pequeno tremor que fez vibrar suas mãos e pernas. Quando abriu os olhos, viu pequenas pedras começando a se mexer sozinhas, cada vez mais agitadas sobre o chão, que começou a chacoalhar. Ondas subsônicas sacudiram os ossos dela quando ela se levantou, vendo horrorizada os pedregulhos que começaram a se soltar do teto da caverna e cair em cima do Quinjet.

– Não! – ela gritou, e correu para o jato, acenando freneticamente para Sharifa, tentando afugentá-la antes que as rochas caíssem e as prendessem dentro das minas, junto de um Homem Radioativo muito irritado.

– Ah, meu Deus... Sharifa, cuidado! – veio a voz de Nakia pelo alto-falante.

A pilota puxou o manche para trás, manobrando o jato o suficiente para desviar de uma pedra do tamanho de um ônibus que despencou do alto. Outras pedras ricochetearam no casco, tilintando e se desfazendo ao cair para os lados.

Sharifa fez careta quando uma pedra caiu no propulsor de estabilização de estibordo e foi disparada em alta velocidade; a pedra explodiu em mil pedaços quando atingiu a parede da caverna, gerando uma nuvem de detrito. A pilota olhou para Nakia com uma expressão das piores. Os motores do jato rugiram e afastaram uma nuvem de poeira, contaminando-a com combustível.

– Espere aí, princesa – disse Nakia quando o jato começou a retornar para a abertura no topo da caverna. – Sharifa disse que não podemos pousar durante um terremoto, então vamos sair e sobrevoar enquanto os tremores não cessam. Estaremos aqui do lado, e voltaremos pra buscar você assim que tudo se acalmar. Eu prometo.

Shuri encaracolou-se no chão, tentando proteger a cabeça das pedras que caíam. O solo chacoalhava muito, e muito detrito e pedras caíam em torno dela. Ela olhou para o alto a tempo de ver o Quinjet desaparecendo em meio aos raios de luz.

A voz de Nakia ecoou mais uma vez dentro da caverna.

– Não vamos te esquecer, princesa. Ah, e por falar em esquecer, Sharifa, abra a escotilha quando puder.

Shuri olhou desconfiada para cima. A Dora Milaje não pretendia descer de paraquedas, certo? Ela quebraria as duas pernas se fizesse isso. Shuri levantou-se para gritar, querendo impedi-la.

Em vez de uma mulher, um pequeno objeto reluzente mergulhou no ar e misturou-se às rochas com um ruído. Shuri foi até ele e o examinou. Ele vibrava junto com a caverna, tendo facilmente aberto uma fenda na pedra e afundado meio metro no chão. Tudo o que ela via era um cabo amarelo.

Shuri agarrou o cabo e puxou facilmente a espada de ébano, que ergueu no ar.

– T'Challa disse que você poderia usar – disse Nakia, sua voz agora quase inaudível.

Shuri brandiu a espada de ébano num amplo arco. O terremoto já cessava, nesse momento. Olhando para trás, a menina viu o brilho verde pulsando nos confins de um dos túneis.

O Homem Radioativo a encontrara de novo. Dessa vez, no entanto, ela estava armada.

– Majestade, estamos detectando um terremoto de grande intensidade na capital – W'Kabi gritou no comunicador, e sua voz tremia tanto quanto o centro de comando. – Cinco pontos na escala até agora, mas continua aumentando. O epicentro... Não pode ser! É o Grande Monte!

– Olha!

Sharifa apontou para a frente. O Quinjet plainava acima do Grande Monte, voando por entre nuvens de poeira circulares. Nakia correu para a cabine e olhou lá fora.

Boquiabertas, as duas mulheres viram o solo ondular a partir do Grande Monte como um lago no qual jogaram uma pedra, derrubando árvores e abrindo valas. Um monitor do jato mostrou-lhes as ondas atingindo as torres e pináculos da capital, fazendo toda a cidade tremer.

– Pela Deusa Pantera – disse Sharifa. – Se já um horror daqui de cima, imagine a sensação de quem está no chão.

Klaw olhava bem nos olhos de T'Challa, ainda agarrado no pescoço da rainha. O palácio todo sacudia. Quadros caíam das paredes do quarto; vidro estilhaçou-se e muitos vasos quebraram.

Em meio ao caos, Klaw não se mexia nem tirava os olhos da tela. Batroc, por sua vez, olhava com receio para as rachaduras no teto, e apoiou-se numa das paredes enquanto os tremores não diminuíram.

– Viu, T'Challa? – disse Klaw quando a sala parou de chacoalhar. – Eu sou o novo governante de Wakanda. Se você não concordar, vou derrubar o país inteiro numa vala. Não faz a menor diferença pra mim. Você não pode fazer mais nada, meu jovem rei. – Klaw sacudiu Ramonda, fazendo-a bater os dentes. – Eu estou com a sua mãe. Igor está com a sua irmã. Seu regente está sangrando aqui no chão. Seu país não vai sobreviver nem por mais um segundo sem a minha permissão. Mas todos sobreviverão se você fizer uma coisa para mim, T'Challa. Vá pegar uma faca. Eu sei que M'Butu tem um monte no escritório. Encontre uma bem afiada... ou uma sem fio, se preferir, não ligo... e mate-se. – Klaw sorriu, com os olhos brilhando de ódio. – Agora.

16

KLAW OLHAVA PARA O PANTERA NEGRA pelo monitor, com sua mão mecânica soltando faíscas de eletricidade perto do rosto de Ramonda. O quarto cheirava a energia ionizada e suor misturados à fragrância adocicada das rosas espalhadas no chão entre os cacos dos vasos quebrados.

Atrás dele, Batroc reparou numa rosa branca entre os detritos. Ele a pegou e cheiro; com um gesto rápido, cortou a haste e ajeitou alegremente a flor em sua camisa cáqui. Alisando o bigode, o vilão assistia à performance de Klaw, que dava seu ultimato ao Pantera Negra, ainda preso em Niganda enquanto seus inimigos dominavam seu lar.

– Está esperando o que, T'Challa? – Klaw perguntou, chacoalhando Ramonda, que, exausta, não oferecia resistência ao assassino. – Eu mandei você pegar uma faca e se matar. Se não fizer isso, eu mato todos os que você ama, a começar com a querida mamãe aqui. Depois vou matar seu tio e mandar o Homem Radioativo torturar a sua irmã do jeito mais doloroso em que ele puder pensar e depois gerar um terremoto que vai prendê-la na montanha e destruir esse formigueiro que você chama de país. Se fizer o que eu mandei, pelo menos você morre com a esperança de que eu pouparei parte da sua família e do povo de Wakanda. Se resistir, verá sua mãe morrer agora mesmo. E antes que volte, vou pendurar o corpo assado da sua irmã em frente às minas de vibranium. Então você verá Wakanda inteira desabar no chão, com o povo gritando e xingando esse rei egoísta que pôs a própria vida em primeiro lugar. Então, está esperando o que, T'Challa? – Klaw provocou. – Anda logo!

O Pantera Negra olhou para o rosto estoico de sua mãe, que tentava corajosamente conter o medo, ainda à mercê do inimigo. Depois olhou para a cara de maníaco de Klaw, cujas feições enrugadas e a cicatriz permearam seus sonhos desde que o assassino belga matara seu pai, tantos anos antes.

Ele e a mãe perderam tanto nas mãos desse homem. A criança que T'Challa fora; o homem que viria a ser. Klaw lhe tomara tudo isso quando as balas que atirara atravessaram o pai na barriga, tirando-lhe a vida.

T'Challa via tudo claramente: a sala do trono de Wakanda, onde ele se posicionava orgulhoso à direita de T'Chaka, o rei que governava o reino tão justa e sabiamente. Ramonda e Shuri sorriam de seus tronos e ofereciam conselhos valorosos que as faziam adoradas em todo o país. Atrás de T'Chaka, Amare – íntegra e maravilhosa – andava de um lado para o outro, sempre alerta para qualquer perigo, e suas alunas, Okoye e Nakia, acompanhando cada passo.

Acima de todos, uma enorme pantera de olhos cinza descansava numa das janelas, balançando o rabo. O gato enorme parecia sorrir para eles quando desapareceu na escuridão da noite.

T'Challa sacudiu a cabeça, afastando-se da visão e retornando ao presente. Klaw estava ameaçando sua família, mas o rei optou por colocar o ódio de lado quando olhou no rosto da mãe. Ele soube, então, o que tinha de dizer.

– E se eu me recusar?

Klaw pendeu a cabeça e olhou para a câmera como se não entendesse. Ramonda abriu um sorriso discreto. T'Challa pôde ver o orgulho da mãe quase brilhando no monitor.

– Como assim, se recusar? – Klaw perguntou. – Eu mandei...

O Pantera riu, e seu riso frio ecoou pelos alto-falantes.

– Você vai matar a minha mãe? Vai fazer isso de qualquer modo. Vai destruir meu reino? Vai fazer isso também.

T'Challa aproximou seu rosto de pantera na câmera, e seus olhos brancos quase preencheram a imagem.

– Não importa o que vai fazer, Klaw – disse ele lentamente. – Mesmo assim, eu vou matar você. Que vantagem você tem?

Klaw ficou boquiaberto olhando para a tela. Batroc parecia incomodado lá no fundo, olhando às vezes para S'Yan, largado no chão. O homem ainda sofria com a perna seccionada, mas um sorriso ia se abrindo no rosto dele ao ouvir o diálogo.

– Esse é o meu garoto! – Ramonda exclamou.

A confusão de Klaw passou rapidamente para a raiva. Ele sacudiu Ramonda mais uma vez, pressionando a mão cibernética na testa dela. Ramonda gemeu ao sentir uma pequena corrente de energia percorrer sua cabeça.

Contudo, a rainha não estava mais com medo. Ela riu de novo, para que o filho visse isso pela transmissão via satélite.

– Não entendo por que está tão contente – Klaw rosnou. – Seu filho acaba de te sentenciar à morte.

– Não – Ramonda retrucou. – Meu filho acaba de sentenciar *você* à morte, Klaw. E não importa se viverei para ver; morrerei sabendo que o Pantera Negra, T'Challa, filho de T'Chaka, matou você lenta e dolorosamente.

T'Challa afastou-se da câmera e cruzou os braços. Suas garras reluziam, refletindo luz.

– A propósito, Klaw, um criminoso banal como você não tem direito de usar meu nome. Pode se referir a mim por meu título: Pantera Negra.

O comunicador de pulso de T'Challa soltou um bipe, e ele olhou de relance, voltando rapidamente a atenção para a câmera.

– E sua presença não é bem-vinda no meu território. Se você e seu compatriota se renderem agora, talvez eu lhes conceda a mesma clemência que M'Butu recebeu.

Ao ouvir seu nome, o imperador de Niganda gorgolejou no chão.

– Se não se renderem, não me responsabilizarei por seu destino – T'Challa prosseguiu. – Aproveite a minha clemência, assassino. E não demore. O tempo está acabando.

Klaw emitiu mais uma corrente de energia na cabeça de Ramonda, fazendo-a tremer. Ela soltou um gemido controlado de dor.

– Klaw – Batroc alertou.

Klaw não tirava os olhos da tela.

– Eu dou as cartas, T'Challa. – E você, vai fazer o que?

A máscara de T'Challa reluzia com a luminosidade da tela.

– Eu conto com alguém que passou anos esperando para ver você de novo.

Quando T'Challa falou, um cilindro compacto entrou voando no quarto e caiu tilintando no chão, onde ficou girando num pequeno círculo.

– Granada! – Batroc gritou, e se escondeu atrás da cama.

A granada explodiu fazendo um barulho ensurdecedor e liberou nuvens de gás intoxicante, que se espalharam pelo quarto. Klaw recuou, usando Ramonda como escudo. Ele a empurrou para o chão e olhou ao redor, não vendo nada de errado. Batroc continuava de cabeça baixa, por precaução.

– É só uma bomba de fumaça, Batroc – disse Klaw, tossindo, protegendo a boca com a mão livre. – Volte aqui antes que alguém tire vantagem...

Soltando um grito selvagem, Amare apareceu do meio da fumaça. A general das Dora Milaje, que estivera esperando por uma chance no corredor, jogou-se sobre o assassino belga, derrubando ele e Ramonda no chão. Logo atrás vinha Okoye, brandindo uma adaga, com uma arma poderosa presa nas costas. Ela passou por cima dos corpos de suas irmãs mortas, lançando olhares rápidos de pesar, mas logo avaliou o local todo para definir a situação.

Ramonda juntou coragem e saiu rolando. Amare meteu uma joelhada entre as pernas de Klaw e correu prender seu braço no chão, impedindo que ele apontasse a mão letal na direção dos demais. Soltando um rosnado de fera, a general meteu a cabeça do assassino no chão várias e várias vezes, descontando nele os anos de frustração.

– *Cuide do babaca de bigode* – Amare gritou, com um brilho no olhar, socando Klaw repetidamente na cara. – *Eu cuido do Klaw*.

– *Fechado* – Okoye devolveu.

Ela cruzou o quarto e foi até Batroc, que correu ficar de pé.

– Klaw? Está apanhando de mulher, agora?

Ele olhou a guerreira de alto a baixo. Os dois começaram a andar num círculo, um de frente para o outro. Ele gingava para a frente e para trás, obviamente querendo desequilibrá-la – mas Okoye apenas encarava, esperando que o oponente se traísse.

– Você não está se saindo muito melhor – Klaw gritou de volta.

Ele bloqueou um soco de Amare e a tonteou com um golpe das costas da mão.

– Mas essa aqui é bem nova, ao contrário da sua – Batroc debochou. Ele meteu um chute muito ligeiro na mão de Okoye, arremessando sua espada para longe. – Essa aqui foi feita pra amar, não lutar.

Olhando por cima das lentes, Batroc lambeu os lábios, olhando com devassidão para a armadura da guerreira.

– Mulheres bonitas são feitas pra beijar, não pra bater. – Ele mandou um beijo para Okoye. – Adorei essa sua... disposição, mocinha. Porém, nestas circunstâncias, acho que vou ter que fazer uma exceção, certo?

Batroc deu mais um chute em Okoye. Dessa vez, porém, a guerreira bloqueou o golpe com o braço e acertou um chute na lateral do joelho dele. O francês gritou de dor e cambaleou para trás.

– Você fala demais – Okoye rosnou, e saltou sobre ele.

Klaw empurrou Amare e se levantou, afagando o queixo que ela tanto malhara. Notando que Ramonda fugia, saltou para ela e a agarrou pelos cabelos, para usá-la como escudo. Amare já estava com a arma preparada, tentando mirar nele.

Klaw cuspiu uma bolota de sangue e puxou o cabelo da rainha. Ela exclamou de dor, presa entre ele e a Dora Milaje. Como se lhe ocorresse a ideia subitamente, Klaw disparou uma rajada para o outro lado do quarto. Okoye rolou para o lado, esquivando-se do laser, e continuou a engalfinhar-se com Batroc.

– Vem cá, te conheço? – Klaw perguntou, tentando lembrar-se de Amare. – Por que tenho a sensação de que... Ah, agora eu me lembro. E estou vendo que você também conseguiu uns *upgrades*. Se sair viva daqui, pode dar dicas ao regente ali sobre os modelos mais recentes.

Klaw disparou um laser contra Amare. Ela se esquivou, usando a fumaça para se esconder.

– Que encontro estamos tendo aqui hoje, Ramonda! Quase todo mundo que presenciou a morte do seu marido está neste quarto. Temos que apreciar a simetria da situação, minha rainha.

– A única simetria que me importa é de uma vida por outra – Amare ralhou. – A sua, pelas vidas de todos os amigos que você me tirou, assassino.

– Se acha que pode acabar com a minha vida, pode tentar – disse Klaw, sorrindo, apertando os dedos mecânicos com tanta força na cabeça de Ramonda que esta teve que se conter para não gemer. – Claro, isso vai causar a morte da sua rainha. Se eu fosse você, ficava na minha.

– Jamais. – Amare sacou uma faca de vibranium e passou de uma mão para a outra com destreza. – Há muito sangue entre nós dois, assassino. Só digo uma coisa: você não viverá pra ver o sol nascer. Olhe pela janela – Amare continuou, ofegante, mas tranquila. – Ainda que saia deste quarto, há uma legião de Dora Milaje alocadas por todo o palácio. Você nos deixou envergonhadas ao me permitir viver e matar o rei T'Chaka. Isso não vai se repetir. Todas nós fizemos um juramento de sangue de que você morreria se nós o encontrássemos de novo, e nenhuma vai parar enquanto não separar sua cabeça do seu corpo e ver seu sangue encharcar o solo de nossa terra.

Klaw concentrou-se. Todo um foco de energia acumulou-se em sua mão direita, fervilhando a pele de Ramonda, que ele arrastava para proteger-se da furiosa Amare, o tempo todo a prendendo pela garganta.

– Sua vida não vale nada pra ninguém aqui, sua velha – disse Klaw, pressionando os dedos na testa de Ramonda. – Vamos ver o que acham de eu estourar sua cabeça...

Amare sorriu ao ver a rainha parar com o fingimento. Ela meteu a mão na braguilha das calças de Klaw e apertou. Ele berrou. O rosto ficou tão vermelho que as cicatrizes brancas da bochecha chegaram a iluminar-se. Ramonda meteu outro soco no mesmo lugar, fazendo-o cair no chão e se encaracolar, gemendo baixinho.

– Venha! – Amare gritou; ela agarrou Ramonda pela mão e saiu correndo para a porta.

Vendo que elas fugiam, Okoye tentou desvencilhar-se de Batroc, dando-lhe um golpe violento na cabeça. Batroc esquivou-se e acertou nela um chute na barriga, derrubando-a no chão.

– Tem que treinar mais – disse ele, e aproximou-se para encerrar a luta. – Regra número um: nunca tire os olhos do oponente.

Okoye esperou que Batroc chegasse perto e usou o que lhe restava de forças para dar-lhe um gancho poderoso que lhe chacoalhou os dentes e o arremessou para cima da cama. Okoye levantou-se lentamente, com a mão na barriga. A luta terminou quando ela o prendeu com algemas de plástico, imobilizando-o.

– Regra número dois: fique de bico calado – ela murmurou.

Okoye foi até o pobre S'Yan, que ainda estava deitado no chão, com a perna decepada ao lado.

– S'Yan, você precisa levantar. – Okoye abaixou-se, juntou o ferido consigo e o apoiou no ombro. Com um lençol que tirou de debaixo de Batroc, ela cobriu a perna seccionada e a colocou debaixo do braço. – Temos que levar você e a rainha mãe a um local seguro.

Okoye e S'Yan cambalearam até a porta, passando com cuidado por cima de Klaw, que gemia, balançando de um lado ao outro no chão.

– Atire na cabeça dele – S'Yan murmurou quando passavam pelo assassino. – Atire na cabeça dele agora pelo que ele fez ao meu irmão.

Okoye franziu o cenho quando os dois cruzaram a porta e passaram por cima dos corpos de suas irmãs guerreiras.

– Isso seria bondade demais – disse ela, olhando uma última vez para o assassino. Uma vez no corredor, puseram-se a andar mais depressa. – O rei tem planos para esse aí, e nada que envolva uma morte rápida.

Shuri escalava lentamente a parede da caverna destruída, com a recém-adquirida espada de ébano nas costas.

Quando vira o brilho verde do Homem Radioativo se intensificando em direção à caverna principal, seu primeiro instinto fora testar a espada que o irmão lhe emprestara. Shuri imaginou-se agachada em cima da boca do túnel, para fatiar a cabeça de Stancheck quando ele entrasse na caverna, jorrando sangue e cérebro verdes no chão. Queria vê-lo gritar ao encontrar seus ancestrais pela morte que causara no Grande Monte.

Contudo, sua porção mais racional tomou a dianteira – mais uma vez falando com a voz de T'Challa, para seu incômodo – e lhe disse que ela devia ganhar o máximo de distância que pudesse do Homem Radioativo, enquanto esperava que Nakia e Sharifa retornassem para resgatá-la. Então foi isso que ela fez. Começou a escalar as paredes segmentadas até o máximo que pudesse, o mais rápido que conseguisse.

O Homem Radioativo foi às pressas em direção à parede da caverna, na intenção de subir atrás dela. Estava confiante que chegaria perto o bastante para matá-la antes que ela conseguisse escapar, mas quando alcançou a parede, seu comunicador zumbiu. Ele suspirou e levou o fone ao ouvido.

– Igor! – disse Klaw numa voz esganiçada de alguém tomado de dor. – Igor, está me ouvindo? Derrube tudo! Derrube agora, antes que eles escapem. Derrube tudo!

– Antes que escapem? Ela está fugindo agora, Klaw. – Stancheck olhou com fúria para Shuri, que ainda escalava a parede rochosa. – Vou matar a menina, depois o país todo. Fique pronto pra me tirar desse monte de bosta depois que eu o derrubar em cima do corpo assado dela.

– Igor? Igor? Pare e se concentre no seu trabalho! Você pode matá-la junto com o resto...

– Me deixe em paz que eu tenho algo a fazer.

Stancheck tirou o fone e fritou-o com radiação. Chutando as pedras que encontrava pelo caminho, ele cruzou a caverna, até que pôde enxergá-la melhor. A menina estava vários metros acima.

– Você escala rápido, mocinha, que nem um macaco! – ecoou a voz dele pela câmara.

– Como uma pantera, na verdade – Shuri respondeu, apertando-se ainda mais contra a parede para não ser um alvo tão fácil para as rajadas dele. – E você, Igor, certo? Ouvi dizer que vai destruir o meu país? Diz aí, vaga-lume, como é que vai fazer isso se não consegue nem acabar comigo?

– Não zoe da minha cara, menina – Stancheck ameaçou, emitindo uma rajada que passou por ela de raspão. – Só vai tornar sua morte inevitável ainda mais dolorosa.

Shuri esquivou-se e mostrou a língua para o supervilão. Fazendo pose de quem não liga para nada, ela se recostou na parede e começou a examinar as unhas.

T'Challa sempre dissera que ela tinha um jeito todo especial de dar nos nervos dos outros. Finalmente esse dom se mostrava útil. Oponente irritado é oponente descuidado – Zuri sempre dizia isso. Era disso que ela ia tirar vantagem.

– Acho que temos um impasse. – Shuri olhava com desprezo para o raivoso Stancheck. – Tudo que eu tenho que fazer é esperar... alguém vai vir me buscar. Agora, você... vão te matar de todo jeito.

– Eu posso derrubar essa caverna inteira em cima de você – rosnou o Homem Radioativo.

– E assim que tentar, vou derrubar uma dessas pedras na sua cabeça... de novo – Shuri retrucou, sorrindo e sacudindo o traseiro.

Com um rugido, o homem disparou mais um raio nela. A rajada passou longe e atingiu o teto.

– Eu mato você! – ele gritou, procurando pontos de apoio na parede para subir.

– Vem me pegar, grandalhão.

Shuri mandou-lhe um beijo e encostou na parede. Tendo deixado o vilão furioso, tudo de que precisava era uma mãozinha de suas salvadoras. Shuri confiava em suas habilidades, mas um monstro como o Homem Radioativo era um páreo muito duro, mesmo ela tendo uma espada mágica para usar. Shuri ouviu-o soltando palavrões enquanto procurava aberturas na parede rochosa. Arriscando-se, olhou lá para baixo, e viu o corpanzil esverdeado subindo lentamente na direção dela, resmungando e murmurando o tempo todo.

Não me deixem na mão, meninas, pensou Shuri. Ela se afastou um pouco da parede e olhou com esperança para o céu. Com o Quinjet para distraí-lo, seria possível dar cabo dele, mas suas chances sozinha eram muito menores. De todo modo, não pretendia simplesmente se entregar. Ela tirou a espada de ébano das costas e testou seu peso nas mãos.

Eu poderia me habituar muito a isto aqui, pensou ela – e então o roçar de dedos na pedra a interrompeu. O Homem Radioativo chegara.

Com as mãos, ele procurou onde se agarrar na beirada. Passou pela cabeça de Shuri acertar nele a espada, talvez cortar as mãos, e vê-lo cair. Mas antes que pudesse dar um passo, as mãos de Stancheck irradiaram energia. Chegar perto delas seria letal. Ele se puxou para cima e apareceu na frente dela.

– Não, princesa, chega de ataques sorrateiros. – Ele abriu um sorriso maléfico. – Vou olhar bem nos seus olhos quando você estiver morrendo, amaldiçoando seus pais por tê-la trazido ao mundo, e seu irmão, por não ter conseguido te salvar.

A menção dos pais deixou Shuri furiosa. Ela apontou a espada de ébano bem na garganta dele.

– Pode vir.

O Homem Radioativo disparou uma rajada de energia nela com uma das mãos, mas Shuri esquivou-se e brandiu a espada para mantê-lo longe. Ele ergueu a mão de novo, e um segundo disparo passou pela menina, agora do outro lado. Foi então que ela entendeu a intenção dele.

– Está brincando comigo, não é?

– Talvez – ele deu de ombros. – Você não tem outra saída, certo? Essa espadinha de brinquedo que você tem na mão não me machuca... e você não tem como escapar, né?

Ele mandou mais duas rajadas menores, como se para concluir o raciocínio. Shuri desviou sem dificuldade, mas a radiação começava a fazê-la suar.

– Vire e escale, e eu te frito. Se fugir, também te frito. Se lutar com essa espada, vai acontecer a mesma coisa. Está sozinha aqui, princesa. – O Homem Radioativo estalou os dedos e preparou-se para disparar uma poderosa rajada com as duas mãos em Shuri, uma que provavelmente acabaria com a vida dela. – A última coisa que você vai ver serão as minhas mãos em volta do seu pescoço; o último cheiro que vai sentir será o da sua pele assando, e vai ouvir os próprios gritos por causa da dor que eu vou te causar. É isso que te espera, princesa. Não vem ninguém te salvar.

Shuri fechou os olhos por um instante. Ergueu a espada de ébano, fazendo uma oração rápida para a Deusa Pantera, pedindo que as estranha propriedades da espada a defendessem do disparo iminente. Quando abriu os olhos, ouviu um ruído familiar. A esperança brilhou em seus olhos.

– Não estou tão sozinha quanto você pensa! – ela gritou.

Ela apontou para o topo da caverna, onde um Quinjet descia planando acima deles. Em poucos segundos, o avião flutuava em distância ideal para atirar. Os canhões da nave giraram para baixo quando a capitã Sharifa mirou meticulosamente no Homem Radioativo. Pedras pularam em torno dos pés de Stancheck conforme ela atirou no chão para chamar a atenção dele.

– Renda-se, estrangeiro – explodiu a voz de Nakia pelo sistema de comunicação do Quinjet –, e talvez saia vivo daqui.

– Nunca! – berrou o Homem Radioativo. Ele se virou e disparou uma rajada intensa no Quinjet. A pilota tentou sair do caminho, mas o disparo acertou a asa e arrancou fumaça do motor. – Vou matar todas vocês, mulheres malditas, de uma vez!

No segundo em que Igor Stancheck virou-se de costas, Shuri avançou contra ele com a espada. Uma aura de energia crepitou ao redor do homem, pois ele se preparava para atacar mais uma vez. Austera, Shuri pensou: *Elas não estariam aqui se não fosse por mim.*

– Por K'Darte!

Shuri gritou ao atacar, quase incapaz de ouvir-se com o rugido dos motores do Quinjet. Ela fincou a espada nas costas do Homem Radioativo, admirada com a facilidade com a qual a lâmina mergulhou por entre os músculos e ossos dele.

Stancheck soltou um gemido baixinho quando viu a lâmina negra brotando de sua barriga, manchada de sangue verde fervilhante. Shuri empurrou ainda mais, e a espada entrou até o punho. Começou a jorrar sangue das laterais do corpo dele. A menina recuou, muito ofegante e um pouco nauseada.

Stancheck virou-se lentamente. Na intenção de empurrar a espada para fora, ele levou as mãos na ponta da espada, mas conseguiu somente furá-las, arrancando ainda mais sangue. Stancheck cambaleou para trás, os olhos escancarados na descrença e tristeza de saber que aquela garotinha o tinha superado e acabado com a sua vida. Ele tentou conjurar um assomo de energia radioativa para levá-la junto – mas quando ergueu a mão, não saiu nada além de sangue, que fluiu das mãos dele para o chão.

Xingando a si mesmo, Stancheck pesquisou em sua mente a frequência do vibranium. Talvez pudesse acionar uma explosão que destruiria o monte e suas torturadoras, ou pelo menos gerasse destruição suficiente para forçar o país a lembrar-se do nome dele e da ferida que infligira em suas terras. Porém, quando fechou os olhos, começou a tossir e cuspir sangue, ofegando e vomitando, com os músculos tremendo, aos espasmos. Stancheck tentou endireitar-se, mas entendeu que não suportava olhar para a lâmina fincada na barriga. Ele ergueu o rosto e viu Shuri, alguns metros adiante, com uma expressão fria de raiva.

– Você me matou, mocinha.

Os olhos de Shuri flamejavam, e um rosnado grave se produzia em sua garganta. Ela arrancou a espada de ébano do corpo de Stancheck e meteu-lhe um chute nos dentes, arremessando-o silenciosamente por sobre a beirada, abismo abaixo. O corpo dele ficou ali caído, esparramado – uma imagem grotesca.

Shuri olhou para o defunto e disse:

– Bem-vindo a Wakanda, babaca.

Os motores do Quinjet a trouxeram de volta à cena. O avião deu meia volta, e uma rampa na traseira baixou-se lentamente conforme a nave encostava na beirada. Shuri demorou-se um segundo para contemplar as cavernas nas quais ainda jazia o corpo de K'Darte. Em seguida, deu alguns passos para trás, pegou impulso e saltou para pousar graciosamente na rampa do Quinjet, onde estava Nakia em seu aguardo.

– Está em grande forma, majestade – Nakia berrou por cima do rugido do Quinjet.

Ela deu a mão a Shuri e a trouxe para a cabine do avião.

– Obrigada, Nakia. Precisamos pousar e recuperar um corpo dentro do Grande Monte, e depois podemos dar o fora daqui.

Nakia franziu o cenho, inconformada. Sharifa pôs-se a manobrar o avião para deixar as minas.

– Não temos tempo, majestade. Temos que levar você de volta ao palácio. O país está em guerra, e minhas ordens são para levá-la a um local seguro imediatamente.

– E T'Challa? – Shuri perguntou. – E a minha mãe?

– O rei está a caminho, princesa. Houve algum ataque no palácio, e temos que nos encontrar com ele lá pra derrubar a pessoa que está arquitetando tudo isso.

Shuri olhou mais uma vez para o corpo verde esparramado no chão da caverna, ficando cada vez menor conforme o avião subia.

– Idiota. Se T'Challa não o matar por isso, eu mato – ela jurou, fincando a espada de ébano entre os pés.

O Pantera Negra entrou no centro de comando, e o caos que dominava o recinto aquietou-se perante sua presença. Forçara sua moto aos limites para retornar ao palácio e descobrir que fim tivera a mãe, mas as garras continuavam a pingar sangue.

Okoye foi até ele, séria e prudente. T'Challa tirou a máscara, analisando a expressão estoica de sua guarda-costas ansiosamente em busca de algum indício acerca do destino de sua família. Okoye encontrou-o na base da escadaria, com W'Kabi logo atrás. Sem dizer nada, a guerreira ajoelhou-se perante o rei. O coração dele parou. Ele estendeu a mão, meio hesitante, para Okoye, olhando para o chefe de segurança em busca de apoio.

– T'Challa – veio uma voz fraca de um canto escuro da sala.

T'Challa olhou ao redor e logo encontrou a fonte: Ramonda, sentada no chão, parecendo extremamente exaurida. Ao redor dela, por sua proteção, estavam diversas Dora Milaje. Amare estava ali também, com uma expressão radiante, alisando um galo no rosto.

O rei cruzou a sala e juntou a mãe nos braços. As Dora Milaje sussurraram para ele, reverenciando seu amado. Ramonda, a salvo nos braços do filho, começou a chorar. T'Challa fez de tudo para confortá-la.

– Era ele, T'Challa – ela sussurrou várias vezes, como se num transe. – Era ele.

– Eu sei – disse ele, muito sério. – Ele não passa de hoje.

– Isso é fato, nem que eu mesma tenha que matá-lo – alguém anunciou para a sala toda ouvir.

T'Challa ergueu o rosto e viu Shuri descendo as escadas, acompanhada por Nakia, que estava radiante, e Sharifa, esta não muito tranquila.

Com um sorriso enorme no rosto, o rei puxou a irmã para o abraço que dava na mãe, e apertou a família o mais forte que pôde. Ramonda começou a chorar de novo. Shuri esforçou-se ao máximo para manter a compostura, agora que estava aninhada no cheiro de azeite do cabelo da mãe.

– Você está bem? – sussurrou ansiosamente para a mãe. – Nakia e Okoye me contaram o que aconteceu.

Em meio às lágrimas, Ramonda sorriu para o filho e disse:

– Estou sim... graças à general Amare, Okoye e os sacrifícios das Dora Milaje.

A rainha ficou de pé e reparou em Amare. A general estava calada, alguns passos adiante, assistindo a tudo com postura estoica.

Ramonda pigarreou e falou em seu tom real.

– Talvez esta família não tivesse vivido além do dia de hoje, não fosse as Dora Milaje, meu filho. Elas são um dos recursos mais importantes da coroa, e deveriam ser consideradas de acordo.

T'Challa olhou a mãe nos olhos, e um sorriso discreto formou-se em seu rosto. Depois olhou para Shuri. Ela deu de ombros e meteu-lhe um leve soco no braço.

– Ei, uma das suas Dora Milaje me trouxe uma espada mágica que me permitiu vingar o meu amigo e matar uma das maiores ameaças que o nosso país já enfrentou – ela apontou. – Se isso não te mostra quem é importante por aqui, então você é mais idiota do que eu achava.

Okoye não pareceu muito confortável com esse gesto de impertinência. Nakia, por sua vez, era toda sorrisos, e teve que se conter para não pular de alegria.

T'Challa afastou-se um pouco da família, achando tudo muito divertido. No meio do centro de comando, estufou bem o peito e ergueu o queixo para projetar sua voz por todo o recinto.

– W'Kabi, vou homenagear a capitã Sharifa e o finado capitão H'Rham por seu belo trabalho. E também a general Amare, Okoye e Nakia, por manterem a família real a salvo. Também receberão Garras de Jade, eles e nossos soldados e pilotos, por seu ótimo trabalho.

W'Kabi assentiu, fazendo anotações num caderno.

– Sim, meu rei.

T'Challa olhou para Okoye e Nakia, uma muito séria, a outra animada, ambas aguardando as ordens seguintes.

– Farei mais anúncios assim que meu palácio for limpo da infestação. W'Kabi, onde está Klaw?

W'Kabi apontou para o monitor. Ele mostrava um esquema tridimensional do palácio com diversos pontos multicoloridos por toda a ala da família real.

– As Dora Milaje e a guarda do palácio ainda os mantém a ele e o francês encurralados dentro da suíte da família real. Sem perdas, ainda, mas é apenas questão de tempo até que Klaw entre em desespero e faça alguma bobagem. – W'Kabi quase não continha a ansiedade. Ele sacou uma adaga de uma bainha presa em sua cintura. – Permissão para matar invasores, majestade?

T'Challa fez que não, olhando para a mãe.

– Não, meu fiel W'Kabi – disse ele, olhando para os punhos, projetando dos dedos as suas garras prateadas. – Há uma dívida de sangue entre eu e Klaw que deve ser resolvida.

– T'Challa, não posso mais perder ninguém para aquele homem – disse Ramonda.

– Eu tenho o mesmo direito de me vingar... – Shuri objetou.

– Não aceito discussão quanto a isso – T'Challa determinou.

Para a surpresa de Shuri, T'Challa a puxou para mais um abraço, e apertou-a forte, e tão junto que pôde sussurrar no ouvido dela.

– Se eu perecer, proteja o meu povo, minha irmã. A Deusa Pantera vai lhe mostrar o caminho. Eu sempre acreditei em você, Shuri, como acreditei hoje. Continue a me orgulhar.

Shuri soltou-se dele e recuou um passo, encarando-o bem nos olhos. Sem dizer nada, apenas concordou e se afastou.

T'Challa deu um beijo na testa da mãe e limpou-lhe as lágrimas.

– Eu retornarei triunfante, pois a alma do meu pai poderá descansar. Nós conversaremos depois. *Ao meu lado, Adoradas* – disse ele em hausa. Amare, Okoye, Nakia e as outras Dora Milaje ali reunidas juntaram-se em torno do rei, todas muito alertas para as ordens que receberiam. – *Amare, agradeço a você e Okoye e suas irmãs pela vida da minha família. Saibam que vocês mais que provaram seu valor como as primeiras do Pantera neste dia, e seus esforços foram reconhecidos pela Deusa Pantera. General, você fica mais uma vez incumbida de proteger minha mãe e a princesa. Estou certo de que elas não sofrerão enquanto estão sob suas mãos capazes.*

O único olho de Amare brilhava de orgulho.

– *Será como se você mesmo estivesse aqui, Amado.*

– *Okoye, Nakia, quero vocês comigo. As Dora Milaje também merecem uma chance de redenção.*

As duas mulheres se olharam, depois fitaram o rei. As demais guerreiras começaram a trazer-lhes armamento.

T'Challa fechou a proteção do rosto. Os olhos brancos do Pantera Negra brilhavam, já antecipando o confronto iminente.

– Vamos acabar com isto.

17

O PANTERA NEGRA caminhava furtivamente pelo palácio, tendo os passos abafados pelas solas de vibranium das botas. Enervou-o ver pela primeira vez os danos resultantes do confronto entre as Dora Milaje e Klaw em sua residência. Paredes chamuscadas pelo fogo e cobertas de buracos de balas, quadros destruídos no Salão dos Reis. Piso e mármore quebrado jaziam por todo canto, espalhados pelos tiros que ainda soavam ocasionalmente, pois a guarda do palácio procurava manter Klaw encurralado na suíte real. Um quadro de T'Challa, de coroa e terno, estava no chão, rasgado bem no peito do rei. *Um mau presságio*, T'Challa pensou ao aproximar-se da zona de conflito.

Atrás dele vinham Okoye e Nakia, armas em punho e preparadas. Seus olhos supervisionavam cada canto, monitoravam cada movimento. Os três passaram pela guarda real de Wakanda e outras Dora Milaje. As guarda-costas fizeram saudações rápidas quando chegaram à suíte de Ramonda, onde Klaw ainda se escondia.

No fim do corredor, as portas duplas de carvalho do quarto tinham sido derrubadas pelo ataque de granada de mais cedo. Os corpos das Dora Milaje mortas no incidente ainda estavam entre o detrito, membros abertos, olhos vítreos e fixos na pele queimada.

– Relatório – T'Challa demandou.

Um guarda do palácio, um rapaz musculoso de barba por fazer, olhou para uma das Dora Milaje, que devolveu um olhar de permissão.

– Majestade, estávamos tentando chegar perto da suíte real para resgatar as Dora Milaje feridas na explosão. – A voz do guarda tremia de tensão. – Não sabemos se tem alguém vivo fora dos quartos. Toda vez que chegamos perto, o inimigo dispara uma espécie de energia lá de dentro... e senhor, ele tem mira boa. Perdemos algumas pessoas só de tentar resgatar os feridos.

T'Challa olhou para uma Dora Milaje de mais idade, que franzia sobrancelhas castanhas ao prosseguir com o relatório.

– Amado, ele tem uma posição defensiva forte, neste momento. Nós o prendemos lá dentro, mas isso é tudo. Por mais que eu adoraria resgatar os corpos das minhas irmãs, isso apenas causaria mais mortes se tentássemos tomar o quarto de onde estamos.

– *Não, chega de mortes* – T'Challa disse, muito sério. – *Vou entrar sozinho e eliminar a ameaça. A honra do meu pai o demanda.*

T'Challa voltou-se para o suado guarda do palácio.

– Mande seus homens aguardarem. Garanta a segurança do perímetro; não deixe que os inimigos recebam cobertura de ninguém, de lado nenhum. Estou certo de que já frustramos todos os planos deles, mas não quero dar oportunidade a nada. As Dora Milaje vão cuidar da linha de frente enquanto não resgatamos as irmãs delas, mas o seu trabalho é garantir que o inimigo não deixe as nossas terras. Entendido?

O guarda fez uma saudação e saiu pelo corredor, para fazer o que lhe mandaram. T'Challa sentiu que lhe tocavam o ombro e virou-se; Okoye o olhava diretamente nos olhos. Ao lado dela, Nakia estava ansiosa.

T'Challa já sabia o que estava por vir e fez questão de antecipar-se aos argumentos delas. Ele abriu a placa do rosto e estendeu as mãos para elas.

– *Vocês sabem que, por honra, eu devo enfrentar o assassino do meu pai pessoalmente* – ele disse suavemente, sentindo a pulsação dos corações das duas ressoando na pele. – *Com vocês do meu lado, não há nada que possa nos derrotar, nada neste mundo. Eu tomaria países inteiros só com vocês duas e suas irmãs ao meu lado. Mas isso é algo que tenho que fazer sozinho. Não insultarei seus juramentos ordenando que fiquem para trás, mas peço humildemente que me permitam enfrentar esse perigo sozinho. Vocês provaram o seu valor neste dia, minhas Adoradas. Agora, eu devo provar o meu.*

Irritada, Okoye limpou uma lágrima. Nakia apenas baixou a cabeça e ficou olhando para o chão. Tendo se recobrado, as duas se olharam, comunicando-se sem dizer nada. Finalmente, Okoye assentiu. Nakia foi para T'Challa e o puxou para um abraço bem apertado. Okoye fez o mesmo, apertou o rei o máximo que pôde, depois lhe deu um pequeno tapa na bochecha.

Nakia tinha uma expressão feroz no rosto.

– *Você tem dois minutos, Amado. Depois disso, vamos atrás de você* – disse ela, quase replicando perfeitamente a voz de Okoye.

T'Challa ficou admirado com essa postura.

– *Eu poderia ordenar que vocês...*

– *Mas de que adiantaria dar a ordem?* – Nakia interrompeu. – *Sua honra demanda que você vá sozinho. A nossa demanda que nós o protejamos. Como passou pela sua cabeça que precisamos de permissão, até mesmo da sua, pra fazer o nosso trabalho?*

T'Challa controlou um sorriso espontâneo, e resolveu render-se graciosamente.

– *Pode ser que eu precise de um pouco mais de tempo* – disse, procurando o apoio de Okoye.

Okoye tocou Nakia no ombro e sorriu.

– *Podemos esticar para cinco. Mas se ouvirmos algo e não gostarmos, vamos entrar atirando... não importa o que diga, Amado.*

– *Fechado* – disse T'Challa, fechando a placa do rosto.

– *Boa sorte, Amado* – Nakia murmurou, vendo o Pantera Negra seguir pelo corredor, em direção à suíte de mãe, fazendo reluzir ainda mais as garras prateadas.

Klaw zanzava furioso por entre os destroços do quarto de Ramonda, ouvindo o tiroteio cujo intuito era mantê-lo imobilizado. Como tudo pôde dar tão errado tão rápido? Suas opções de sucesso, fuga e até sobrevivência diminuíam a cada segundo.

Seu principal escudeiro, Batroc, jazia inconsciente, algemado na cama. Ninguém mais atendia suas ligações – M'Butu, o Cavaleiro Negro, o Homem Radioativo.

Wakanda não tinha se transformado num fosso de destruição, o que indicava que Igor estava morto ou incapacitado. Ninguém sabia do Cavaleiro Negro – o que lhe minava uma possibilidade de fuga. Klaw supunha que perdera todos os reféns, desde que ninguém tentava contatá-lo para negociar a libertação da princesa. E, claro, Ramonda e o ex-regente tinham sido resgatados por aquelas malditas guarda-costas.

Enfiara a cabeça para fora da porta algumas vezes; quase a perdera para disparos de besteiro e balas. Pelo visto, fora cercado pelas guerreiras. Klaw ferira algumas Dora Milaje que tinham chegado perto demais, mas estava completamente aprisionado – sem missão, sem ter como escapar, sem equipe para tirá-lo dali.

Tudo que restava era um assassino cibernético belga metido no quarto de uma mulher com um francês inconsciente, cercado pela Guarda Africana do Estrogênio, sob tiroteio, esperando que um homem fantasiado de gato viesse matá-lo. Se não fosse tão terrível, seria absurdo.

E T'Challa estava a caminho, Klaw tinha certeza. Era apenas questão de tempo para o rei de Wakanda chegar para executar sua vingança sobre o arquiteto de toda essa miséria e destruição. Klaw podia implorar, podia entregar as pessoas que financiaram sua operação, podia alegar penitência quanto à dor do rei. Mas sabia que nada disso adiantaria.

O Pantera Negra estava a caminho, e sua única opção – assim como a de seu parente famoso, o primeiro a pôr os olhos nessas terras escondidas – era lutar. Klaw olhou para a mão e passou um pouco de energia pelos dedos. Suas reservas não eram eternas, mas ele tinha o bastante para mostrar muito serviço. E quem sabe, talvez, se conseguisse acordar Batroc e ganhar um pouco de vantagem em T'Challa, poderia barganhar por sua liberdade com o corpo real de Wakanda.

Eram suas únicas opções. Lutar e vencer.

Ou morrer.

O Pantera Negra ergueu a mão, e a chuva de tiros que atingia o quarto de sua mãe parou por um momento.

Ao aproximar-se da porta, viu com pesar as Dora Milaje que perdera. Elas morreram tentando manter sua mãe a salvo. T'Challa ofereceu uma oração rápida à Deusa Pantera por aquelas almas e farejou o ar, na esperança de que seu olfato apurado lhe desse alguma ideia do que esperava por ele lá dentro. Tudo o que captou, no entanto, foi ar ionizado, pólvora e o odor acobreado do sangue.

– Não ouço mais tiros – veio uma voz de dentro do quarto. – Suponho que você está aí fora, T'Challa, e vindo para cá. Não se dê o trabalho de ser furtivo, meu chapa. Meus equipamentos me permitem rastreá-lo, então nem tente o pulo do gato. Antes de começarmos, queria te lembrar de uma coisa. Lembra-se de quando eu matei o seu pai? Lembra-se desse dia, T'Challa? Eu lembro.

T'Challa rangia os dentes. Aproximando-se cada vez mais de quem o provocava, ativou as granadas de fumaça.

Klaw recuou da porta, preparando-se para o ataque inevitável de T'Challa.

– Você era só um garotinho aquele dia, T'Challa – Klaw zombou. – Com ranho escorrendo pelo nariz, berrando feito neném. Aposto que seu pai ficou muito decepcionado com o filho... horrorizado, até. Imagine só: a última coisa que ouve é o filho chorando que nem bebê, em vez de correr pra ajudar os pais. E o seu amado pai, T'Chaka? O homem que você passou a vida toda reverenciando. Quero que saiba que ele morreu como um covarde. Quando atirei nele, na barriga, ele soltou lágrimas como sangue, e um gemido de dar pena, como um cãozinho. E sabe pra quem o seu pai olhou pela última vez? Não foi pra você. Nem pra sua mãe. Foi pra guarda-costas aleijada que eu vi agora a pouco, que me atacou com tanta paixão. Ela não aceitou bem a morte de T'Chaka, né? O que acha que aconteceu lá, T'Challa? O rei e a guarda-costas, saindo de fininho de perto da rainha, que estava gorda e grávida. Rola uma intriga aí, não? Vai ver seu santo pai era do pau oco. Você quer mesmo desperdiçar a vida vingando um homem que nem conheceu, T'Challa? – ecoou a voz de Klaw. – Nós dois podemos sair dessa hoje, Pantera, e nunca mais ver o outro. Não temos que fazer isso. Deixe-me voltar pra Niganda e eu desapareço; nunca mais me encontram. Sabe que posso fazer isso, T'Challa. Tudo que tem a fazer é dizer sim, e meu pessoal dá um jeito. Mas se passar por essa porta, T'Challa, vou te matar do mesmo jeito que matei seu pai. E você sabe que sua irmã vai querer te vingar, e vou matá-la também. Pense nisso, T'Challa, porque vai ser o fim, pra você e sua irmã, se você cruzar essa porta.

Klaw mirou com precisão além da fumaça que juntava e da neblina que envolvia a entrada.

– O que está acontecendo?

Klaw virou-se e viu Batroc acordado, sentado na cama, tentando tirar as algemas.

– Klaw, o que houve? – perguntou ele. – E por que minha boca está doendo?

Klaw levou um dedo aos lábios, calando o confuso mercenário. Uma fumaça preta espiralava em frente à porta, espalhando lufadas por todo o quarto. Klaw esfregou os olhos, recuando, ainda tentando mirar com toda aquela fumaça.

– Podemos resolver isto – disse, tentando avistar a presa. – Anda, T'Challa, o que vai ser?

Um borrão negro atravessou a fumaça. Rápido demais para ser bloqueado, um punho dotado de garras acertou Klaw no queixo. Ele foi arremessado, atordoado, para a parede oposta; a energia que ele vinha juntando na mão cibernética foi disparada inutilmente em outra direção. A mesma mão o agarrou pela garganta, cortando-lhe o ar, e o tirou do chão lentamente. Um par de olhos brancos penetraram sua alma, e uma voz metálica sussurrou por detrás da máscara.

– Você vai morrer – disse o Pantera Negra, derrubando Klaw com um soco no estômago.

Klaw tossiu, tentando recuperar o fôlego, e puxou a mão cibernética, que crepitava de energia azulada. O Pantera a bloqueou, empurrou-a para o lado, e jogou Klaw no chão para saltar para cima dele. Passando as garras no rosto do inimigo, o Pantera arrancou sangue da testa dele. Klaw soltou vários disparos, errando o alvo toda vez.

Uma das rajadas passou fervilhando por Batroc, que ainda lutava para libertar-se das algemas.

– Olha pra onde atira! – berrou ele quando um segundo disparo lhe passou por cima da cabeça.

O Pantera prendeu a mão cibernética de Klaw, forçando-o a parar os disparos.

– Rápido – Klaw grunhiu, concentrando-se em seus sistemas de armas. – Mas a velocidade não é tudo.

Um assomo de energia percorreu seu braço e o Pantera Negra. O rei berrou de dor e soltou a mão de Klaw. A armadura crepitou com a energia que percorreu todo o corpo dele, fazendo-o tremer e largar o inimigo.

Klaw deu sequência com um soco na cabeça, e o golpe acertou o elmo de T'Challa fazendo um barulho metálico. O rei cambaleou.

O Pantera se recuperou rapidamente e foi para cima de Klaw de novo, movendo-se rápido demais para que o assassino pudesse mantê-lo no campo de mira. O Pantera arrancou uma das cortinas da parede e a enrolou na cabeça de Klaw, cegando e sufocando-o.

– Hora de acabar com isto, maldito – rosnou o Pantera. Ele tirou uma faca de vibranium de uma algibeira e fincou na mão metálica. – A Deusa Pantera vai devorar a sua alma antes que acabe o dia.

Klaw lutou debaixo do tecido grosso, agitando a mão livre, tentando arranjar ar para respirar. Muito subitamente, seu corpo ficou imóvel. Um brilho vermelho começou a fulgurar debaixo da cortina.

O Pantera sentiu o calor – e tirou a cabeça do caminho um segundo antes de um disparo de laser abrir caminho pela cortina. Klaw piscou e focou seu olho cibernético, e um segundo disparo atravessou o tecido, desenhando uma linha fumacenta pelo teto.

Recompondo-se, Klaw arrancou a faca de vibranium de sua mão metálica e juntou os dedos em torno do pescoço do Pantera. T'Challa lutou, incapaz de libertar-se das garras mecânicas.

– Vou te dar uma chance, T'Challa – Klaw rosnou, vendo o Pantera pelo buraco no tecido. – Posso apertar até que meus dedos se encontrem ou usar meu olho pra abrir um buraco na sua cabeça. São dois jeitos dolorosos de morrer, mas pelo menos vai ser rápido. Qual você prefere?

Usando toda a sua força, o Pantera começou a tirar os frios dedos de metal da garganta.

– Então vai ser com laser – Klaw murmurou. – Por mim, beleza.

O Pantera Negra lutou contra a pressão férrea de Klaw, puxando a mão do assassino para a frente e para trás na esperança de arrancá-la do corpo. No último segundo, assim que Klaw disparou o laser pelo olho, T'Challa libertou-se e levou a mão do assassino na trajetória do raio, decepando-a do braço.

Klaw gritou. Desenrolando a cortina da cabeça, ele olhou com raiva para a mão pendurada por uma miscelânea de fios faiscantes ao lado do corpo.

T'Challa usou a distração para alcançar a lança de S'Yan, que ainda jazia no chão, onde o ex-regente a largara mais cedo. T'Challa ergueu-a no ar, girou-a num círculo e voltou-se para Klaw.

O assassino ainda praguejava pela perda da mão quando o Pantera Negra aproximou-se com a lança. Ele fez careta quando viu a arma – mas T'Challa o ignorou, brandindo a lança ao chegar ainda mais perto do inimigo.

– Não aguentou e voltou pras suas raízes, hein, T'Challa?

Os dois começaram a andar em círculo. T'Challa procurou jogar a voz do inimigo para os confins da consciência; por mais que a tagarelice continuasse, ele quase não prestava atenção.

– Um país cheio de tecnologia, e você escolhe um graveto pra tentar me derrotar? Você é igualzinho ao seu pai, moleque – Klaw continuou falando, obviamente querendo desestruturar o rei.

Uma voz na mente de T'Challa fez-se ouvir. *Ignore e espere pelo momento certo*, pensou ele.

– Preso num passado antiquado de honra, sacrifício, coragem, quando o resto do mundo deixou você e sua religião obsoleta pra trás – Klaw continuou. – Foi uma coisa boa o seu povo continuar escondido do mundo... Wakanda teria sido esmagada há muito tempo. A única coisa que seu pai fez de certo, T'Challa, foi morrer e forçar Wakanda a voltar pra concha por mais uns anos. Que será que a *sua* morte vai fazer pelo seu país, hein?

Um brilho vermelho apareceu no olho de Klaw. Ele se inclinou para disparar uma rajada fervilhante que poria fim à vida do Pantera Negra. No último segundo, porém, o Pantera abaixou-se e avançou com a lança, metendo-a bem na barriga de Klaw.

Klaw berrou e olhou para baixo, boquiaberto. Suas mãos correram agarrar o cabo da lança. Vazou sangue pela boca, e ele caiu de joelhos, com mais sangue jorrando pelo ferimento.

O Pantera Negra chegou bem perto de Klaw e se curvou para sussurrar no ouvido dele.

– Isso nós nunca saberemos, certo?

T'Challa ativou a placa do elmo e encarou Klaw bem nos olhos. O assassino curvou-se ainda mais, a dor estampada no rosto. Sem sucesso, ficou tentando puxar a lança. Com seu último suspiro, Klaw cuspiu uma bola enorme de sangue no chão.

– Odeio este lugar – murmurou, e caiu duro.

T'Challa largou o elmo no chão e se largou numa parede, seus membros subitamente pesados de exaustão.

– Essa foi pelo meu pai, maldito.

Ele chutou o corpo de Klaw, arrancou dali a lança e, usando-a como apoio, cambaleou até a porta.

Antes de chegar, no entanto, parou por um segundo, farejou o ar, virou-se e fechou os olhos. Quando tornou a abrir, viu uma enorme pantera negra aninhada na janela, parecendo muito bem alimentada. Ela arrotou – e um grito abafado escapou-lhe pela garganta antes que ela pudesse fechar a boca. T'Challa pôde jurar que ela sorria.

Então a pantera desapareceu na luz do dia.

Um barulho o trouxe de volta do devaneio. Batroc estava sentado na cama da rainha, encarando T'Challa sem o menor pudor, com uma careta das piores por causa da sova que levara.

– Não quero me intrometer nisso que deve ser um momento muito especial – Batroc começou –: matar o homem que matou o seu pai e tudo mais. Só que nós dois estamos precisando de cuidados médico, *oui*?

T'Challa ficou inconformado. Okoye e Nakia invadiram o quarto, armas em punho. Ele as tranquilizou e largou-se nos braços delas. Os guardas do palácio arrastaram Batroc dali sem a menor polidez, e puseram um dos lençóis de Ramonda sobre o corpo de Klaw, que jazia sobre uma piscina de sangue no centro do quarto.

O rei, porém, só tinha olhos para a família, que viera ajudá-lo a sair do quarto.

– *Obrigado, minhas Adoradas* – disse ele. – *Terminei a tempo*?

– *Tinha mais vinte segundos, Amado* – Nakia brincou. – *Okoye estava muito preocupada, e eu, prestes a entrar*.

– Eu? – Okoye riu. – *Era você que não se aguentava, garota. Amado, acho que Nakia não escuta muito bem. Talvez seja bom pensar num treino de concentração extra para ela. Obviamente, ela tem dificuldade não apenas em ouvir, mas em seguir ordens.*

T'Challa riu-se, retraindo-se pela dor do movimento.

– Não me façam rir, Adoradas.

– Bom, não morra ainda, Amado – Nakia tinha ficado séria subitamente, levando a mão ao fone de ouvido pendurado na orelha. – *Estou ouvindo W'Kabi, no centro de comando. Parece que há mais uma tarefa para você.*

– Por tudo que há de mais sagrado, não consigo imaginar o que pode ser – T'Challa admitiu.

Nakia olhou para Okoye, depois para o rei.

– Os americanos chegaram.

Ross olhou uma última vez para o oceano antes de cumprimentar a equipe de voo do cargueiro de aeronaves. Depois foi até a ponte, cuspindo água salgada da boca ao longo do caminho. Ele fora levado ao *U.S.S. Langley* fazia poucas horas, e todos ficaram zanzando pelo navio que deixara a costa, sem ter o que fazer, pelas últimas horas, assistindo noticiário e tentando adivinhar o que podia estar acontecendo em terra.

O capitão do navio, um sujeito durão chamado Dearborne, dera acesso total a Ross para toda a embarcação e seu equipamento, e com razão. Mas o navio passara por postos de batalha desde que o primeiro míssil fora lançado de Niganda. A essa altura, o capitão sugerira, com polidez, porém firmeza, que o convidado encontrasse outro lugar para ficar que não fosse a ponte.

Então Ross resolvera ir para o deque admirar a costa africana um pouco, sabendo que isso talvez fosse o mais perto que chegaria de seu foco de anos de estudo, Wakanda. Agora, porém, fora convocado mais uma vez à ponte – porque algo de importante acontecera, supunha ele.

Ross aparecera bem no meio de uma conversa de vídeo entre Dearborne e o general Matigan, o homem que banira Ross para o oceano

Índico. Matigan e Dearborne discutiam, e Ross teve que chegar mais perto para entender o que diziam aquelas vozes frenéticas.

– Mande os barcos *agora*, capitão – ordenava Matigan.

Dearborne fez que não.

– Enviar tropas norte-americanas numa zona hostil sem permissão ou informações adequadas não é a melhor ideia, general – Dearborne retrucou. – E visto que são os *meus* barcos, eles não vão partir enquanto eu não me sentir confortável de que a missão foi autorizada e assinada pelo comandante.

– Eu falo em prol do presidente nessas questões, capitão – Matigan ralhou –, e digo que não teremos melhor chance do que agora.

– Será que posso intervir, como especialista da região? – Ross intrometeu-se na conversa, surpreendendo os outros dois. – O pior que podemos fazer aqui é aparecer sem ser convidados em território wakandano. Já sabemos, por experiência, que eles levam isso muito mal. Não é mesmo, general?

Na tela, Matigan apenas rangeu os dentes e ficou calado.

– O *melhor* que podemos fazer, capitão, é entrar em contato com Wakanda e perguntar se eles precisam de ajuda – Ross continuou. – Se não responderem, já fizemos a nossa parte. Se responderem, podemos trabalhar a partir daí em vez de entrar num tiroteio desnecessário que poderia custar muitas vidas de norte-americanos.

Dearborne mostrou que concordava.

– É exatamente o que estou dizendo, general. Não quero riscos desnecessários para meus homens e mulheres.

Matigan bufou.

– Avise quando tiver feito o que mandei – disse, e desligou abruptamente a ligação.

Ross sacudiu a cabeça.

– Esse cara é um idiota – disse, fazendo rir a equipe do comandante do cargueiro.

– É mesmo, é mesmo – Dearborne riu-se. – Agora vamos ligar para alguém do governo de Wakanda.

Foi preciso alguns minutos para que entrassem em contato com um homem chamado W'Kabi – *Ele está usando uma tanga?*, pensou Ross –, que concordou em conectá-los a seu superior. Alguns segundos depois, o Pantera Negra apareceu na tela, com uma expressão reservada e um pouco exausta no rosto despido da máscara.

– Eu sou o rei T'Challa, e trago saudações de Wakanda – disse ele suavemente. – O que podemos fazer por vocês, do navio americano?

Dearborne adiantou-se, fazendo uma reverência comedida para a câmera, demonstrando respeito.

– Rei T'Challa, sou o capitão Dearborne, do *U.S.S. Langley*. Nós notamos uma... perturbação na sua costa, e queríamos oferecer nossa assistência a um dos nossos aliados mais importantes. Vamos enviar um esquadrão de homens para ajudar a tranquilizar as fronteiras e ajudar na contenção do desastre. Eles podem chegar em uma hora.

– Acho que temos tudo sob controle, capitão – respondeu o rei, pendendo a cabeça de lado. – Mas obrigado pela oferta generosa.

– Não é problema algum, majestade – Dearborne respondeu. – Na verdade, nós insistimos.

Pela primeira vez, uma emoção – raiva – ficou evidente no rosto de T'Challa. Vestindo a armadura completa de pantera, exceto pelo elmo, T'Challa estava uma visão e tanto em seu trono, inclinado à frente com as garras estendidas sobre os descansos de braço.

– Capitão, passe este recado para seus agentes de governo e negócios. Wakanda aprecia a oferta. Contudo, a sua ajuda *não é necessária*. Se um único norte-americano cruzar a fronteira de Wakanda hoje, ele será considerado a vanguarda de uma força de invasão e será tratado de acordo. Você compreende?

Dearborne congelou, boquiaberto. Ross deu de ombros e acenou para o capitão, que respondesse.

– Hmmm, recado entendido, controle wakandano – Dearborne gaguejou. – Voltaremos para o mar. Tenha um bom dia.

– Você também, capitão.

T'Challa olhou ao redor e cruzou olhares brevemente com Ross, depois a ligação caiu.

– Bom, Ross, meu amigo, pelo visto eles não querem a nossa ajuda – Dearborne brincou, passando a mão pelo cabelo.

Ross deu meia volta e saiu, sacudindo a cabeça.

– Não, não querem – disse, com um sorriso torto. – Parece que eles têm tudo sob controle.

Uma pergunta de Dearborne congelou o rapaz onde estava.

– Ross? Poucas pessoas nos rejeitam desse jeito e fica tudo bem, principalmente com o tamanho dos egos do pessoal de Washington. O que vai dizer no seu relatório?

Ross sorriu para o capitão.

– Vou dizer que o rei de Wakanda repeliu os inimigos de sua costa... e que não queremos nunca ser incluídos nessa categoria.

18

T'CHALLA CONTEMPLAVA O MAR DE GENTE que celebrava nos arredores de seu palácio. Um sorriso formou-se em seu rosto quando ele se aproximou, acenando para a animada plateia. Ao longe, dava para ver os guindastes e andaimes de construção cobrindo metade da capital – Wakanda trabalhava fervorosamente para reconstruir sua infraestrutura.

O trabalho vai bem, pensou ele ao ajustar seu manto branco fluido. Com a persuasão adequada, talvez o povo viesse a aceitar a ideia de construir um hotel turístico e uma embaixada estrangeira entre as instalações reerguidas.

Wakanda mantivera-se separada por tempo demais, deixando muitos irmãos e irmãs vulneráveis à perversidade do mundo. Seus pais tiveram uma ideia boa, só que na hora errada.

Okoye argumentara exaustivamente contra a ideia, apoiada por Zuri e W'Kabi. Porém a proposta de T'Challa tinha o apoio de sua mãe, da princesa e do ex-regente, além do apoio mais discreto de Nakia e Amare. Desse modo, passara pelo conselho regente com margem confortável de votos.

T'Challa olhou para Nakia. Ela usava seus óculos escuros customizados para escanear a multidão. Okoye estava num canto mais sombreado da varanda, também alerta para qualquer perigo. Agora que a questão com as Dora Milaje fora resolvida, T'Challa percebia que suas guarda-costas principais tinham bastante conhecimento sobre os assuntos de estado, e davam conselhos excelentes – ainda que raramente concordassem uma com a outra. Esse era mais um ponto com relação ao qual S'Yan tinha razão ao mencionar durante sua recuperação – o primeiro sendo, claro, o uso de quantidades mínimas de vibranium em sua perna prostética para eliminar o máximo de fricção do metal quando treinasse na academia.

O ponto no qual *todos* concordavam era que havia gente usando seu poder para tornar o mundo um lugar melhor – gente como o Dr. Richards e sua família, e esses novos Vingadores, dos quais ele ouvia tanto falar. Se um grupo de pessoas podia trabalhar desse jeito em benefício da humanidade, imagine o que um rei devidamente motivado, com os recursos de todo um país, poderia fazer. T'Challa pensou consigo que precisava lembrar-se de pesquisar mais sobre os Vingadores, depois deixou o assunto de lado e sorriu, vendo Shuri e Ramonda indo se juntar a ele.

Chegara a hora.

T'Challa ergueu a mão, pedindo silêncio. Em questão de segundos, a multidão agitada acalmou-se o bastante para que ele ouvisse quão inquieta estava Shuri, atrás dele. Ele sorriu para confortá-la, e virou-se para falar no microfone.

– Povo de Wakanda, estamos aqui hoje para celebrar nossa vitória sobre os nossos inimigos. – T'Challa contemplou a multidão silenciosa. – Por meio de uma negociação cuidadosa com o novo governo de Niganda, foi estabelecido um cessar-fogo. Mais uma vez, estamos em paz!

A multidão rugiu, uma onda de pura adulação que sacudiu o palácio e fez os ouvidos sensíveis de T'Challa zumbir. Olhando para Shuri, ele viu que a menina tinha levado os dedos aos ouvidos, mas sorria radiante para ele. Ramonda olhou feio para a menina, que desanimou na hora. Mas Ramonda brincava, e deu uma piscadinha, caindo no riso também.

Um fardo pesado pareceu abandonar Ramonda nos dias desde a morte de Klaw. No dia anterior, T'Challa a vira recolocando cuidadosamente um quadro restaurado de T'Chaka no Salão dos Reis, com Amare por perto para protegê-la. As duas pareciam ter resolvido suas diferenças, e agora estavam inseparáveis, o mais que mulheres tão radicalmente diferentes poderiam estar. Nesse momento, a general das Dora Milaje estava dentro do palácio, assistindo às festividades e ao trabalho de suas pupilas mais queridas, sem dizer nada, com a perna de metal reluzindo no escuro.

T'Challa voltou-se para a multidão.

– Foi preciso unir a força de todos nós, meus corajosos wakandanos, para sobreviver a esse ataque covarde não apenas ao nosso país, mas também ao palácio real e ao símbolo da nossa força, o Grande Monte. Não estaríamos aqui hoje não fosse a sua bravura e coragem, mas quero destacar algumas pessoas por seu trabalho extraordinário nos últimos dias.

T'Challa acenou para Shuri. A menina foi até uma mesa no canto da varanda e retornou com uma pequena caixa cheia de medalhas. Ela tirou dali duas medalhas e as entregou ao rei. Parecia entristecida. T'Challa as aceitou e ergueu para que a multidão as visse.

– Vou conceder nossa mais alta honraria militar e nossa mais alta honraria civil postumamente a dois bravos filhos de Wakanda, o capitão

H'Rham, da Força Aérea Real de Wakanda, e o agente-chefe de ciências K'Darte. Ambos deram suas vidas para proteger nosso país nesse ataque mais recente. Sem o sacrifício deles, não estaríamos aqui hoje. Sempre nos lembraremos deles.

Um rugido de aplausos percorreu toda a multidão quando monitores gigantes alocados por toda a praça mostraram fotos dos falecidos. Shuri reparou no setor reservado e viu N'Jare enxugando os olhos com um lenço. Dava para ver a barriga dela começando a crescer. *Preciso convidá-la para tomar chá no palácio; contar quão corajoso e bom o marido fora*, pensou Shuri.

– Gostaria também de apontar os corajosos homens e mulheres das forças armadas wakandanas, principalmente a capitã Sharifa, da Força Aérea, o chefe de segurança, ministro W'Kabi, por seus esforços incansáveis para impedir que este país sofresse. Temos com eles uma dívida eterna de gratidão, e hoje nós os honramos!

A plateia ovacionou de novo ao ver T'Challa devolvendo as medalhas para Shuri. Ele acenou para Nakia, que foi até atrás de uma cortina, pegou outra caixa, e passou para Ramonda, que se adiantou para falar. Shuri parecia não entender o que estava acontecendo e olhou para o rei, que sorriu de volta.

Ramonda falou numa voz sempre suave.

– Povo de Wakanda, este ataque covarde perpetrado contra o nosso país foi concebido e liderado pelo homem que matou seu amado rei e meu marido, T'Chaka.

A multidão exclamou, surpresa.

– Ulysses Klaue, assassino profissional, procurou e matou o rei T'Chaka anos atrás, e retornou para terminar o trabalho aqui, dentro do nosso palácio. Mas ele não queria apenas eliminar a linhagem real de Wakanda; ele queria deixar uma marca tão profunda em nosso país que nunca seria esquecida: destruindo um dos nossos recursos mais importantes, o vibranium encontrado dentro do Grande Monte. Ele enviou um homem para explodir o interior do Grande Monte, um homem que causou boa parte dos danos resultantes da recente atividade sísmica. Esses dois homens acreditavam que poderiam destruir Wakanda, e que não haveria nada que alguém pudesse fazer para detê-los. Mas eles não sabiam que Wakanda conta não somente com um, mas dois heróis!

Ramonda virou-se e chamou Shuri, que ficou muito surpresa. Visto que a irmã hesitava, o rei a incentivou. Nakia, com o sorriso de sempre no rosto, foi até Shuri e colocou um colar com uma jade em forma de pantera no pescoço dela. T'Challa apareceu com a espada de ébano e fez uma reverência para Shuri, estendendo a arma para ela.

– Com essa espada, minha filha matou uma das maiores ameaças da história do nosso país – Ramonda anunciou. – Ao salvar nosso país da destruição, a princesa agiu acima e além de seus deveres. É com muito orgulho que lhe concedo o maior prêmio de nosso país, e a nomeio uma Heroína de Wakanda.

Ramonda pegou a mão da filha e a beijou, com lágrimas nos olhos.

– E quero que saiba que tenho tanto, mas tanto orgulho dela, e mal posso esperar para ver os feitos majestosos que ela realizará no futuro.

Shuri, também muito emocionada, deu um abraço forte na mãe. Admirando o abraço demorado de mãe e filha, a multidão explodiu em ovações. Ramonda beijou a filha na testa, depois a soltou e afastou-se do microfone. Shuri deu um abraço apertado no irmão e um beijo na bochecha dele. Depois se afastou do púlpito, sorrindo ao ajustar a espada de ébano na bainha acoplada à sua cintura.

T'Challa retornou ao microfone e ergueu as mãos de novo, pedindo silêncio.

– Há mais uma questão oficial antes de concluirmos – ele anunciou, olhando para suas guarda-costas. – Okoye, Nakia, Amare, aproximem-se, por favor.

Foi com grande prazer que o rei notou a expressão de surpresa nos rostos das três mulheres ao se aproximarem lentamente da beirada da varanda, sendo finalmente vistas pela multidão, em grande expectativa. Suas reservas, as jovens chamadas Ayo e Aneka, assumiram seu posto logo atrás, para protegê-las, e puseram-se a observar os arredores em busca de perigo.

T'Challa admirou suas guerreiras mais leais: Amare, toda orgulhosa, imponente apesar de tantos ferimentos; Okoye, a mulher dos traços estoicos, agora um pouco hesitante nessa situação inesperada; e a jovem e ansiosa Nakia, que também procurava acalmar-se. O rei não sabia dizer o que seria dele sem essas pessoas, e ao preparar-se para falar, estava certo de que o mundo merecia saber disso.

– Desde tempos imemoriáveis, as Dora Milaje vêm servindo Wakanda. Elas foram a ligação que manteve nossas diversas tribos unidas em seu serviço ao rei. – T'Challa contemplou a multidão, que escutava com atenção e curiosidade. – Essa ordem evoluiu para uma força protetora da coroa, e seus membros tornaram-se as súditas mais leais do rei, que colocam suas vidas e sua honra sagrada a risco muitas e muitas vezes, sem cobrar reconhecimento, recompensa nem um simples agradecimento. Porém, esse tempo passou – ele anunciou. – Chegou a hora de reconhecermos as Dora Milaje pelo que são: meu braço direito, minhas conselheiras mais íntimas, meus olhos e ouvidos no mundo... e o mais importante: minhas procuradoras nos momentos de necessidade. Senhoras e senhores de Wakanda, eu declaro as Dora Milaje como o Punho do Pantera Negra.

T'Challa virou-se e curvou-se perante as três mulheres.

– *Adoradas, a Deusa Pantera sorri para a sua ordem* – ele disse baixinho. – *Peçam o que quiserem. Se estiver ao meu alcance, eu concederei.*

As três guerreiras se olharam, muito cientes de suas irmãs mais novas logo atrás, que escutaram cada palavra. Amare olhou para T'Challa, depois para suas pupilas, que indicaram que ela podia falar por elas.

– *Nosso único desejo, Amado, é continuar a servir à coroa como protetoras* – disse ela.

– *Que assim seja, Adoradas* – disse T'Challa, sorrindo. – *Que assim seja.*

O rei voltou ao microfone e contemplou seu povo. Ninguém tirava os olhos de seu protetor.

– Povo de Wakanda, fomos testados e fomos postos à prova – disse ele. – E saímos da situação como um povo mais forte... uma nação mais forte. O homem que nos tirou nosso antigo rei está morto, agora, e estamos procurando incessantemente por aqueles que fundaram sua operação. A eles eu digo apenas: fujam. Escondam-se. Não importa aonde vão, as garras do Pantera os encontrarão. Os punhos do Pantera os punirão, e as presas do Pantera porão fim a suas vidas medíocres. Não deixaremos mais o restante do mundo viver como está, enquanto apreciamos nossas vidas idílicas aqui, na Cidade Dourada. Avançaremos com orgulho. E levaremos nossa marca de justiça àqueles que desejam escravizar e maltratar nossos irmãos e irmãs em todo o mundo. Lutaremos por justiça, e venceremos.

T'Challa ergueu o punho no ar e contemplou o povo, que ovacionava fervorosamente.

– Começa agora a nova era do Pantera Negra. E que nossos inimigos sofram!

Jesse J. Holland é um autor best-seller conhecido por seus livros de não ficção, além de ser um longevo fã de histórias em quadrinhos e de ficção científica. Autor do romance juvenil *Star Wars: The Force Awakens – Finn´s Story*, também coescreveu a saudosa e querida-por-ninguém-a-não-ser-uma-dúzia-de-fãs tirinha *Hippie and the Black Guy*. Holland atua como repórter da Associated Press de Washington, D.C., cobrindo assuntos relacionados à raça e etnia. Atualmente, mora na cidade de Bowie, Maryland, nos Estados Unidos, com sua esposa e seus filhos.

FONTE: Chaparral Pro